贵州省少数民族地域文化与中国现当代文学关系研究（BS202102）

光明社科文库
GUANGMING DAILY PRESS:
A SOCIAL SCIENCE SERIES

·文学与艺术书系·

李碧华小说中的
女性人物抗争意识研究

张　园｜著

光明日报出版社

图书在版编目（CIP）数据

李碧华小说中的女性人物抗争意识研究 ／ 张园著
. －－北京：光明日报出版社，2022.11
ISBN 978－7－5194－6943－6

Ⅰ.①李… Ⅱ.①张… Ⅲ.①女性—人物形象—小说
研究—中国—当代 Ⅳ.①I207.42

中国版本图书馆 CIP 数据核字（2022）第 235324 号

李碧华小说中的女性人物抗争意识研究
LIBIHUA XIAOSHUO ZHONG DE NÜXING RENWU KANGZHENG YISHI YANJIU

著　　者：张　园

责任编辑：王　娟　　　　　　责任校对：郭思齐　张慧芳
封面设计：中联华文　　　　　　责任印制：曹　净

出版发行：光明日报出版社
地　　址：北京市西城区永安路 106 号，100050
电　　话：010－63169890（咨询），010－63131930（邮购）
传　　真：010－63131930
网　　址：http://book.gmw.cn
E－mail：gmrbcbs@gmw.cn
法律顾问：北京市兰台律师事务所龚柳方律师

印　　刷：三河市华东印刷有限公司
装　　订：三河市华东印刷有限公司
本书如有破损、缺页、装订错误，请与本社联系调换，电话：010-63131930

开　　本：170mm×240mm
字　　数：167 千字　　　　　　印　　张：13.5
版　　次：2023 年 7 月第 1 版　　印　　次：2023 年 7 月第 1 次印刷
书　　号：ISBN 978－7－5194－6943－6
定　　价：85.00 元

目　录
CONTENTS

第一章

绪　论

第一节　研究动机

在我国数千年来形成的独特而又漫长的历史中，女性长期处于弱势，却又扮演着不可或缺的重要角色，现代社会亦是如此。在不同的社会制度下，女性的抗争意识从未消退。譬如，对男权主义的抗争，对社会偏见的抗争，对封建思想禁锢的抗争，以及带着对自由和爱情的向往对命运的抗争等[1]。随着时代背景的变化，女性又扮演着各种角色，但这样的抗争意识，到目前为止，依然没有消退和改变过。

我国在改革开放之后，特别是 2000 年后，经济飞速发展，同时也给民众带来了精神上的复苏和更高标准的需求。之前，经过长期的闭塞，百姓精神生活较为单一、枯燥，但自二十世纪八十年代开始，则逐渐呈现渴求状态。内地（大陆）民众对于港澳台文化，已从新鲜好奇

---

[1]　罗苏文. 女性与中国近代社会［M］. 上海：上海人民出版社，1996：43.

到爆发式的需求，比如，《上海滩》《霍元甲》等港剧播放时的万人空巷，琼瑶小说因风靡一时而带来的琼瑶剧收视热潮；二十世纪九十年代初期李碧华的小说作品备受欢迎，且很多部小说被拍成影视剧，风格凸显，个性鲜明，并且开始由内地的制作班底拍摄，如《霸王别姬》《秦俑》《生死桥》等。随着 21 世纪物质生活的日渐丰盛，人们对优秀文艺作品的渴求越来越多，海峡两岸暨香港的作家们写出的很多作品，引发阅读狂潮之后，又被拍成影视剧，引发收视狂潮，极大地满足了民众对精神生活日臻充实的愿望。这些作品都根植于中华文化的基础之上，不管作者来自哪里，作品都与中国文化有着一脉相承的血缘关系，书写背景也都有着同样的时代基础。这些备受欢迎的文学作品里，尤其以女性作家的作品更为细腻、深刻地刻画了各种女性角色，深入人心，讲故事的同时，也传递了特定时代的文化和价值观念。其中香港本土女作家李碧华的诸多中长篇小说，由于特点鲜明，文风诡异，犀利写实，在诸多女作家中独树一帜，而她的作品，又都以大时代作为背景，刻画特定历史条件下的人物。内地的故事，由她来讲毫无违和感；香港的故事，由她道来更是港味十足。香港作为中国的两个特别行政区之一，有着特殊的历史和地域特征，香港本地女性作家李碧华的作品，更是一个独特的存在，她的作品与内地女性作家的作品风格迥然不同，被评价为"文风妖艳诡异，独辟蹊径"①，非常具有探究价值。

在李碧华的文学作品里，塑造的女性角色有母亲、有妻子、有爱侣、有女儿、有军人、有记者、有舞者、有公主、有明星贵妇，也有社会底层边缘人，如妓女、戏子、杂耍艺人、侍女等，每个角色都有其惊心的故事，如同一幅波澜壮阔的命运画卷，刻画出最具代表性的女性角

---

① 王坚. 华丽诡异 哀艳繁华——李碧华长篇小说创作论［D］. 合肥：安徽大学，2006：14.

色。她们在生命的过程中，表现出来的多种抗争意识，体现了新旧时代女性的不同观念。李碧华赋予了她们耀眼的光彩，她们用自己最卑微的力量去抗争，比男性更加勇敢、顽强，甚至不惜付出生命的代价，去追求自己的爱情①；对传统故事的大胆改编，从不同的角度重新讲述故事，也体现了李碧华的独特，她在女性故事中去表达女性主义，李碧华笔下的她们面对上千年的封建枷锁，所做的抗争是如此艰辛不易。作为新时代的女性，我们在深入剖析作品的同时，珍惜现在来之不易的女性权益，只有不断成长与壮大自己，培养独立成熟的人格，学习知识和生存技能，建立健康正确的世界观、人生观、价值观，才是现代女性抗争不幸、完善人生、成功应对各种挑战的正确之路。

第二节　研究目的

基于上述研究背景和动机，本书的研究目的如下：

一是通过查阅文献综述与分析，为探究李碧华作品获得理论支持，研究作品的创作情况，分析李氏作品独特风格的主要形成因素、作品中出现的社会背景对人物悲剧的影响，以及在大时代背景下的女性人物对不同命运的抗争意识。

二是在研究作品范围内，按照背景的时间顺序，探讨李碧华塑造的各个社会形态里的不同性格的女性，如何反抗各种压迫与不公，剖析她们为何抗争、如何抗争以及抗争结果如何，学习女性角色表现出的正面

---

① 贾颖妮. 新女性主义的高扬——评李碧华言情小说 [J]. 世界华文文学论坛, 2005 (1)：65.

精神与意识，从而获得现代社会中女性该如何避免悲剧发生，如何更好地生存与完善自我的启示，获知时代对女性命运的影响，珍惜当今来之不易的时代环境和女性权益。

三是填补相关主题文献没有探究到作品中非主要女性人物角色的空白，而不仅仅限于作品中的主要女性角色。由于李碧华本人也有参与到影视剧创作中，本书将对研究范围内的文学作品和影视作品的改动部分做比对，探讨女性人物抗争意识塑造的表达效果的差异，为相关学者提供研究参考。

第三节　文献探讨

李碧华作为知名作家兼编剧，为人低调，几乎没有公开出现在媒体与公众面前，本人照片都极难找到，与其作品一样，她个人颇具个性。这样内敛的作风与风格凸显的作品，形成鲜明反差，更加吸引人的注意，海内外研究李碧华和她的作品的文字非常丰富，本书主要参考内地（大陆）及港澳台地区的华人文献中较为贴切实际的部分。研究李碧华作品的论文，以硕士论文居多，有单独研究，也有和其他作家的对比研究，大多集中在影视剧改编方面以及对李碧华塑造的妖女、怨女的形象进行分析，以及悲剧、政治方面。至于期刊文献，数量更为丰富，但大多集中在两性、轮回、宿命观、艺术风格、手法、情节、主题探讨，且多为针对某一篇作品进行研究分析。

一、专著书籍

专著书籍以中文著作为主，因为中文书籍研究香港文学作品以及女性主义的著作数量较多，如也斯的《城与文学》①、陈冠中的《我们这一代香港人》②、黄万华的《百年香港文学史》③、陈炳良的《香港文学探赏》④、刘登翰的《香港文学史》⑤、刘慧英的《走出男权传统的樊篱：文学中男权意识的批判》⑥、李银河的《女性主义》⑦、毕新伟的《暗夜行路：晚清至民国的女性解放与文学精神》⑧ 等，都定义了全新的女性主义，挣脱了过去的封建桎梏；外文书籍主要参考国外对女性主义及抗争意识心理方面的研究，比如约翰·斯图尔特·穆勒（John Stuart Mill）的《妇女的屈从地位》⑨、卡伦·霍妮（Karen Danielsen Horney）的《女性心理学》⑩，与中文著作的相同之处就是对女性这个弱势群体不断表现出来的独立意识、抗争意识进行心理学上的分析。

---

① 《城与文学》是 2013 年浙江大学出版社出版的图书，作者也斯，主要围绕香港二十世纪五六十年代以来的香港文学发展脉络展开，对香港当代重要文学作品和作家进行了细致而具特色的介绍，是一部别样的香港文学史。

② 中信出版社于 2013 年出版的图书，以港人为读者对象解读"港人港事"，对香港的描述被认为是有史以来解读香港最好的一部作品。

③ 花城出版社于 2017 年出版的图书，讲述百年香港文学发展历程，在香港文学与中华文化背景下，凸显香港文学传统的形成。

④ 香港三联书店于 1991 年出版的图书，是 1985 年以后在香港举行的学术研讨会上宣读的研究香港文学部分成果的汇编。

⑤ 人民文学出版社于 1999 年出版的图书，介绍了香港自开埠以来至 1997 回归这一时期的香港文学概貌。

⑥ 三联书店于 1995 年出版的图书，重新界定女性文学范畴，通过六章内容对爱情、母性、历史文化道德、女性作家地位及终极关怀进行探讨。

⑦ 2005 年由山东人民出版社出版的图书，用千头万绪的女性主义理论，探讨如何在全人类中实现男女平等。

⑧ 暨南大学出版社于 2010 年出版的图书，内容包括古典时期的女性及其情爱方式，以辛亥革命和五四运动为背景，民国女性文学的诞生。

⑨ 首次出版于 1869 年，从性别角度系统论证女性备受屈辱的根源，构想了女性获得平等权利的美好自由的理想社会。

⑩ 反映了霍妮女性心理学思想发展演变过程的论文集，用女性心理学反对弗洛伊德男性导向心理学之后，为哲学、心理学，以及研究全人类生活和多变环境互动的精神分析做好了铺垫。

本书还参考相关评论书籍了解李碧华的人生经历、创作风格的形成、写作灵感来源等，其作品作为文化商品如何被生产、传递、接受、评估，又如何深刻反映社会现状，这些都与时代发展脉络紧密结合。香港是李碧华出生与生活的主要城市，对她个人的各种影响无疑是最深刻的地域影响因素。陈国球在《文学香港与李碧华》中曾说李碧华的《胭脂扣》是以二十世纪八十年代的香港意识形成为背景，借此让香港人想象一段自由与独立的市民伦理的历史；而《霸王别姬》《青蛇》《潘金莲之前世今生》《诱僧》则以个人意识的不确定性为共通主题。①刘登翰在《香港文学史》中，将李碧华作品与香港本土女作家亦舒、林燕妮、岑凯伦、梁凤仪的言情作品并列，命名为"诡异言情小说"。虽然如此，他也认为李碧华的小说并不是一般的纯言情小说，其丰富的内涵，以及在历史、社会、美学、哲学等方面带给人的思考，是一般言情小说所不能比的。她笔下的女性角色往往披着"传统"的外衣，在"小气候"中成为自己真正的主人。②

李碧华的作品绝对不是单一地在讲述爱情故事，她的作品通过讲述痴男怨女间的悲剧爱情故事，来展现时代背景对小人物命运的影响，挖掘人性丑恶，展现独立的女性抗争意识，用极为普通、底层的女性人物来对抗强大的男权主义、封建主义、皇权主义等的欺压，并带着反叛精神塑造了反传统的女性形象，颇具震撼力。同时，在她的小说中也充分展现了她本人对历史、政治、社会、佛学、人性的犀利见解。陈国球认为李碧华的作品都是以个人意识的不确定性为共通的主题，对个人命运与国家民族的关系进行反思，她的作品在高雅、严肃之列，给予读者的思考层面之多，不亚于曹雪芹的文学巨著《红楼梦》，情欲与政治的互

---

① 陈国球. 文学香港与李碧华 ［M］. 台湾：麦田出版社，2000：101.
② 刘登翰. 香港文学史 ［M］. 北京：人民文学出版社，1999：470.

动关系是李氏小说中的主要构成元素。在陈国球所编著的《文学香港与李碧华》这部研究李氏作品的论文集里，这是相当高的评价，可以与《红楼梦》相提并论的作品凤毛麟角，李碧华的作品相较于《红楼梦》更加短小精悍，用小小的一方天地反映了历史家国情怀和人生的意义，用男女情爱故事来讲述人性，用人的命运来勾画一幅没有边框的巨幅画卷，画卷上的每一个女性人物都能在她们所处的环境下反映出当时社会的大环境，表面在讲爱情传奇，实则在叙述人世间最复杂的人性。她笔下的女性人物与其他作家塑造的女性人物截然不同，她们骨子里对命运的不屈就、对强权的不屈服、对苦难和偏见的不低头，为了争取自己的爱情和自己的自主，她们能放下身段、摆脱封建束缚，像"妖精"一样主动去引诱男人，丝毫不见传统女性的矜持；她们大胆、泼辣，敢爱敢恨，手起刀落，比男人更有魅力。一个个有着现代意识的古代、民国女性，在最卑微的尘埃里，都有努力怒放的劲头，这样的抗争意识深深地打动人。

总体来说，对李碧华进行研究的专著较少，她的作品，大多出现在对香港二十世纪八九十年代文学史的研讨中，专门研究李碧华作品的学位论文及期刊论文较多。

二、学位论文

对李碧华作品做专门研究的书籍极少，但论文文献较为丰富，其中硕士论文数量较多，博士论文相对偏少。具有代表性的博士论文有山东大学冯晓艳的《跨越时空的文学唱和——二十世纪末香港与台湾女性作家小说与张爱玲》，将李碧华作为香港代表性作家，将她的作品与张爱玲的作品进行比较研究，认为她吸收和借鉴了张氏创作元素，她们的文学创作理念相似，对人生睿智洞察，对人性细腻烛照①；复旦大学唐丽芳的《香港城市精神观照下的景致——论二十世纪八九十年代李碧华的中长篇小说创作》，探究了李碧华小说的文化内蕴、存在形态、叙事特点和精神渊源②。这两篇博士论文一篇是在研究张爱玲的同时，选取李碧华作为香港本土女性作家代表做比较；另一篇着眼于李氏中长篇小说的内在进行探究，与本书对李氏小说中女性人物抗争意识的研究目的不同。

李佩华的硕士论文《香港作家李碧华小说之研究》，针对在香港都市文化影响下的香港文学以及香港与内地的牵连，对李碧华的作品进行解读③；华中科技大学的聂焱在硕士论文《李碧华小说中的女性形象和历史家国意识》中，以李碧华的五篇长篇小说作为切入点，分析女性形象，解读朦胧的女性意识、残缺的性别身份以及轮回的女性宿命；并对小说中体现的历史家国意识做了一定研究，和本书试图以大时代为背景进行探究的主题相契合。这篇硕士论文，探索女性所象征的"九七"前后，香港被放逐的命运，及香港人自认为边缘人怀旧又无奈的复杂心态，从而阐述李碧华如何驱遣情爱与历史家国意识，发出香港的声音④。暨南大学的贾颖妮在硕士论文《边缘叙事——论李碧华言情小说中的女性形象与政治隐喻》中，认为香港和李碧华一样，都是多重意

① 冯晓艳. 跨越时空的文学唱和——二十世纪末香港与台湾女性作家小说与张爱玲 [D]. 济南：山东大学，2007：5.

② 唐丽芳. 香港城市精神观照下的景致——论二十世纪八九十年代李碧华的中长篇小说创作 [D]. 上海：复旦大学，2004：11.

③ 李佩华. 香港作家李碧华小说之研究 [D]. 台北："中央大学"，2005：6.

④ 聂焱. 李碧华小说中的女性形象和历史家国意识 [D]. 武汉：华中科技大学，2006：5.

义上的边缘①。李碧华经常以女性作为书写主题，来探寻女性命运的变迁，表现出性别姿态的放松，更多着眼于人们生存的大背景。这篇论文以"文革"和"九七"回归这两个重大历史事件作为背景，来分析李碧华小说中的女性形象和政治隐喻，用性别理论和后殖民理论来对李碧华的作品进行解读分析。

上海外国语大学的钱卓珺在其硕士论文《于"戏古弄今"中勘破世情——论李碧华小说的女性意识与男性批评》中，选取了李碧华创作黄金时期的八篇长篇小说作为切入点，进行女性主义解读，重新审视和认知其作品的文学价值②。这篇论文通过比较李碧华和鲁迅"故事新编"的异同，对其小说创作中的独到选材，"戏古弄今"式的叙事策略，及其对历史和现实的深刻思考等创作特色予以分析，揭示李碧华小说创作中的强烈女性意识和男性批评，对探究女性反抗意识甚有参考价值。

福建师范大学的陈茂旺在其硕士论文《通俗中的不俗——论李碧华的新女性主义色彩》中，从个人身世、社会环境、宿命思想等角度，探讨了李碧华新女性主义创作思想形成的背景因素，剖析了她的新女性主义书写策略；通过对女性关于爱情和自在生活的不断追求与最终幻灭的哀叹，表达了对女性悲剧命运的怜悯与反思③；同时结合了李碧华小说不乏通俗色彩的主题指向、创作模式和堪称不俗的话语叙事方式，从女性主义研究角度，对她所展示的新女性主义文学魅力进行解读。

---

① 贾颖妮. 边缘叙事——论李碧华言情小说中的女性形象与政治隐喻 [D]. 广州：暨南大学，2005：11.

② 钱卓珺. 于"戏古弄今"中勘破世情——论李碧华小说的女性意识与男性批评 [D]. 上海：上海外国语大学，2008：12.

③ 陈茂旺. 通俗中的不俗——论李碧华的新女性主义色彩 [D]. 福州：福建师范大学，2008：8.

　　以上为部分参考学术论文，可作为本书参考获取相关资料的支持文献，另有部分参考论文将在本书探讨相关问题时加以引用。其他硕士论文如台湾淡江大学翁慧娟的硕士论文《李碧华长篇小说中的女性书写》、彰化师范大学钟宜书的硕士论文《李碧华长篇小说悲剧人物研究》、云南大学周婧悦的硕士论文《只成怨恨不成欢——论李碧华创作中的"怨女"情节》、吉林大学段冶的硕士论文《李碧华小说中的妖女形象》、南京大学李晓晨的硕士论文《中德文学中的女性形象重构——论〈美狄亚·声音〉和〈潘金莲之前世今生〉中"坏女人"形象的颠覆》、郑州大学秦磊的硕士论文《妓女传奇与历史想象——论〈香港三部曲〉〈胭脂扣〉〈扶桑〉中的文化意蕴》，都是以李碧华小说中的反传统女性形象为研究或对比研究的对象，但都局限于主要女性人物角色，忽略了对一些出现在小说里的边缘女性配角的研究，本书将填充这一研究空白，并对李碧华笔墨不多的出场女性人物的抗争意识进行剖析。

　　台湾南华大学黄美瑟的硕士论文《李碧华鬼魅小说之艺术研究》、香港岭南大学李子翘的硕士论文《论李碧华小说"神怪叙述模式"的效果与作用》、江南大学孟飞的硕士论文《李碧华"故事新编"小说艺术研究》、湖南大学吴燕的硕士论文《论李碧华散文创作的互文性》、南昌大学苏晨的硕士论文《李碧华小说的古典意味与传承》、东北师范大学刘姗的硕士论文《李碧华故事新编型小说研究》、暨南大学袁龙的硕士论文《李碧华小说的中国叙事艺术》、安徽大学王坚的硕士论文《华丽诡异 哀艳繁华——李碧华长篇小说创作论》、山东大学王菲的硕士论文《论〈白蛇传〉的神话重述》、复旦大学王旗的硕士论文《"白蛇传"的跨媒介改写——以七十年代以降的港台地区改编作品为对象》、吉林大学杨松柠的硕士论文《以传奇书写现实——李碧华及其创作解读》、浙江大学项婉丽的硕士论文《商业语境下的独特书写：论香港女作家李碧华的小说创作》、江西师范大学万宁娜的硕士论文《李碧华小说创作论》、广西大学董雅珺的硕士论文《李碧华小说的越界书写研究》等论文，都是以李碧华作品的创作手法为研究主题，而台湾东吴大学李胤霆的硕士论文《从李碧华"故事新编"看女性角色来进行再造》则是综合了以上两类研究论文的主题，兼顾了写作手法和女性角色的研究。

关于李碧华作品的影视剧改编方面的研究论文有台湾东华大学黄爱玲的硕士论文《李碧华小说〈霸王别姬〉与影视戏剧的互文性研究》、西北师范大学景淑娥的硕士论文《李碧华小说电影改编研究》、南昌大学李冰玉的硕士论文《李碧华小说的电影改编研究》、湖南大学黄思思的硕士论文《影视文化背景下的当代小说趋向——以李碧华小说为例》、中南大学毛琼的硕士论文《李碧华小说与电影研究》、苏州大学刘广倩的硕士论文《文学与电影的成功联姻——李碧华创作从小说到电影的转换》等，这些论文为本书第六章研究李碧华小说原著与电影改编效果提供了参考资料，但这些论文并没有提及原著与电影的差异之处，以及对于表达女性人物抗争意识效果的强弱进行描写。

最后，有对李碧华小说中出现的时代背景，或社会、历史、政治背景进行作品解读的论文，比如香港岭南大学林贺超的硕士论文《香港小说中的情欲与政治：从施叔青、李碧华到黄碧云》、香港大学林逸濂的硕士论文《李碧华小说中的香港社会》、福建师范大学罗小明的硕士论文《试论海外华文文学中的"文革"记忆书写——以陈若曦、严歌苓、李碧华的"文革"小说为例》、上海师范大学黄静的硕士论文《李碧华情欲小说中的性别政治》、郑州大学宁敏的硕士论文《多重视角关照下的"文革"记忆——从陈若曦、严歌苓、李碧华看海外女作家的

"文革"书写》，这些论文为本书研究"文革"背景下的李碧华小说的人物塑造提供了参考，本书也将对该背景下的女性人物抗争意识进行剖析。

三、期刊论文

关于李碧华研究文献的期刊论文比专著论文数量要多，比如厦门大学郑渺渺的《率性的叛逆与另类的光彩——论李碧华笔下的女性形象》，集中于李碧华笔下那些不被封建传统所接纳的"坏女人"们，因为不甘蹂躏与压迫而展现出来的另类抗争，喊出不屈的声音，充满理想色彩，也展现出了鲜明的女性主义色彩。① 贾颖妮在《饮食男女别样情——评李碧华言情小说的新女性主义视角》中，研究了"现代女性摒弃如花精神是何等悲哀的新主题"，认为李碧华以灵动之笔，构筑了充满反抗和宿命的今昔传奇，廓清了一代又一代女性的历史生存真相，对现代女性的命运表示深深的忧虑。② 此外，贾颖妮还在《魂归何处——论李碧华小说对女性命运的探讨》中，认为这些女性角色在对爱情的追求与幻灭中，蕴藏了女子是牺牲者的主题，而这些痴情女子所做出的牺牲，又何尝不是一种抗争方式，她认为李碧华作品中透露的意识，使女性命运经过漫长岁月没有得到质的改变。③ 庄若江在《颠覆、重构与文化立场——李碧华笔下的另类女性解读》中认为，李碧华一直关注女人、探讨女人、探究女人与爱情命运的关系，质疑封建传统的

---

① 郑渺渺. 率性的叛逆与另类的光彩——论李碧华笔下的女性形象 [J]. 世界华文文学论坛，2006（2）：33.

② 贾颖妮. 饮食男女别样情——评李碧华言情小说的新女性主义视角 [J]. 华文文学，2004（1）：37-38.

③ 贾颖妮. 魂归何处——论李碧华小说对女性命运的探讨 [J]. 当代文坛，2004（3）：14.

盖棺定论，在大胆解构与新编中展示新女性主义立场①。

以上是部分参考的期刊文献，都涉及了李碧华小说中的女性抗争意识，由于篇幅所限，涵盖范围不够，针对性不强，没有深入李碧华主要的代表性作品，也没有涵盖边缘女性角色的抗争意识探究。其他期刊论文大多针对专门一篇或几篇文章分析主角，综合性、覆盖性较差，但可作为专门针对某部作品的参考文献。其中深入解析质量较高的有香港中文大学何杏枫的《历史创伤与记忆探寻：李碧华〈烟花三月〉中的文化沉淀》、香港教育学院的余君伟的《问世间情为何物：李碧华〈胭脂扣〉中的礼物交换与爱情》、刘郝姣的《另类的言情——从〈青蛇〉看李碧华笔下的女性意识》、赵秀媛的《潘金莲形象的现代女性书写》、刘月华、易小会、于晓楠的《从〈胭脂扣〉浅析李碧华的女性主义》、张海丽发表在《香江文坛》的《李碧华〈青蛇〉里的中国书写》、李焯雄发表在香港老字号期刊《素叶文学》上的《名字的故事——李碧华〈胭脂扣〉文本分析》、暨南大学郭旭腾的《浅谈李碧华〈霸王别姬〉的文化悲剧》、张耀中的《析李碧华〈生死桥〉中的背叛主题》、王莹的《无止找寻的精神皈依——李碧华：从〈胭脂扣〉到〈烟花三月〉》、贾愫娟的《饺子能否使青春永驻——李碧华小说〈饺子〉与电影对读》、凌逾的《论李碧华的轮回叙事》等。

在探讨女性主义及抗争意识方面，主要有艾尤的《摇摆的女性欲望：在"自主"与"依附"之间——对李碧华小说的一种解读》、叶云的《女性主义视角下李碧华小说艺术风格研究》、严英秀的《宿命与反抗：对李碧华小说的女性主义解读》、韦冰峰的《政治媚俗与女性关

---

① 庄若江. 颠覆、重构与文化立场——李碧华笔下的另类女性解读 [J]. 文学评论，2010（4）：50-53.

怀——读李碧华长篇小说与〈文学香港与李碧华〉的不同看法》、赵妍的《从女性形象塑造分析李碧华小说的艺术风格》、贾颖妮的《魂归何处——论李碧华小说对女性命运的探讨》、何桂英的《论新女性主义文学的文学特质——以李碧华文学创作为考察对象》、刘郝姣的《另类言情——从〈青蛇〉看李碧华笔下的女性意识》、程文洁的《女性意识的影像抒写——以李碧华与严歌苓比较为例》、张艳的《李碧华小说中的女性意识》、唐启瑜的《李碧华笔下女性的抗争意识及其现实意义》、韩旭东的《论〈青蛇〉的性别视点与女性主义色彩》，这些期刊论文都从女性主义和女性意识角度，对李碧华的作品进行探究，本书将在参考的基础上，弥补这些文献没有涉及的部分，结合大时代的背景，进行剖析。

关于李氏作品的影视剧改编方面的期刊论文有台湾大学黄国华的《拒绝收编——论李碧华的"后零三"电影小说的鬼魅叙事》、孙祖欣的《李碧华小说电影改编的两个走向——以〈霸王别姬〉和〈青蛇〉为例》、孙晓燕的《小说与电影：从间离到暗合——简论李碧华的小说创作与电影艺术之关系》、居荃培的《在文本里看戏，在影像中缠绵——李碧华的小说与电影》、姚霞的《影像对文本中性别意识的重建——以李碧华的〈饺子〉为中心》、王晓旭的《别样言情下的自我审视——从弗洛伊德精神分析学角度探讨李碧华影视作品》、金力维的《李碧华小说〈生死桥〉上荧屏》、李艳萍的《电影〈青蛇〉中的女性主义》、李贵森和宣丽明的《文化因素对电影剧本改编的影响——以〈霸王别姬〉为例》，本书将参阅这些文献，探讨李碧华小说的影视改编，对文学作品和影视作品改动部分造成的体现女性抗争意识效果差异进行探究，为以后的学者进行相关研究提供参考。

第二章

李碧华生平及其作品

第一节 生平事略及主要作品

李碧华，原名李白，生于 1956 年，祖籍广东台山①，生于香港，长于香港，毕业于香港真光中学。她曾任小学教师、记者、编剧、舞蹈策划，出身于父辈从事中药行业的旧式传统大家庭中，听闻过很多旧式的人事斗争，这些为她提供了创作素材和灵感。

李碧华从小热爱文学创作，二十世纪七十年代开始为《中国学生周报》写稿，后在《幸福家庭》杂志社工作，专访艺术界、娱乐圈人物，后因采访周梁淑怡而被请到无线电视台任编剧，并且编出了很多叫好又叫座的作品，如《七女性》《狮子山下》《小时候》《岁月河山》等，成为著名女作家，继而以专业习作为主。② 她的代表作品有《霸王别姬》《青蛇》《秦俑》《胭脂扣》《生死桥》《饺子》《诱僧》《潘金莲

---

① 李碧华. 戏弄 [M]. 香港：香港天地图书，1995：16.
② 冯湘湘. "天下言情第一人"——李碧华 [J]. 作家月刊，2007（7）：103.

之前世今生》《满洲国妖艳——川岛芳子》等，其中有几部被拍成影视剧，最为公众所知晓，影响力最大。她后期创作了极为少见的纪实文学《烟花三月》，将目光对准历史和战争中的苦难女性，这是李碧华少有的、与自己风格不同的一部作品。她的其他作品，如《流星雨解毒片》《凤诱》《荔枝债》《逆插桃花》《樱桃青衣》《最后一块菊花糕》《潮州巷——吃卤水鹅的女人》《吃眼睛的女人》《吃蛋挞的女人》《吃婴胎的女人》这一系列都市怪谈，以及2010年后，为了挽救日渐衰退的香港电影市场，喊出"重振港产片，杀出阴司路"的口号，她写出的鬼魅系列作品《奇幻夜》《迷离夜》被拍成电影，在港澳台地区及海外公映。

除此之外，她也写了大量的散文，比如，《青红皂白》《白开水》《绿腰》《南泉斩猫》《红耳坠》《黑眼线》《橘子不要哭》《女巫词典》《牡丹蜘蛛面》《蟹黄壳的痣》等，出版了散文集《八十八夜》《白开水》《红尘》等，从标题上看就很醒目，志怪、诡谲、个性十足地吸引着读者。

除了写作和当编剧之外，李碧华还有着十年中国舞的学习经历，在美国艾云雅里现代舞蹈团学习过，这也为她在"非典"之后与日本导演蜷川幸雄和中国内地的邢时苗、田沁鑫合作舞台剧打下了基础。李碧华曾任"香港舞蹈团"大型舞剧《搜神》《女色》《胭脂扣》《诱僧》的策划。在2008年，日本著名导演蜷川幸雄执导了舞台剧《霸王别姬》，2011年、2012年山西华晋舞剧团之《粉墨春秋》根据李碧华原著改编，并由她担任编剧，邢时苗编导，黄豆豆主跳，在全国及世界巡演。李碧华与田沁鑫合作的舞台剧《青蛇》于2013年、2014年参与全球十多个艺术节巡演。①

---

① 李碧华. 李碧华作品集［M］. 北京：新星出版社，2013：2.

李碧华的父亲是国画家，在家风的熏陶下，她热爱和艺术有关的一切，她是一个多才多艺的作家。除了文学，她对舞蹈、舞台剧、戏剧、电影都有所涉足，特别是京剧，在她的文学作品中经常出现梨园题材，和她本人特意研究京剧、经常捧场有很大关系。她本人还热爱旅行，认为在旅途中可在不同国度细心观察不同的人和事，再由脑海折射出来，化成文字，融汇于她激情、尖锐的笔锋之中。①

第二节　个人风格及写作特点

李碧华为人极为低调，几乎不在媒体上出现，甚至在网络上也搜索不到一张她本人的照片，行踪神秘的她对此解释说："别那么好奇我的面貌，我是那种被摆到人群里，不容易被认出来的人，没什么好描述的。"她认为和外界的人和事保持适当的距离，对她来说是最好的，不老记挂着自己的影响力，不去想有多少人正在看你的文字，不至于动不动就把自己当成苦海明灯，才可以潇潇洒洒地写。② 我们只能在仅有的电话采访录音稿中，对她的行事作风、为人和性格捕捉一二。她坦言"不喜欢接受访问"，但又不愿失了礼貌，所以关于她的采访内容，都是采用传真方式完成的。2011 年央视开年大戏热播，宣传部尊重她本人意愿，集中问题用电邮回复，李碧华觉得问题老套，只挑些有趣的问题来回答。③ 李碧华认为人生的追求不外乎"自由"和"快乐"，人要

---

① 冯湘湘. "天下言情第一人"——李碧华［J］. 作家月刊，2007（7）：105.

② 冯湘湘. "天下言情第一人"——李碧华［J］. 作家月刊，2007（7）：104.

③ 钟宜书. 李碧华长篇小说悲剧人物研究［D］. 彰化：彰化师范大学，2014（7）：17.

活得逍遥①，不论作品还是改编的电影都获奖无数，她却声称最好的作品仍未写就。② 对于人生的理想，她给出的答案也非常有意思："不劳而获、财色兼收、醉生梦死……过上等生活，付中等劳力，享下等情欲。"她甚至为了不在大庭广众前露面而拒绝领奖。③ 李碧华成名之后，并没有按照惯常的商业套路进行创作，盲目迎合市场，而是秉承"先娱己，再娱人"的写作原则，形成鲜明的个人风格，不落俗套。

李碧华这样低调个性又不失真实本质的行事风格和她的作品特色自然融合、自成一派。她的作品不外乎男欢女爱，但是被定义为言情小说又有些贬低了她的作品。她的作品大多安排在一个大时代的背景下，不是乱世就是战乱，还很热衷于写以"文革"为背景的故事，她通过笔下的痴男怨女们的悲剧来透视人间、挖掘人性，她的笔像一把看不见的刀子，锋利地割开伪装的表象，在矛盾激化的巅峰时刻，把人性最丑恶的一面充分展现出来。她是故事的缔造者，可清冷、犀利的笔调又让她如同一个旁观者，不时对故事中的人物角色进行调侃和评论。

赵颖颖在《"非纯情写作"：独特的情感书写——重读李碧华的〈胭脂扣〉》中认为李碧华的独特之处在于，她超越了一般的情感书写，采用了一种新的书写手法，看似无厘头，其实有着独特构思的叙事策略，使小说在展现另类情感的同时，充斥着一种挥之不去的情外之音，散发着独特的文学韵味④。旅加华人作家冯湘湘在《"天下言情第一人"——李碧华》中，认为李碧华小说的选材冷僻刁钻，一支灵异

---

① 李碧华. 李碧华作品集［M］. 北京：新星出版社，2013：序.
② 李碧华. 李碧华作品集［M］. 北京：新星出版社，2013：序.
③ 钟宜书. 李碧华长篇小说悲剧人物研究［D］. 彰化：彰化师范大学，2014（7）：21.
④ 赵颖颖. "非纯情写作"：独特的情感书写——重读李碧华的《胭脂扣》［J］. 城市文艺，2008（11）：47.

之笔常跨越阴阳两界，写尽前尘往事、畸恋异情，还擅于将旧曲新编，推陈出新，作品风格别出心裁、瑰奇诡秘。① 香港大学的林逸濂在《李碧华小说中的香港社会》里认为，李碧华的小说之所以受欢迎，是因为她的大胆尝试和情节紧凑，时空交错，人鬼同台。② 庄若江在《颠覆、重构与文化立场——李碧华笔下另类女性解读》中认为，李碧华对传统审美进行了大胆颠覆，写出了笔下女性人物的"另类之美"，以鲜明的女性主义立场塑造了富有叛逆思想和抗争意识的女性群像，将浪漫、诡异、传奇、激越、悲情与凄艳的色调发挥到极致，在光怪陆离中蕴藏着作者的文化叩问，她的作品不能简单列入通俗文学中。③ 刘登翰在其著作《香港文学史》中认为，李碧华小说具有比一般纯言情小说更深广的社会历史内容，在哲学、历史、美学、文化等层面都超越了一般的言情小说。④ 梅儿在《以灵慧，创造诡异的世界——奇情才女李碧华和她的作品》中认为，李碧华的小说跟亦舒、林燕妮等言情小说家有一个较明显的区别就是她笔下的主角并不都是女性，至情至性的男性角色跟勇敢痴情的女性角色相互辉映，蔚然成为一道动人的景观，女性也大抵是反叛意识角色，披着传统的外衣，却没有多少传统的内涵。⑤

综上可知，李碧华的小说虽然不落俗套地在写男女情爱，但她将自己的文化理念和政治观念都渗透到作品当中，用她笃信的转世和宿命论给作品增添传奇效果。在书写爱情悲剧的同时，她对家国理念、历史文化、佛学精髓、人性美丑进行深刻探究，人鬼恋、穿越恋、转世恋，题

① 冯湘湘."天下言情第一人"——李碧华［J］.作家月刊，2007（7）：104.
② 林逸濂.李碧华小说中的香港社会［D］.香港：香港大学，2009：6.
③ 庄若江.颠覆、重构与文化立场——李碧华笔下另类女性解读［J］.文化评论，2010（4）：49-54.
④ 刘登翰.香港文学史［M］.北京：人民文学出版社，1999：496.
⑤ 梅儿.以灵慧，创造诡异的世界——奇情才女李碧华和她的作品［J］.香江文坛，2002（3）：32.

材新颖，文字犀利。表面看来她的笔调冷峻不羁、辛辣讥讽、诡异刁钻，实际上却反映出最为丰厚饱满的人间情景，她没有只描述爱情的美好，通过对人心最深处的剖析和对社会阴暗面的揭穿，用令人意外的方式给读者的心灵带来强烈震撼，让人掩卷之后依旧无法停止思考。

这样的李碧华和她的作品必然会吸引大量读者，也吸引了影视界对其作品的改编热潮，原著与影视剧都反响热烈，令她名声大噪，由此文学界的专家及学者们也对她的作品进行了相关研究和讨论。自古以来女性与男性的不同之处在于女性将感情看得比生命中的其他东西要重，一个是原始的生理结构造成的，另一个是由于男女性别身份在社会和家庭中的角色定位不同。在人类发展早期，男性由于体力上占据更多的优势，比女性扛起了更多社会分工的重任，较大的体力劳动、狩猎捕食都由男性担负，女性负责生儿育女、繁衍后代。在人类社会发展后期，慢慢由原始社会、奴隶社会进入封建社会，男权社会日益明显，一夫多妻制开始合法化，女性由于处在弱势地位逐渐成为男权主义下的附属品，慢慢形成"男主外，女主内"的家庭分工模式。在中国皇权时代背景下，男性除了养家糊口外，一部分男性还要走上争名逐利之路，或是官场，或是商界，他们开始将这种事业、名利上的成功视为生活中极为重要的一部分，而女性依然以家庭为主要阵地，绝大多数女性幼年靠父母养育，嫁人后靠丈夫过活，自己只需做好妻子、母亲分内之事即可，那时候读书上学的女性也比男性少很多。这样长期发展起来的社会模式逐渐形成了女性对男性的依赖感、顺从感，女性一旦忤逆男人的意愿，就会失去经济来源，逐渐形成不够理智、客观、独立的爱情观，习惯男人的三妻四妾与朝三暮四、外出狎妓等陋习。在男权社会里，男性为了对女性实施压迫，用封建礼教对女性进行思想束缚，不提倡女性上学堂，美其名曰"女子无才便是德"，用这样管制女性接触知识的方法来束缚她们的思想，让她们永远依赖男性生存。

在男权主义者的眼里，女性一旦读书读得多了，便会拥有自己的思想观念，在面对家庭事务和个人事务的时候，就会有自己的想法，一旦有了自己的想法，他们的行为就不容易被男性所操控，男性不需要这种独立自主的叛逆女性，因此用封建礼制进行打压，希望她们归顺男性、为家庭服务、为繁衍后代而服务、代替他们去赡养老人等。这种数千年逐渐形成的理念深入人心，女性不断把对男人的感情看成重中之重，把爱情凌驾于事业、个人喜好之上，而男人除了家庭、爱情外，他们还有对名利的追逐，对权力的渴望，这方面的成功对于男性来说才是真正的成功。只有拥有权力和金钱的男性，才会获得更多女性的青睐，他们逐渐形成把事业放在感情之上的习惯性思维，认为拥有了前者，便必定会拥有后者，反之则不然。

这种男女间不平等的状态一直持续至今，但随着时间的推移，现代社会已经明显改善很多。封建帝制时期的武则天、慈禧太后等非凡女性掌权的特例，就足以说明女性作为弱势群体，虽然一直在男权主义的重压之下，以男性附属品的方式存活相当长的时期，却不乏思想独立的女性勇敢抗争，不再依附男人苟活，不再把对男人的感情看作是生命中的唯一。现代社会中日渐走高的离婚率可以直接说明这一点，在过去女人没有自己的事业和收入，她们成为男人的附属品，害怕离婚会直接失去自己的生活来源，而现在随着女性的收入和学历不断提高，不再像过去那样只能靠嫁人、依附男人来讨生活，她们拥有自己的谋生本领，当爱情和婚姻不再是自己想要的模样，她们会毅然选择离开，自己有资本、也有能力让离开男人的自己过得更好。在所有的离婚案例中，女性主动提出离婚的案例近七成，现代女性不再处于弱势依附地位，相比过去，她们更加懂得如何做出选择，不再把爱情看作是生命的唯一和最重，她们也有自己的理想、事业，也有自己的社交圈，有自己的友情、亲情，不再像封建社会和近代社会女性那样思想闭塞，没有知识文化，全部生活都围着男人和家庭转。很多女性不仅能够出色地完成工作，取得比男同事更高的业绩，还能够兼顾家庭，照顾老人和小孩，更不忘充实自己，提升自我，在健身房里挥汗如雨，又抽出时间学习琴棋书画、插花茶艺，为自己的生活增添无限美好的可能，勾画更加丰富的色彩。

李碧华小说中的女性人物为爱而生，又为爱而亡，无畏又执着，但那些让她们义无反顾的男性人物却根本不值得她们做出如此巨大的牺牲。在这里作者并不是要鼓吹女性主义，放低爱情，而是要把爱情摆在一个合适的位置，这种情感在生命中的比重不应该放到最大，比重再大也不能超过自己生命价值的比重，所有的付出都要遇上值得的人和事，而不是盲目牺牲，女性要活成如花那样，做一个冤死都不心甘的女鬼，也不能活成菊仙那样，一腔热情付诸给紧要关头的绝望，或者像丹丹、单玉莲、艾菁菁那样，孤注一掷，只为自己放不下的执念最后搭上了最宝贵的性命，也没有得到自己最初想要的一切。

侯京京在论文《以女人的名义看〈霸王别姬〉——谈李碧华对菊仙、程蝶衣的女性身份阐释》中认为，李碧华借助对女性边缘生存模式的反思，揭开了女性自我寻找、自我省视的篇章，清晰地传达出对女性意识的呼唤。关于女性抗争意识的觉醒，一直跟随社会发展和时代背景变迁而动，不仅仅是李碧华的文学作品，从古至今，都有思想觉悟独立、渴望自由平等的女性出现，只不过现代社会女性的权益比古代更多。徐清林在《先秦汉魏六朝女性抗争意识在文学作品中的显现》中认为，中国女性具有忍辱负重的品性，但她们同样需要作为人而有的所有权利，看起来遥远的权利，但执着的追求和抗争伴随着世世代代的女性们。从最早西周时期的《诗经》，到汉乐府民歌的《有所思》《白头吟》《孔雀东南飞》等文学作品中，都有反映当时在封建礼教和男权主义重压之下的抗争女性，她们有着高洁的志向、独立的人格和操守。她们虽然力量薄弱，付出的代价巨大，但她们从未放弃，并随着时代的发展不断改进现状，这一点在反映社会现状的文学作品中有被展现出来，女性的社会地位较之以往有了很大改观，她们和男性一样从小接受教育，甚至受教育程度更高，这种文化程度的改变，也改进了她们看待爱情的角度。

爱情对于现代女性来说，应该是锦上添花，而不是命中唯一。有些女性对感情依然带着过去陈旧的观念，认为自己为对方付出很多，交往很久，就只能而且必须在一起，不管对方后来变成什么样，值不值得托付终身都不在考虑范围内，不懂得及时止损的道理，带着受害者倾向和假性自我意识在悲哀中度过，明知对方已经对自己没有感情或者三心二意，心里依然觉得自己曾经的付出不能一无所获，选择容忍和迁就，只为和这个人在一起，只要在一起就是之前付出的回报，像《胭脂扣》里的如花和《青蛇》里的白素贞那样执念颇深，把自己推入了一个无底深渊，一腔痴情给了一个并不值得的男人。她们把爱情看成生命中的唯一，甚至高过了自己的生命，不惜一切代价只为得到这个人，这种空洞的爱情本身就毫无意义，根本不值得用生命去维护。在当今社会中也存在这样愚爱的女性，把爱情和婚姻视为唯一，甚至在没有爱情的婚姻里依然委曲求全，美其名曰为了孩子，其实是自己心里的不甘和为了面子而勉强维持，但这种凑合的婚姻其实对孩子来说才是真正的伤害。在这种家庭中成长起来的子女，会对亲密关系里暗藏的矛盾产生恐惧，导致其长大后在人际关系里有孤独感和决绝感，或者用强势、冷漠的外表来掩饰自己的脆弱和对爱的渴望，这样的人往往渴望婚姻又惧怕婚姻，只有在有爱的家庭里，父母和孩子才能获益。所谓"贫贱夫妻百事哀"，不管是感情上的贫瘠，还是经济上的困顿，都无法维持一个家庭的完好，即便委屈自己去让家庭完整，这些痛苦就会以其他方式发泄出来，很多在婚姻中隐忍的女性得了各种癌症，与长期的心情压抑有很大关系，一个被爱的女性自然是开心的，开心的人才会有更加健康的身体。

如花与十二少不可谓没有爱情，只是在家族反对后的决裂下，十二少不再获得家庭的金钱资助，几天可以，日子久了他便受不了穷苦，要么崩溃大哭，要么和如花发脾气，还没有尊严地去用如花出卖自己换来的钱，这样的男人还让如花决定付出生命去争取，如花还在阴间苦等五十三年只为和他在一起，这是多么愚钝又悲情的女人。有去死的决心和勇气，为何不攒够钱为自己赎身，学一项技能谋生，离开这遭人唾弃的职业，靠自己的双手去过自己想要的生活，这样比起把命运完全押在一个男人给的爱情上面更为理智，至少会保护好自己，保住自己宝贵的生命，活得平安长久，又何愁不会再遇见真正的爱情呢?!

郑渺渺在《率性的叛逆与另类的光彩——论李碧华笔下的女性形象》中认为，李碧华用传奇性的书写，创造出了许多既痴情率性又叛逆怪异、敢于抗争的另类女性形象，体现出其清醒的独立意识和对以男权话语为中心的父权制社会进行的大胆质疑和有力反驳，这些女子对爱情那一份超越生死的执着与坚持，是李碧华探讨女人、爱情和命运关系的方式。张晓阳在《女性目光下的女性和感情——浅谈李碧华小说中的女性形象塑造和爱情命运主题》中认为，李碧华的小说创作不仅仅是简单的文学创作，更是对两性情感历史的描写，这种描写也是对中国传统社会的侧面反映。这两种观点与本书观点一致，虽然李碧华对这些女性人物面对爱情进行无畏抗争的精神持有赞扬的态度，那只是相比那些自私、懦弱的男性而言，女性人物勇于牺牲的精神散发着人性的光芒，但是对于女性本身而言，并不提倡这样盲目为爱情做出巨大的牺牲，甚至牺牲自我、被剥夺灵魂和生命，尤其面对并没有这样为自己执着牺牲的对方，更加不值得。

当今社会由于女性的独立意识和抗争意识愈加强烈，她们不再委屈自己，由于原生家庭、学业、事业等产生了一大批被称为"剩女"的晚婚者，社会上有支持的声音也有质疑指责的声音，不管是哪一种观点，都说明了女性不再屈就于男性，盲目为爱情付出与牺牲，这种鲜明的立场值得肯定，至于周遭评论的角度不同是由于个人观点原则的异同。在自己过好生活、有事业有收入才会有生活保障的前提下，去追逐爱情才会更有保障，把自己提升好，即便在未来某一天因为某种原因失去爱情，女性也会坦然接受，不至于用偏激的方式去挽回而误入歧途，无法回头及时止损。真正在爱情里欣赏你的人，永远欣赏的是你独立、自信的样子，而不是死缠烂打、卑微讨好的样子，只有成为最好的自己，爱情才会在生活中成为点缀，而不是破坏生命之美的累赘。

第三节 学术评价及作品影响

李碧华的作品虽然和很多女作家一样，以男女爱情为主线，绝大多数为悲剧结局，但她却透过爱情故事深刻地剖析了人性丑恶与人间冷暖，业界评论人士认为她的作品不仅在文学、电影方面贡献突出，甚至在哲学、佛学、美学领域都有所涉足，对历史、政治、人性的挖掘绝非一般言情小说所能比。她用《胭脂扣》来表达"九七"恐慌，表达回归前部分港人对"五十年不变"政策的质疑；用《青蛇》来探讨佛性、人性、妖性的真谛；在《生死桥》里将她的宿命论推向一个无法逃脱的命定模式，十年间的三座城成为三个人扼腕的一生；《霸王别姬》通过两位伶人和一位妓女之间的悲欢离合，在长达半个世纪的历史沉浮中探讨了对传统京戏文化、男女情爱、人性弱点的深刻内涵；《秦俑》里令人拍案称奇的是将历史人物、事件、考古发掘等巧妙相连，既有对爱情的歌颂，也有对皇权压迫的政治隐喻；《满洲国妖艳——川岛芳子》是她独具特色的写实历史人物和事件的小说，通过芳子这个性别模糊、国别不清的矛盾人物，对历史政治事件和女性主义进行解读；根据《饺子》改编的电影被列为灵异类电影，但其中并没有鬼怪灵异事件出现，李碧华用一种常见的传统美食饺子，暗喻了包裹在人性美好表象之下的丑恶无边的贪欲，表达了她本人对政策的解读；《诱僧》这部小说相当叛逆又大胆地向佛家戒律挑战，透过爱情去窥探人性本质；擅长旧曲新唱的李碧华用《潘金莲之前世今生》把古代经典著作《金瓶梅》与她热衷的宿命轮回理论巧妙融合，前世今生与《金瓶梅》片段交错闪回的同时，展现了她自己对女性情感的细腻刻画，又一次将人性丑恶揭发暴露在政治动乱背景之下。特别是她创作后期的转型之作《烟花三月》，脱离了一贯的宿命转世、人鬼同台的模式，用一部纪实小说把令人扼腕的爱情、跨越几十年的寻人之旅与战争对女性命运的摧残、对法西斯的庄严控诉，一同融合在一部小说里。在外界质疑李碧华江郎才尽的时候，她又转变风格用少有的温情笔调献出了一份惊喜，但依然不变的个人特色是在大时代背景下的小人物故事，用小人物的故事去反映了"慰安妇"这样一个沉重的历史话题。

李碧华小说对历史、政治、哲学、艺术、人性、情感、社会现象等诸多方面的深层次挖掘，令她的作品在业界专业人士眼中早已脱离了一般的言情小说范畴，故事离奇，情节脱俗，氛围诡异，文笔利落，都是她的作品能够吸引固定读者群，并被诸多导演搬上影视大荧幕的重要原因。陈国球认为李碧华的第一作《胭脂扣》以二十世纪八十年代的香港意识形成为背景，借此让香港人想象一段自由与独立的市民伦理的历史。在二十世纪九十年代初写成的《霸王别姬》《青蛇》《潘金莲之前世今生》《诱僧》四部作品，都以个人一时的不确定为共通的主题。①王德威②将李碧华的小说主题与一九九七扣上关系，他强调应由对情欲的种种态度，转而细思文化、政治的动机。情欲与政治是构成李碧华小说意义网的两项最重要元素，她的小说穿越古今生死之间，探勘情欲轮回，冤孽消长，也间接烘托出香江风月的现貌。③ 日本教授藤井省三④在《李碧华小说中的个人意识问题》中，从社会学的角度做出了独到的分析，反映了香港人民对于九七回归的恐慌与无措。刘登翰主编的《香港文学史》将李碧华小说列为"通俗小说"，标注为"诡异言情小说"，但又认为她的小说不是纯言情小说，有着比爱情更为丰富的内涵，是一般言情小说所不能比拟的，有着引人深思的"边缘性"，尝试走一条"中庸之道"，难以界定⑤。暨南大学的王霏在《李碧华的想象香港》中认为，香港是多重意义上的边缘，李碧华则是边缘的边缘，她致力于探讨男女之间如何建立一种新型的良性互动关系，以及香港意识的重构，她本人并不是传统意义上的女权主义者⑥。王剑严在《独特的人生体验与荒诞书写——李碧华小说论》中认为，李碧华在香港文坛上是一位敢于创新、善于创新的作家，她的每一部小说不仅思维欲

① 陈国球. 文学香港与李碧华［M］. 香港：上海文艺出版社，1998：109.
② 王德威（1954—），哈佛大学教授，毕业于台湾大学外文系，当代学者。
③ 陈国球. 文学香港与李碧华［M］. 香港：上海文艺出版社，1998：210.
④ 藤井省三（1952—），日本籍中国学者，台湾文学研究者，东京大学文学部、日本学术会议会员。
⑤ 陈国球. 文学香港与李碧华［M］. 香港：上海文艺出版社，1998：221.
⑥ 王霏. 李碧华的想象香港［D］. 广州：暨南大学，2007：2.

念、人生体验与众不同，表现手法也相当奇异，她把西方现代主义与我国的传统观念相结合，自创了一种带有传统色彩的荒诞手法。①

华东师范大学的潘秋枫在《沉醉不知归路——论李碧华长篇小说的悲剧性》中认为，李碧华善于运用浓墨重彩的变化象征人物命运的走势，手法独特而成功，只是在表现深度上还欠缺火候，只有深入人物性格与命运的色彩，才能够发挥强烈的象征意义。② 李焯雄在《名字的故事——李碧华〈胭脂扣〉文本分析》中指出，李碧华的作品均偏重于局部趣味，且流于公式化。③ 香港岭南大学的黄维梁在《香港文学的发展》中认为香港文学作品与两岸同行相比，中西交汇、传媒发达、写作自由，光华四射，为香港增色。④ 李碧华也正是在香港二十世纪八九十年代的黄金时期成名，她的作品总体来说在业界评价较高，褒多于贬，题材新颖，文笔犀利，故事离奇的居多，通过写爱情悲剧透视深层次的人性与诸多现实主义观点。

李碧华的小说在众多爱情故事中独树一帜，构思新颖，在当时的文坛颇具代表性，作品如她本人一样，冷艳犀利，充满诡异气息，但由于她本人笃信宿命轮回，在作品中多次运用，数十年来并无突破，让人对她的作品风格了如指掌的同时，也摸清了规律，新作读起来也仍然是老套路，略有些索然无味，突破与改变才是她应该考虑的问题，如《烟花三月》就是一部很好的转型作品。

李碧华对张爱玲的作品非常喜爱，她的小说里经常能看见张氏小说

---

① 王剑严. 独特的人生体验与荒诞书写——李碧华小说论 [J]. 香江文坛，2005（10）：51.

② 潘秋枫. 沉醉不知归路——论李碧华长篇小说的悲剧性 [D]. 上海：华东大学，2005：25.

③ 李焯雄. 名字的故事——李碧华《胭脂扣》文本分析 [J]. 素叶文学，1992（2）：42.

④ 黄维梁. 香港文学的发展 [J]. 现代中文文学评论，1994（2）：104.

的影子，学者们经常将两人的作品进行比较，比如暨南大学马淑贞的
《繁华似梦——李碧华与张爱玲散文比较解读》、东北师范大学杨丹的
《跨越时空的都市文学映像——张爱玲李碧华小说与电影的联姻》、安
徽师范大学陈敏的《绣屏上的白鸟与蝴蝶标本——简析张爱玲、李碧
华小说之不同》、蔡小妮的《异梦空间：女作家笔下的香港爱情书
写——以张爱玲、西西、李碧华、亦舒、施淑青为中心》等文献都把
张李二人看作香港女作家的代表人物，将两者相提并论，除了李碧华偏
爱模仿张爱玲之外，也说明她已经在文学界拥有了很高的声誉和地位，
另也有学者将她和鲁迅、严歌苓等作家相提并论并有相关研究文献，都
说明了她在业内不容小觑的影响力。特别是陈国球搜集的论文集《文
学香港与李碧华》、刘登翰的《香港文学史》、潘亚暾、汪义生的《香
港文学史》等专业书籍都将李碧华及其作品列入其中，或者单独探讨
她的作品。李碧华的小说不仅拥有固定读者群，获得了文学爱好者的青
睐，也获得了业内人士的认可。

　　李碧华的作品风格显著，拥有固定的读者群，也吸引了海峡两岸暨
香港的一些知名影视剧导演，多次将其作品搬上大银幕。在海内外华人
世界中，即便有人不知道李碧华的名字，也对她作品改编的影视剧有所
耳闻。最为成功的电影莫过于陈凯歌执导的《霸王别姬》，它是目前为
止唯一一部同时囊括了法国戛纳电影节金棕榈奖和美国电影金球奖最佳
外语片的华语电影，迄今为止各大观影网站评分都在 9.0 以上，李碧华
作为编剧，功不可没，也使得她在关锦鹏将她的《胭脂扣》搬上大银
幕之后，再一次被公众熟知。其他如《古今大战秦俑情》《潘金莲之前
世今生》《川岛芳子》《青蛇》《诱僧》《饺子》以及后期的《生死桥》
《奇幻夜》《迷离夜》这些根据她的小说拍成的影视剧，从票房到收视
率均有不俗表现。李碧华作为香港本土女作家，在海峡两岸暨香港的华

语文坛、影坛颇具影响力，甚至在舞台剧、话剧方面也表现不俗。刘杰辉、熊伟在《"炼金术"的三种类型——李碧华作品商业成功的原因》中认为拜金主义、去政治化、虚无的爱情，是李碧华作为畅销书作家获得巨大商业成功的原因。① 李碧华作为作家，其作品被大量拍成影视剧、舞台剧、话剧，获得了巨大成功，这不仅为她带来名声，也带来了巨大的商业利益，两者更是互为促进和补充，使得李碧华的作品在海内外华人世界中影响深远，引发诸多学者对她的小说、散文、改编的影视剧进行研究。李碧华本人将自己作为香港本土作家的责任感也在她为香港某些社会事件撰写的稿件和为了重振港产片而做出的努力中体现出来，她用自己作为公共人物的便利为其他人物、事件发声，本身也验证了她在香港的影响力和号召力。

选择李碧华，是从她作为编剧的电影开始被吸引，《胭脂扣》《青蛇》《古今大战秦俑情》《饺子》，笔者觉得这些故事与众不同，新奇又离奇。直到看到《霸王别姬》这部震撼灵魂的作品，便开始寻找李氏原著进行拜读，她的小说作品带着剧本特色，能够在读者脑海里勾描出一幅动态画面，带着古香古色的怀旧色调，用文字展开一幅幅大时代背景下的女性命运画卷。香港本身就是一个独特的地方，这位香港本土女作家更是独特得令人总想一探究竟，李碧华为人就极为低调，名声在外，却很少能找到她的访谈，甚至连一张本人的照片都寻不到，而网络上流传的那些照片都被她本人否定，私人生活和行踪更是极为隐秘。她不想曝光在公众面前，只用文字与外界交流，因此我们就只能在她的只言片语中探寻她的个人做派，只能在她的作品中挖掘她的思想。

在撰写本书之前，笔者就萌生了将她笔下这些与众不同的女性人物

---

① 刘杰辉，熊伟."炼金术"的三种类型——李碧华作品商业成功的原因 [J]. 大连海事大学学报（社会科学版），2010（4）：118.

抗争意识进行探究的想法，她们这样勇敢去爱，却只收获悲惨的结局，于现代女性而言，又带来什么样的启发意义，读小说、看电影，不仅仅限于看热闹。研究李碧华作品的专家、学者很多，文献资料也浩如烟海，但研究作品中女性人物抗争意识的不多，尤其没有人去注意到小说中的边缘配角女性人物，本书认为她们的存在绝不是文中的陪衬，她们对主要角色的命运都有着绝对的影响。比如，《霸王别姬》中的艳红、《生死桥》中的红莲、段娉婷，《饺子》里的小琪妈妈，甚至《潘金莲之前世今生》里的阿桂，都起到了重要作用。所以，本书在分析研究女性抗争意识时，将这些配角女性人物和主角女性人物一样进行了剖析，虽然李碧华给予她们的笔墨极少，但已足够将她们的品性和命运向读者交代清楚，每个人物都活灵活现，生动真实，与文字描述的数目无绝对关系，这也是一个优秀作家写作功力的表现。

笔者曾读过很多女性作家的作品，比如，张爱玲、王安忆、张抗抗、迟子建、严歌苓等，她们的作品各具特色，都非常吸引人，但是李碧华的作品和这些作家的风格又明显不同，其文另类乖张，参透了人间的凄惨，文字表达也很独特，总是在三言两语间将一个人的本性看穿、写透，透着冷冷的讥讽，对人性丑恶一面的挖掘毫不留情，这一点和严歌苓有稍许相似。李碧华笔下的女性人物都历尽人间沧桑，经受过最苦痛、最卑贱的生活，依然像爬山虎一样坚韧，从未停止过向上攀爬，在艰苦的环境下足迹深刻，牢牢抓住每一寸能立足的墙壁，再用力去扯下它们，都要十分费力。在为爱牺牲了自己的生命之后，也是一树火红的爬山虎，在冬季枯萎的时候，想把它们从山崖上扯下来，还是很不容易。在生命的末尾，也是惊心动魄的顽强。就是这样一股在骨子里的韧劲和抗争意识深深吸引着读者，她们既脆弱又强大，像人的眼睛，没有痛感，不惧怕炎热与寒冷，却经不起一粒尘埃的刺激。眼为情苗，心为欲种，正如李碧华所讲，对于爱，世上所有的女人都一样，都贪，都要多一点，再多一点。爱一个人，会想一口一口咬他，把对方吞进肚子中，你中有我，我中有你，狠狠地啃肉嚼骨吮髓，用腥甜、阴沉而凶猛的恨来掩饰爱。

李碧华的爱情故事就是这样让人欲罢不能，明明是一出出惨烈的故事，却一直在表达爱意，她将这些女性人物塑造得自私、狠毒、善妒、虚荣，并没有掩饰女性的这些缺点。《胭脂扣》里的如花给十二少喂食鸦片，要一起惨死，也不能给别人占了去，才能证明足够爱；《饺子》里的艾菁菁杀婴吃婴，用鲜血淋淋的方式来挽回丈夫的爱；《霸王别姬》里的艳红用一把刀剁掉了小豆子的手指，是为了剁开一条生死之路，剁掉师傅对他的嫌弃；《青蛇》里的小青毫不犹豫地亲手杀死让她和白素贞都倾心痴迷、百般付出甚至争风吃醋的许仙，因为爱的关系已严重不对等；《生死桥》里的丹丹亲手毒杀爱自己的男人，又自己服毒来宣泄对别人给予她的爱的负疚；《满洲国妖艳——川岛芳子》里的芳子，表面浪荡，在一众男人中穿梭自如，杀人如麻，被称为"女魔头"的人，却因为内心无法接受和容忍无爱的婚姻而逃走，养了一只艺名叫"爱人"的小猴子来保存她内心对纯真爱情的渴望；《烟花三月》里的袁竹林瘦小病弱，受尽人间最屈辱的折磨，却有着强大的动力去寻找失散几十年的爱人，被侮辱、被抛弃，都无法夺走她对爱情的执着找寻；《潘金莲之前世今生》里的潘金莲手提断头也不愿遗忘，一定要找伤害她的男人们讨个说法，一定要让胆怯的武龙承认对自己的感情；《诱僧》里的红萼公主高贵任性，却毫无公主的身份感，竟跑去寺院给一个叛党头目送肉吃，又为了救他被冷兵器夺走热血沸腾的年轻生命；《秦俑》里的冬儿柔弱又刚烈，宁死不从皇权压迫，却为了救爱人长生不死，纵身跳进火炉。这些女性人物就是这样用年轻貌美的柔弱身躯，去冲开一条血路，只为自己心里那点对爱情的完美憧憬，在今天看来有些难以理解，甚至有些傻气，这种被认为是无脑行为，其实是人性最初的、最珍贵的感情，为了自己心中所爱，牺牲式的付出已经不多见，虽然今天已不被提倡，但在那个年代，这些并没有其他精神寄托的女性，把爱情、亲情当作自己命中的唯一。

李碧华笔下的男性人物没有太多比女性人物更正面的，甚至都不能够和女性人物相媲美、相匹配，他们不具备果敢、坚强、专一的爱情观，甚至狡诈、自私，根本不配这些女性人物劈开血路般的牺牲，只有她们一个人在抗争的路上孤军奋战而已。本书参考了大量研究李氏作品的文献资料，笔者赏读了研究范围内的十部文学作品和改编的影视剧作，为了更深入理解、研究李碧华的作品，将与本书一致的论文论点搜集归纳，进行分析阐述，以期填补空白，为其他学者提供参考。

第三章

李碧华小说另类色彩的形成因素

　　李碧华是香港文坛一抹另类的色彩，她的很多小说被拍成影视剧，并重印达十版以上，是名副其实的畅销书作家。之所以畅销是因为读者喜爱，之所以喜爱是因为她的独特。她的小说故事选材另类极端，善于对传统文本、爱情经典以及名言俗语进行戏仿，李碧华参与编剧工作，借鉴影视技巧，在旧故事的基础上标新立异，衍生出新故事，颠覆传统情爱；语言精练，雅俗共赏，既有人妖之间的爱恨痴缠，又有人鬼同途的上下求索，还有同性之间的奇情虐恋，以及穿越时空的前世今生。①李碧华的文字率性利落，甚至尖锐刻薄，但总能一语中的，直戳人心，令人为之一振，这样入心的文笔，使得她的作品总能让人印象深刻，这是和她同年代很多香港女作家所不具备的特点，也是她的作品被大量拍成影视剧的重要原因之一。

　　不管是音乐作品还是美术作品，甚至服装、餐具、装饰灯等所有的一切，只有具备独特的风格才能吸引人，给人留下深刻印象。黑格尔将风格定义为艺术家在表现方式和笔调曲折等方面，完全显现出人格的一

---

　　① 黄丽萍. 论李碧华小说中的"另类"情爱书写［D］. 重庆：西南大学，2014：1.

些特点。① 关于作者写作风格的讨论，中国古代的刘勰也有更早的论述："然才有庸俊，气有刚柔，学有浅深，习有雅郑。并情性所铄，陶染所凝，是以笔区云谲，文苑波诡者矣。"② 他认为影响作者风格的几大因素里，作者本人的审美趣味有雅俗之别，就是一个重要方面。一个作家写作风格的形成有很多种因素，社会环境是第一要素，作家是第二要素，两者合力影响文学风格的形成和发展。除了自身的经历对性格的形成直接影响写作风格的重要内因之外，外因主要包括其本人所接触的地域文化、政治因素以及宗教信仰。本章内容将从这三个主要方面，对影响李碧华小说创作风格的形成因素进行探究。

第一节　香港精神观照下的作品映射

每个城市都有着自己的精神特征，就像人的性格各具色彩。繁华、富裕、发达都是香港的地域标签，这个中西文化交融之地在李碧华创作高峰期的二十世纪八九十年代有着很多特点：富裕繁华，人多地狭，惜时高效，报业发达等，衍生的地域特色文化都会直接影响作家的写作内容和风格。

地域经验之所以成为经得起一再深挖的矿藏，与藏身在风景背后的结构性问题密不可分：它们可能是缠绕的文化、政治、历史话语，也可能是文学自身在变局中觅寻新路、重塑现实的内在诉求。③ 比如林海音

---

① 弗里德里希·黑格尔. 美学 ［M］. 北京：商务印书馆，2008：223.
② 刘勰. 文心雕龙 ［M］. 郑州：中州古籍出版社，2010：280.
③ 刘欣玥. 地域文化如何影响你的日常和作家创作 ［J］. 人民文学，2018（4）：24.

在北京生活二十多年后又回到台湾，她在台湾创作的文学作品依然带着浓郁的"京味"，也有继续使用北京方言和专用的京腔词汇，"蹭棱子""卖冻儿"等；陕西籍作家贾平凹的《秦腔》《废都》《古炉》等代表作也均是以他生活的西北地域文化为背景，处处有陕西文化精髓体现出来；其他作家亦是如此，鲁迅小说中多体现的绍兴乡土文化，阿来的《尘埃落定》里只有他能精准细致描写的藏区、莫言的山东高密红高粱、王安忆的上海里弄情节、冯骥才的天津市井人物等，都体现了地域文化与文学创作之间的关系。地域文化为与之相关的文学创作提供了血脉性的补给和滋养，而写作者在文学创作过程中对地域文化的反观，则表现为一种精神上的追寻和认同，是那些以文学为志业的人们自我确认的必经阶段和必然产物，也是写作者自我描述的连续性得以实现的必要前提，用一个词来概括，就是精神地理。①

影响李碧华最大的地域文化无疑是香港的城市文化。城市与文学的密切关联，自城市诞生之日起就没断过，在某种意义上，作家所生活的城市是其最主要的描写、反映对象，香港于李碧华不仅仅是栖息之地和容身之所，更是精神源泉。② 李碧华生于香港，长于香港，在大家族里度过童年。祖父那辈富庶，妻妾较多，父亲做中药，二十世纪六七十年代她在旧时楼宇里长大，耳濡目染很多旧时人事斗争，这种经历为她带来创作的素材和灵感。她为人低调，不愿接受访谈，甚至不愿意公开样貌，关于她个人的资料少之又少，这个特别之处也是异于其他作家，可见文如其人，特立独行，作品中的女性人物在这样的作家笔下颇具性格。

---

① 刘欣玥. 地域文化如何影响你的日常和作家创作 [J]. 人民文学，2018（4）：24.
② 唐丽芳. 香港城市精神观照下的景致——论二十世纪八九十年代李碧华的中长篇小说创作 [D]. 上海：复旦大学，2004：1.

　　李碧华从香港女子学校毕业后，当过记者、编剧、舞台剧策划、畅销报刊专栏连载作家，写出的大部分小说被改编成影视剧，大受欢迎；少时习中国舞十年，在纽约艾云雅里现代舞蹈团学习过，也在香港舞蹈团大型舞剧《搜神》《女色》《胭脂扣》《诱僧》担任策划，她参与创作的舞台剧《青蛇》《粉墨春秋》在2011年到2014年间曾做全球巡演。李碧华具有如此丰富、成功的经历，她却认为这些只是已泼出去的水，只希望最好的作品仍未写就，觉得人生的追求不外乎"自由"与"快乐"，作风低调，活得逍遥。① 这样天马行空的李碧华才能写出奇情怪异的题材，造就性格的环境除了她的大家庭之外，就是香港这座充满奇迹的城市所特有的香港精神。

　　什么是香港精神？整个城市的国际感超过柏林，传奇历史比伦敦精彩，治安也好过纽约，跟这些世界级城市相比毫不逊色的香港也有同样出色的香港市民，乐观向上、励精图治、勇于创业，才会让城市光彩动人，缺点人人有，优点也一样，香港的城市精神有着独特的优点。香港中文大学副教授周保送说香港有黑市，有童工，有贫民区，贫富差距悬殊，但香港的梦就是狮子上京城，只要你努力。② 平民出身的香港特首曾荫权、靠卖塑胶花起家的首富李嘉诚、底层歌女出身拼到大明星的"香港的女儿"梅艳芳等白手起家的成功人士都是香港精神的代表人物。这样现实拜金、吃苦耐劳、不屈不挠、勤奋自强的香港精神都能在李碧华身上体现出来，她在学生时代便开始为自己喜爱的文学艺术努力，向《幸福家庭》和《中国学生周报》投稿，走向社会之后，除了她自己的工作外，李碧华仍然笔耕不辍、佳作频出，她却低调谦虚，她笔下小说人物的塑造也处处彰显香港精神。李碧华的小说取材于香港生

---

① 李碧华. 饺子［M］北京：新星出版社，2013：序.
② 电视访谈."思享家沙龙"实录，2013年5月31日。

活，讲述香港故事，即便是外地生活或回望历史，也是以港人目光来呈现的，正是香港精神赋予了李碧华小说驳杂吊诡的多重内涵①。

　　《霸王别姬》中的小赖子扛不住戏班里练功的苦、生活的苦，悄悄寻短，而最后扛下了所有的苦、挺了下来的小石头和小豆子终于成了角儿。小说中的关师傅让孩子们受刑般压砖撕腿，在严厉的训诲中，也道出了他屈打成招式练功总结出来的经验：想要人前显贵，必得人后受罪。要吃戏饭，一颗汗珠落地摔八瓣。人活靠什么？不过是精神!② 靠着追求成角儿的精神才能咽下所有学戏要吃的苦，十年苦功就为了上台表演那几分钟的绝活，又何尝不是香港精神吃苦耐劳的体现；《饺子》里由演员变阔太的艾菁菁自己不愿再受拍戏之苦，也无法面对失去青春这碗饭而带来的贫困与落寞，抓住机会嫁给富商，过上了轻松的富太太生活，之后又被自己的心病所累。她的心态也代表了一部分港女的生活态度："拜金、干得好不如嫁得好、为达目的不择手段。"但正如茨威格（Stefan Zweig）所说："所有命运赠予的礼物，早已在暗中标好了价格。"③ 旁门左道获得的东西，终将失去并付出代价。再如李碧华在《潘金莲之前生今世》里也阐述了这样的观点。单玉莲本是高贵的芭蕾舞蹈学院学生，却被命运苛待到街边卖瓜的悲惨境地，空有一副漂亮的皮囊，却过着不相匹配的生活，为了摆脱别人的嘲笑，在香港做一个"有根的女人"，她嫁给自己不喜欢的富人，满足虚荣心又想要爱情，和艾菁菁一样选择了获得金钱和优越生活的捷径，最终必被反噬。

　　这些作品中的人物塑造，其实也从另一个角度诠释了正面的香港精

　　① 唐丽芳. 香港城市精神观照下的景致——论二十世纪八九十年代李碧华的中长篇小说创作 [D]. 上海：复旦大学，2004：6.
　　② 李碧华. 霸王别姬 [M]. 北京：新星出版社，2013：29-30.
　　③ 斯蒂芬·茨威格. 断头王后 [M]. 广州：花城出版社，2017：157.

38

神。李碧华本人向往快乐自由，所以她成名后极为低调，不愿被公众和媒体所扰，也明白"过上等生活，付中等劳力，享下等情欲"的道理。她的人生观受到香港精神的观照，又将其在作品中映射出来。李碧华的小说以"言情"为卖点，却又与香港意识暗合，在都市性、商业性及其殖民性的多维度中铸就了特殊品格。① 在李碧华小说风靡的二十世纪八九十年代，香港人的报纸普及率极高，再加上他们对本地文化的珍惜和保护，比如一部分港人甚至抵制讲普通话，认为会侵犯到粤语文化的沿袭。港人的这种排外意识和本土文化优越感，使得李碧华这种风格迥异的香港本土作家很快大放异彩。她擅长捕捉港人的日常生活，将其像电影画面一样展现在读者面前，普通人的生活点滴让她的作品更加"接地气"，没有虚空感。吕冰心在《一个人，一座城市——李碧华小说论》中认为李碧华的文学作品不同于同时代的香港女性作家所擅长缔造百姓远不可及的、上流社会的奢华，也不是衣食无忧的中产阶级的写照，而是香港市井生活的投影。"小说就是作家和城市对话的产物，香港作为李碧华的精神原乡，以对香港市民社会原生态的白描式描写呈现出香港的万般风情"②。一个作家的成长环境不仅塑造着个人性格，也直接影响着作品风格，李碧华小说的犀利文字，和香港女性雷厉风行的独立做派极为贴合，带着港女特有的利落感，在文字里总是三言两语的外貌勾画，或神态、动作心理描写，就把一个人物形象生动地交代给读者，比如，《生死桥》中描写志高表白之后，等丹丹表态时那急切又不安的心态：

① 唐丽芳. 香港城市精神观照下的景致——论二十世纪八九十年代李碧华的中长篇小说创作［D］. 上海：复旦大学，2004：59.
② 吕冰心. 一个人，一座城市——李碧华小说论［D］. 合肥：安徽大学，2005：36.

> 像整窝的蚂蚁一时泼泻四散，心上全有被搔抓被啮食的细碎的疼。半点由不得人自主。①

一句话的比喻就把宋志高那忐忑不安的心境勾画了出来。

再比如《诱僧》中的红萼公主为了见石彦生突然闯入时的形象描写：

> 她已改穿轻薄透明纱罗，外披水红披风，袒了领子，里面不穿内衣，装束十分随意，似是浴后光景。一个堕马髻，还有几绺游离的发丝散乱着。绕成三圈以金银丝编成环套之"跳脱"在腕间晃荡。②

三言两语间把红萼急于见心上人的心情表现出来，正在或正准备洗澡的公主不顾形象地跑了出来，只为见到石彦生，公主洒脱、率真的个性凸显。

再如《饺子》里的两位主要女性人物的出场：

> 女人换过衣裳，一边吹干已涂好红蔻丹的纤纤十指，钻戒迎光一闪。她再怎么装扮，脱不了来自内地女人的俗艳。但肤色红润，动作伶俐。③

来自内地的媚姨虽然注重保养和细节，但骨子里依然透着土气，也

---

① 李碧华. 生死桥 [M]. 北京：新星出版社，2013：192.
② 李碧华. 诱僧 [M]. 北京：新星出版社，2013：261.
③ 李碧华. 饺子 [M]. 北京：新星出版社，2013：120.

表现出了李碧华对内地女性的原始认知。而对香港的本土富太太的描写则是另一种场景：

> 车上伸下一条穿着名牌黑缎高跟鞋的美腿。
>
> 优雅的艾菁菁身上是名师设计本季限量版的套装，戴着墨镜，走进这个龙蛇混杂迷宫一样的环境。①

两位女性外表的打扮和气质在几句话里立现高低，也为讽刺性的结局埋下伏笔。

第二节　难以割舍的中国渊源

就算一个人再不关心政治，只要他生活在人类社会之中，就一定会受到政治因素带来的影响。比如，新中国成立初期，我国先与苏联交好，全国掀起学习俄语的热潮，并将其纳入课本，后又交恶，二十世纪八十年代初期恢复邦交，使得二十世纪三四十年代出生的人和二十世纪六七十年代出生的人大多学习过俄语，而在后期大环境下英语替代俄语成为国民必学的外语。而香港在英国统治的一个世纪里同时使用汉语和英语，并延续至今，成为中国英语使用率最高的城市；同样在葡萄牙占领期间的澳门也至今沿用葡语作为工作语言之一；被日本侵占半个世纪之久的台湾，也有那个特定年代的人将日语作为必修外语课，至今仍有

---

① 李碧华. 饺子［M］. 北京：新星出版社，2013：121.

一些年纪大的人会讲流利的日语。

上述现象只是民众生活受到政治因素影响的表现之一，政治对作家文学创作的影响更是不言而喻，中外很多作家的作品都有强烈的政治意识，而且作家主观上也有明确的政治立场，从而直接影响个人的文学作品。叶玉芳在《文学与政治——王蒙的政治文学情怀》中认为"文学与政治的关系是一种无法割断，也不能割断的关系，因为政治是人类社会生活中覆盖面最大，最重要、最普通、最恒久的现象，一个人生活方方面面都有政治因素渗透其中；中外文学史上很多作家都有明显的政治倾向，新时期各种文学作品的登场亦是如此"①。李碧华虽然没有亲身经历内地的政治事件，但内地的每一次举动都与香港的命脉息息相关，在内地"文革"期间，香港也爆发了"六七"暴动来回应内地的这场政治运动，香港虽然在英国统治下实施资本主义制度，但与内地永远有着无法割舍的渊源。

香港于1997年回归祖国，成为"一国两制"的特别行政区之一，在此之前的一百多年里，从一座荒岛到国际大都市的香港，可谓命运多舛。从1841年被英国强行侵占，再到1941年被日军占领，二战结束后又重归英国管治，随后经济迅速发展，很快成为"亚洲四小龙"和世界金融中心之一，香港歌曲、电影等娱乐文化产业也随之发展至巅峰。这样特殊的历史赋予香港特殊的背景，英语在香港普及率很高，学校、办公都使用英文，而背后日益强大的祖国内地对香港的影响力也开始日益增强。内地对香港的水电供应、金融危机扶持等，已将内地与香港紧密联系起来，内地也成为香港最大的贸易伙伴。而在1997年之前一百多年间的内地，也同样经历了战争与波折，从帝制到民国，从抗战到内

---

① 叶玉芳. 文学与政治——王蒙的政治文学情怀 [J]. 黔东南民族师范高等专科学校学报，2004（10）：109.

战，新中国成立后的各种运动，直到 1978 年党的十一届三中全会后的改革开放以后，内地逐渐从政治运动发展到以经济发展为中心，并以飞跃式的速度发展起来，人民生活富裕之后，更加密切了与香港的各种往来。

李碧华作为一个香港本土作家，她的大部分小说以港人视角进行写作，但很多部作品即便是写香港故事，她也经常会提及内地的事情，一则旧事、一段歌曲、一位故人，或一段时代背景。本书以"九七"为时代界限，剖析"九七"前的重要时代背景"文革"，和"九七"后的时代背景，李碧华小说作品很大程度上受到中国渊源的影响。

一、"文化大革命情节"

李碧华的诸多作品都提及"文革"（1966—1976），而此时期的香港也在 1967 年发生了八个月之久的"六七暴动"，也称为"反英抗暴"，香港一度陷入恐怖与混乱之中，时任《明报》社长的金庸先生因为发文反对"文革"和暴动而受到威胁，离港避祸。暴动时的李碧华只是一个不满十岁的孩子，根据她个人所述，她的描述绝大部分来自成年后获取的图像、文字材料。她将这段历史作为写作背景，有着特别的偏爱，出现频率较高，被称为"文化大革命情节"。

当时仅有八岁的李碧华虽然不见得印象有多深刻，但这样的政治影响反应在她后来的作品当中，在《霸王别姬》和《潘金莲之前世今生》中对这样的时代背景却有着大量篇幅的描述，仿佛历史画面回放一般重现眼前。

首先，李碧华的"文革"描写中生动展现了一幅黑白色的画面，画面上是当时人们冷漠、麻木、激愤的表情，同时又有一幅红色的斗争画面。林贺超在《香港小说中的情欲与政治——从施叔清、李碧华到黄碧云》中认为李碧华的小说背景多为乱世，女性角色千百年的宿命轮回、形象偏移及身份缺失所隐喻的是对香港未来前途的担忧。① 陈岸峰在《互涉、戏谑与颠覆：论李碧华小说中的"文本"与"历史"》中认为小说中塑造人物形象的描写是为了嘲弄政治和爱情等现代社会价值观。② 同期的女作家严歌苓与李碧华有着异曲同工之处，虽然两者的作品风格迥然不同，但是都有着深刻的"文革"情节。严歌苓与李碧华属同年代人，但严歌苓的青少年时代经历过十年之久的浩劫，所以对于生活在内地的她来讲，这段历史尤为深刻，讲述起来更加贴合实情实景。在严歌苓的作品《一个女人的史诗》《小姨多鹤》《陆犯焉识》《第九个寡妇》《天浴》等中，都有提及这样的历史事件。将"文革"作为作品底色，让人物在这样的极致环境中充分表演，以展现人性善恶，从人文视界展示了在政治和性别双重桎梏下的社会景观和人性景观③。奚志英认为严歌苓对"文革"的书写将人格最深处不可看透的秘密暴露出来，戏剧性的环境最有利于展现人性阴暗面，人们无所节制地释放了被压抑的权力欲、窥视欲、破坏欲以及害怕被孤立，寻求集体安全感的心理去投入集体性的批斗行为中去④。相关的论文分析有很多，这里不再一一阐述。

所以这个特殊时代被频繁提及，对于文学作品来讲，除了能够鲜明

① 林贺超. 香港小说中的情欲与政治——从施叔清、李碧华到黄碧云［D］. 香港：岭南大学，2002（10）：23.

② 陈岸峰. 互涉、戏谑与颠覆：论李碧华小说中的"文本"与"历史"［J］. 21 世纪双月刊，2001（6）：78.

③ 张浩. 历史视阈与文化叙事——论严歌苓小说"文革"叙事的嬗变［J］. 中国文化研究，2014（3）：123-128.

④ 奚志英. 论严歌苓小说中的"文革"书写［J］. 盐城工学院学报（社会科学版），2010（12）：42-46.

塑造人物形象，激化矛盾，推进情节，深度挖掘人性之外，还能够引起经历过那个时代的人的共鸣，扣人心弦；对没有经历那个时代的读者以灵魂上的震撼，人性之复杂，生命之脆弱，难以想象会有那样的事情发生，但在历史上却是的的确确地发生了，从而更觉庆幸生于当下。不仅仅是李碧华有"文革"情节，其他作家也有，在西方人的眼里，似乎不提及这样的历史背景，就不足以了解中国一样，其中也不乏偏见与局限的存在。李碧华的上述两篇小说引文里都有提到"破四旧，立四新"这样一个口号，同样她在《饺子》和《潘金莲之前世今生》里提及"文革"时期也都重复引用了同一首歌曲《洪湖水浪打浪》：

　　　　她一时馋了，挑了一个饱满的，在开水里涮一涮，一、二、三、四、五，好了，嫩嫩的，马上放入口中，骨碌一下，吞下去。

　　　　唔，她满足地微笑。

　　　　还唱起歌来：

　　　　"洪湖水，浪呀嘛浪打浪，

　　　　洪湖岸边是家乡。

　　　　清早船儿去撒网，

　　　　晚上回来鱼满舱。

　　　　……"①

在《潘金莲之前世今生》里：

---

①　李碧华. 饺子［M］. 北京：新星出版社，2013：120-121.

单玉莲很开心，日子陡地充实。远近都漾着歌："洪湖水呀，浪呀嘛浪打浪……"①

重复出现的原因有二。一是作者觉得这首创作于 1958 年的歌曲知名度高，代表性强，是那个年代的代表作品；二是因为作者本人并没有经历过这场政治运动，只能通过相关资料获取信息，造成局限性，当时脍炙人口的"红歌"绝对不止这一首，重复出现在不同作品里，也体现了这一点。在她的其他作品中亦是如此，既有一针见血、言辞犀利的客观评论，也有因为不够了解而产生的局限性的主观认识。宁敏在《多重视角关照下的"文革"记忆——从陈若曦、严歌苓、李碧华看海外女作家的"文革"书写》中认为"文革"是李碧华创作的一个舞台、一个背景、一个商业策略，满足了读者的猎奇心态，特殊时期为疯狂的人际关系提供了很好的平台，通过对二手材料的加工发挥想象，以及香港的特殊政治地位，使得她的小说多义而模糊。② 香港教育学院的院长兼教授陈国球也在他的著作《文学香港与李碧华》中发表了同等立场的看法："李碧华以不同的故事重复控诉'文化大革命'的批判性书写，内容过于浅显，力度内容或不及当代的内地作者。可是她的可贵之处正是从一个处于边缘的香港作家的感受出发，为香港发出独特的声音。"③ 这些观点和本书所探究的结论一致，这段不断被提及的时代背景对作品人物塑造和情节发展有着极大的推动作用，但因为作者个人条件，展现方式和表达效果上存在一定的局限性。这一点在李碧华后期写

①　李碧华. 胭脂扣［M］. 北京：新星出版社，2013：136.
②　宁敏. 多重视角关照下的"文革"记忆——从陈若曦、严歌苓、李碧华看海外女作家的"文革"书写［D］. 郑州：郑州大学，2006：11-16.
③　陈国球. 文学香港与李碧华［M］. 香港：上海文艺出版社，1998：222.

作《烟花三月》的时候，亲自踏上内地的土地，与内地人有更多接触和交流，共同合作找人的过程中有了更多的了解之后，她对内地的态度与看法有了明显的转变。

二、港人的"九七"担忧

（一）"九七"前夕的担忧

说起香港，就无法回避"九七"回归这一影响了香港方方面面的重大历史事件。1842 年，清政府在鸦片战争中战败，与战胜国英国签订《南京条约》，将香港岛永久割让，成为英国殖民地；九龙半岛则在 1806 年的《北京条约》中被永久割让；新界在 1898 年由英国向清政府租借，租期到 1997 年 7 月 1 日，共 99 年。到了二十世纪八十年代初，基于统一祖国的目标，邓小平提出"一国两制"构想，开始与英国谈判香港问题，直到 1984 年 12 月 19 日签署《中英联合声明》，中国于 1997 年 7 月 1 日正式收回香港、九龙及新界，解决了持续百年的历史遗留问题。在艰辛的谈判过程中制定的协议里，确立了针对香港在回归之后，作为中国特别行政区各个方面的新方针政策：土地权、司法权、行政管理权等，保持自由港、独立关税、国际金融中心地位；保持现有社会经济制度五十年不变和"港人治港，高度自治"的承诺等。

在李碧华的小说作品中，呈现了从签署联合声明之后到回归之前的十三年间港人对于回归的复杂心理。李佩华在《香港作家李碧华小说之研究》中认为，香港作为举世闻名的金融中心，繁华发达的表象背后一直在中英文化间游走，采用英语教学、西方体制等，逐渐疏远中国传统历史文化，压抑了种种记忆与情感，而对"九七"的疑惑和担忧又引发了集体追思怀旧香港文化。"她身处于边缘的香港小岛，却频频回顾位于中心的中国母乡，关注着中国历史事件"①。表达港人这种怀旧风潮的李氏小说有大名鼎鼎的《胭脂扣》和后来的《猫柳春眠水子地藏》等，李碧华用各种暗喻来传达不满和担忧。在这之前的二十世纪七十年代，内地很多人因各种原因大量移民来港，不论合法或非法，都被称为"新移民"，有了"我们香港人"和"他们内地人"的区分②，在担忧的思绪里夹杂着排外的做派。

港人的担心无非是回归后是否有变动，这样的变动会不会改变他们目前的生活状态；"五十年不变"的承诺和"一国两制"的构想是否真的可行，毕竟，这都是史无前例的。一些港人对内地的印象还停留在"文革"期间，担心会受到清算，着手财产转移，办理签证，引发移民潮；一些中间派则抱着观望的态度，办好签证，做好移民准备，但一直没有离开香港；第三种态度则是以乐观与平和的心态迎接"九七"，香港应该与中国是一体的存在。比如，香港作家协会会刊《香港文艺》在1985年邀请二十位文坛资深作家发表意见，探讨香港文学艺术与"九七"的关系，打破了香港问题对这一敏感话题沉默寡言的局面，认为香港的文学路线一定要介入内地的命运，要支援回应、赴汤蹈火，喊出中国的未来，没有疏离于内地的香港文学可以独存。③此时的香港文坛写"九七"的越来越多，将香港与内地的命运紧紧连接在一起，具有时代精神的投影和政治意识的强化，香港作家从未如此忧国忧民。④

香港文化界开始用"北进想象"来安抚慌乱不安的内心，李碧华则在作品中依然用她喜欢讲述的社会底层和边缘人物构造故事情节，怕

---

① 李佩华. 香港作家李碧华小说之研究［D］. 台北："中央大学"，2005：89-96.
② 陈国球. 文学香港与李碧华［M］. 香港：上海文艺出版社，1998：92.
③ 吴萱人. 近乡情却怯［J］. 香港文学，1985（7）：24.
④ 古远清. "九七"前夕的香港文坛［J］. 中国文化研究，1997（2）：98.

像如花一样等不来十二少，怕像袁竹林一样与廖奎被迫分开，不再相见。这些底层人物都不曾觉得政治会与自己有什么瓜葛，但终其一生都被政治事件所影响。这种恐慌是面对一个全新的制度所带来的不安，以及香港这个特殊城市的特殊经历给予港人一直有所缺失的归属感。政权的和平移交并不意味着港人自我身份认同的完成，于是回归之前内地方面是欢庆，香港方面是动荡，这种慌乱影响了香港的房产和股市。因为他们绝大多数人对内地的印象一直停留在"文革"时期，他们的信息来自各种道听途说甚至别有用心的渠道，听到的自然是负面的讲述。再加上很多人没来过改革开放后的内地，因此负面印象一直存在，表现了部分港人由于根深蒂固的偏见和不够了解引起的误会。他们印象中的中国在二十世纪八十年代就已经有了很大改观，但拍摄于二十世纪九十年代的香港电影展现的内地形象，却依然停留在二十世纪六七十年代的动乱岁月中，港人的这种态度可以窥见一斑：对内地人的土气和低素质的嘲弄；"北姑""北佬"等不敬的称谓等。文坛也不例外，李碧华这个时期作品中的内地形象在她辛辣的嘲讽下，也给人读到一丝冷淡与鄙夷。比如在《饺子》里，从内地来的媚姨第一次出场就拿了个"老土的饭壶"过罗湖海关，后来即便是悉心打扮去艾菁菁山顶的豪宅做客，拿了 LV 手袋，却依然"如刘姥姥进大观园一样，艳羡不已"①。

再比如在《潘金莲之前世今生》里对初到香港的内地女子单玉莲没见过世面的描写：

> 武汝大把她领到一家酒店的餐厅，在顶楼。
>
> 琳琅满目的食物，有冷有热，有咸有甜，全堆放在餐

---

① 李碧华. 饺子 [M]. 北京：新星出版社，2013：161.

桌上。

单玉莲从未见过此等场面，拎着一个碟，载满各式各样的食物，她的碟子上，也有冷有热，有咸有甜，如同小型自助餐桌了。越叠越高，几乎倒塌下来。

他耐心地呵护她：

"莲妹，吃完再出来拿吧。"

"什么？"她开心得眼睛也瞪大了，"吃完还可以再出来拿的？"

真的？真的？

香港太好了。

武汝大见她小嘴惊喜得努成一个 O 型，太美了。①

那天她一推开门，踏在地毯上，满目都是绚丽的色彩，一个各国家具纷陈的家。

连厕所，都设计新颖，水龙头不是扭的，是扳上扳下的，弄了好一阵方才晓得，一按掣，抽水马桶便出水了，还有蓝色的清河农渔。开了花洒，有热水呢，单玉莲大喜过望：

"哇，以后不用煲水，随时都可以洗澡！真开心。"②

后来即便来港有些日子，也不缺钱打扮，却依然"没什么品味"的形象。李碧华小说中对这些来自内地的女性人物的塑造始终离不开"土"和"穷"这两大特征，在改编的同名电影中，由王祖贤饰演的单玉莲竟然蹲在坐便马桶上，港人对内地人的厌恶就是以这样刻薄、辛辣的方式表达出来。在政治方面对内地人的描绘又"红"又"专"，称呼

---

① 李碧华. 胭脂扣［M］. 北京：新星出版社，2013：150.
② 李碧华. 胭脂扣［M］. 北京：新星出版社，2013：160.

别人为"同志"等言行举止都受到港人的讥讽和嘲笑。港人对内地的印象反映在文学作品中，其实就是对回归后未来的担忧和本能的排斥，将他们了解到的内地情况进行极端化思考，导致对"九七"后产生疑虑。这种想法的转变，在"九七"之后的李氏小说中得以体现。

（二）"九七"后——两次突袭的震荡

香港在回归后经历了两次突如其来的、震荡社会的事件：一是1998 年金融危机，二是 2003 年的"非典"疫情。这两次事件都是在香港回归后不久，国际社会看衰香港未来的背景下发生的，没有人相信国际感十足的"东方之珠"会与当时还较为贫瘠的社会主义大国相融合，索罗斯的到来，让香港人再次陷入恐慌，各大银行门口每天都聚集着众人排队。而在 1998 年 8 月 27 日晚，恒生期货指数结算的前一晚，几乎全港不眠，一场即将彪炳史册的金融战争到了最后收口的关头，许多香港市民都不再关注自己的财产是否缩水，而是真正意义上与香港这座城市同命运共荣辱。惊心动魄的数小时之后，28 日下午 4 点，恒生指数在港府动用 1200 亿港元外汇储备下稳定上拉，由时任香港特区财政司司长的曾荫权宣布港府在这次国际金融危机中获胜。而这强大的外汇储备的一半由刚接管香港一年的中央政府提供，以外汇储备之全力支持香港的许诺和行动赢得了世界和港人的赞叹，成为中国政府参与世界金融战的首秀。中央政府的这次出色表现赢得了广泛赞誉，其角色定位之精准、出手之决心、策略之稳重，可圈可点。此次金融危机的两地联手，再加上内地的开放政策在 2000 年之后与港澳台往来频繁，影视、文学、体育、经济方面的合作与交流越来越多，内地经济发展迅速，逐渐改观了自身印象，对转变港人对内地的态度也起到了一定的积极作用，从文学作品、香港特殊产物——港产电影中都可窥见一斑。比如《证人》

《无双》《反贪风暴》里的内地女性人物形象开始从底层职业转变为律师、画家、廉政公务员等，来凸显她们的坚强独立、事业心强、吃苦耐劳等特点，最终获得人生圆满，内地女演员也不再扮演见不得人的职业者，而是扮演更加体面的医生、教师等角色，形象健康美貌、积极向上。内地演员在港产片中扮演的角色也不再是配角或被恶意丑化的形象，比如《寒战》《叶问》《狄仁杰之四大天王》等。

　　"九七"这样标志性的时代事件在李碧华的文学创作中也开始有了明显的表现。她在《寻找蛋挞》中将"九七"恐慌与"九八金融危机"做对比："而香港人顺利过渡，他们以为九七是一个艰难的关卡——后来才发觉，原来半年之后的亚洲金融危机才更险峻。"①

　　二十世纪五十年代罗湖口岸关闭，两地断绝往来，港人受西方文化影响远大于内地文化熏陶，"九七"后的香港文化则开始强调与中华文化的关联，香港文学在保持自己特色的同时意识到不能够脱离母体独立存在。香港作家林原和慕容羽军在他们的文章《港人治港，谁是港人?》② 和《香港回归与文学回归》③ 中表达了同样的观点，反对将"中国人"和"香港人"两种身份分离，以及政治回归的同时也要做到历史与文化的回归。这一点在李碧华"九七"后的纪实文学作品《烟花三月》中体现得也十分明显，她带着一种悲悯的心境踏上内地的土地，帮助一位慰安妇老人袁竹林开始一场"众人帮"式的寻人，满足了这位命运多舛的老人生前的心愿。这是一场以香港文学人、媒体人发起，内地各界人士互相配合的慈善行动，这也是她第一次来到山东省。在整部作品中，她的文笔伴随着女主人公袁竹林的命运跌宕起伏，时代

---

① 李碧华. 饺子 [M]. 北京：新星出版社，2013：66.

② 香港本土文化身份——一个危险的议题 [J]. 香港信报，1997 (10)：9.

③ 慕容羽军. 香港回归与文学回归 [J]. 香港文学，1997 (7)：16.

背景从抗日战争时期到国共内战时期，从新中国成立后"土改"时期到"三反五反"整风运动时期，再到"十年动乱"、和平时期的改革开放年代，李碧华都没有像她之前那样做个冷冰冰的旁观者，用辛辣讥讽的笔调去把政治斗争的场景描绘成一部没有人性和感情的机器，而是用一种平淡的诉说，甚至换位思考，想袁竹林所想，替她说出不好说出口的话，比她之前的任何一部作品都充满了温柔的笔触。甚至在一个内地小商贩口中得知他们因为帮人而千里迢迢来到这里之后，免掉了他们几块钱的花销，而由衷地感慨善良真好，她对内地的印象从这次和内地普通百姓的直接接触开始改观，以及在内地同人们的热情相助下，最终找到了失散 38 年之久的男主角，令她本人也感慨万千。

文中依然有提及袁竹林的穷困生活，她的过去不止穷困，还被人嫌弃，李碧华交代了袁竹林生活困顿，仍想着回报恩人；在酒店里依然表现出"刘姥姥进大观园"般的新鲜好奇，但李碧华没有再用这样的字眼天马行空地去讲述，一方面是基于对战争受害者的同情，另一方面也是在这个时期，她与内地同人、演员、导演合作了多部影视剧，又在寻人过程中得到了内地媒体人和政府工作人员的真诚协助，她对于内地人的印象的确有所改观。

"九七"后的第二次风暴就是 2003 年波及内地多地的"非典"，香港也是重灾区之一，人人自危，很长一段时间，香港旅游业持续下滑，内地政府却在此刻开通了内地赴港自由行的政策，支持香港旅游业走出低谷。但随着这场严重的疫情的迅速扩散与加剧，并不能降低港人的惶恐，加上现代医学对于"非典"病毒没有治疗经验，导致内地与香港都被"非典"肆虐，在这样的紧要关头，时任中国国务院总理温家宝亲临香港慰问，向医护人员致敬，并带来了内地的支援物资，体现了一脉同胞之情。加上先前的亚洲金融危机的洗礼，此刻的内地和香港之间较"九七"之前，变得更加融洽。

在"非典"期间的压抑环境下，香港在这一年先后有两位巨星张国荣、梅艳芳以令人意外的方式猝然离世。他们对香港人来说是一段记忆，是真正对这个城市有感情、有影响的明星，更重要的是他们都和李碧华有过多次合作。《胭脂扣》为张、梅二人合演，拿下戛纳多项大奖、蜚声国际的《霸王别姬》由张国荣主演，梅艳芳又主演了《满洲国妖艳——川岛芳子》改编的电影《川岛芳子》，在合作期间他们都与李碧华结下了深厚友情。在他们离世后，2005年张国荣纪念日这一天，李碧华专门写了一篇散文《来晚了》来纪念他们，说他们是没有人可以代替的蝶衣和如花，港人之间的凝聚力也因为一波又一波的悲剧而增强。

在"九七"之后，尤其是2000年后，香港发达的电影业开始走下坡路，内地影视业开始蒸蒸日上，两地经济、文化交流越来越频繁，内地赴港旅游者到2016年回归二十年后，已经达到4278万人次，成为香港旅游业的主要游客来源，超过本港游客和外国游客，占到四成以上；内地赴港买房定居的人数也越来越多，刺激了香港的房地产业，也被港人认为是炒高房价的成因；"九七"后的陆港联姻率也开始持续攀升，而且不仅仅限于名人明星，也普及到普通百姓，从2001年开始，香港与内地人结合的婚姻占到在港登记婚姻总量的18%，到2014年已经升至36%。诸多现象说明香港在逐渐对内地改观，从排斥到开始接纳，虽然目前仍有"港独"与"占中"等不和谐的因素出现，也有相当数量的港人依旧排斥内地人，但总体情况较"九七"之前已经大为改观。此刻的李碧华带着港人的责任心喊出"振兴港产片，杀出阴司路"的口号，开始撰写鬼魅小说，并被大量拍成电影，如《迷离夜》《奇幻夜》等，她改变了先前作品的一贯风格，开始从人性、人心讲鬼故事，大受欢迎；并发挥她的老本行中国舞的特长，担任舞台剧编剧及香港舞蹈团大型舞剧《搜神》《女色》《胭脂扣》《诱僧》的策划；与中国国家话剧院田沁鑫导演合作舞台剧《青蛇》，于2013年、2014年在全球十多个艺术节巡演。

"九七"前后的香港对内地的态度变化明显，首先，因为金融危机、"非典"、巨星离世等突发事件体现了血浓于水的同胞之情，也带来了极大的心灵震撼，增强了港人团结一心的凝聚力，唤醒了珍惜当下的人生觉悟；其次，是由于内地方方面面的迅速发展和崛起，两地之间的交流与合作日益增多，了解增多，改观了先前港人对内地的刻板印象；加上回归二十年后的两地人口流动增加，内地在某些方面已经优于香港，港人的优越感不再，在影视作品中的内地人形象明显改观。黄美瑟在论文《李碧华鬼魅小说之艺术研究》中认为，陆港关系及对香港城市的漠视在2003年之后发生了极大的变化，开始积极与内地进行政治和文化上争执与协商①；李欧梵②认为"非典"之后的香港失去了认同身份，开始重新认识香港③；香港凤凰卫视播音员吴小莉说，来到香港十多年，第一次看到香港这么团结，这么有爱心，从特区政府官员、商家、业界，到每一个市民都更为真切地认识到应该为香港做点什么，为恢复香港的活力出谋划策④。同时，香港也为内地抗击"非典"提供药品等援助，内地、香港两地人民在疫情面前，史无前例地万众一心。在这样的情况影响之下的李碧华也开始转变写作风格，表面写鬼故事，实际上在挖掘人性深处的丑恶，教育人行善，当心因果。南华大学的黄

---

① 黄美瑟. 李碧华鬼魅小说之艺术研究 [D]. 嘉义：南华大学，2015：21.
② 李欧梵（1942—），河南太康人，台湾大学学士，哈佛大学博士，国际知名文化研究学者，作家，文化平乱元，现任香港中文大学教授。
③ 李欧梵. 从 SARS 看香港人民的文化意识 [J]. 世界科技，2003：99.
④ 秦如丽. 香港抗击非典的日日夜夜 [J]. 四川统一战线，2003（6）：12.

美瑟在《李碧华鬼魅小说之艺术研究》中认为她的这种文风转变是在宣泄"九七"回归后的城市焦虑,看似写鬼,实则写人①,阐述了和本书一致的观点。

第三节 禅宗晕染的李氏风月

一、宗教信仰对文学的影响

一个作家的宗教信仰必然会影响其作品风格,反之其作品也能够反映作家的信仰倾向、看问题的观点,以及故事脉络的走向。一个佛教信仰者和一个基督教信仰者写出的文学作品必然有所差异,文风、内涵等都会有明显不同,前者会把曲折的经历看作是命运、因果轮回的力量,而后者就会认为是上帝给予的赎罪和考验机会,感受痛苦也是一种福音。

宗教就其性质而言,是人类社会发展到一定阶段的历史文化现象,是人类思想文化的组成部分,是社会意识形态的表现形式,是对现实世界一种虚幻的反应。"人群聚集之处必有宗教痕迹,宗教不只是外显的迹象,它是人类生活的核心本质"②。宗教对人类社会的影响不言而喻,对文学的影响也不例外,从古至今,不论中外,区别只在于程度的不同。

---

① 黄美瑟. 李碧华鬼魅小说之艺术研究 [D]. 嘉义:南华大学,2015:32.
② 休斯顿·史密斯. 人的宗教 [M]. 海口:海南出版社,2013:校订序.

（一）宗教理念对文学的浸润

在起源上，宗教与文学被认为同宗，都起源于早期人类的图腾崇拜，对自然的崇拜而产生的系列神话。好的教义或宗教经籍本身就是文学作品，比如，《圣经》《金刚经》等。在整个人类历史文化发展过程中，文学与宗教的联系密切而广泛，宗教对文学的影响也相当深远，国外宗教国家较多，对文学的影响更为深远，渗透更为有力。丹尼斯·费尼（Denis Feeney）在其著作《罗马的文学与宗教：文化、语境和信仰》中提出，历史中的罗马文学并非一个人为的、寄生的、无关紧要之物，而是以一种宗教知识的身份，成为这个动态宗教文化的重要元素①。

中国历史上，很多文学大家都有受宗教影响的文学作品，比如东晋陶渊明的《归去来兮辞》中有着浓厚的、提倡清静无为的道教思想；中国古典四大名著②中出现的宗教文化场景、人物更是不胜枚举。在诗歌全盛的唐代，佛教兴盛，宗教人士也参与到文学创作中来，《全唐诗》共收录诗人 2200 余人，诗歌 900 卷，其中僧人占到了 100 余人，作品达到了 46 卷。③ 可见，宗教影响着中国各个朝代的文学，文学作品也充实了宗教文化，文学作品的宗教意识与宗教作品的文学表现相辅相成。佛教的基本思想是四大皆空、人生无常和因果轮回等，这些观念很快被士大夫阶层所接受，在他们失意、迷惘或被贬官职、发配充军之时所写的文学作品中，常常就体现了这些佛家思想的精髓。比如白居易

① 丹尼斯·费尼. 罗马的文学与宗教：文化、语境和信仰［M］. 李雪菲，方凯成，译. 北京：北京大学出版社，2016：45-69.
② 中国古典长篇小说四大名著，指《水浒传》《三国演义》《西游记》《红楼梦》这四部巨著.
③ 张宏生. 漫谈佛教与诗歌［J］. 文史知识，1997（2）：17-22.

的《花非花》:"花非花,雾非雾。夜半来,天明去。来如春梦几多时?去似朝云无觅处。"体现了佛教"一切皆为虚幻"的经典理念。

台湾辅仁大学宗教学系教授郑志明在《中国文学与宗教》中认为文学与宗教的关系相当密切,尤其在中国,宗教一直浸润着文学创作,文人的作品离不开宗教,民间的作品更是如此①。西北大学郑欣森教授②在《鲁迅与宗教文化》中认为宗教是人类文化成果的重要部分,梳理探索了鲁迅的宗教观,鲁迅作为文学大家与佛教、道教、基督教、伊斯兰教这四大宗教,甚至拜火教、摩尼教等非主流宗教都有着密不可分的关系,都影响了他的思想发展和文学创作③。很多中国现代名作家都有在教会学校求学的经历,比如冰心、许地山都曾经在英国、北京开办的基督教会大学燕京大学就读过;徐志摩在上海浸信会学院就读过;林语堂在上海圣约翰大学就读过等,他们日后的文学作品中透着基督教意识④。可见耳濡目染的宗教观念,之所以影响作家的文学作品,也是作家本人内心思想意识的表达,信仰宗教,对该宗教有好感,自然会在文学创作中流露与表达出来。

(二)宗教为文学提供丰富题材

随着时间的推移和宗教影响力的扩大,宗教为文学创作提供了丰富的题材,使得文学作品的故事情节与人物塑造更为丰富;宗教思想也渗透到了文学作品当中,经常有宗教典籍、故事被引用在文学作品当中。

---

① 郑志明. 中国文学与宗教 [M]. 台北:台湾学生书局,1992:13-21.
② 郑欣森(1947—),陕西渭南人,鲁迅研究学会会长、中国紫禁城学会会长、联合国教科文组织《国际博物馆》杂志全球中文版学术顾问、中国博物馆名誉理事等职务。
③ 郑欣森. 鲁迅与宗教文化 [M]. 北京:中国社会科学出版社,2004:29-31.
④ 杨世海. "撒种在荆棘"——中国现代文学与基督教文化关系研究 [D]. 长沙:湖南师范大学,2013:24.

由于宗教宣传人死之后，灵魂仍然存在，所以各种鬼魂形象层出不穷，代表作有国外莎士比亚的《哈姆雷特》，国内蒲松龄的《聊斋志异》，干宝的《搜神记》等，都是吸收了宗教思想，以鬼喻人，展示人间百态。其中莎翁为基督教信徒，蒲松龄与干宝皆为道教徒，他们的作品各具其宗教信仰特色。蒋守丰在《论佛教对中国文学的影响》中认为佛教对中国文人、文学语言、体裁、素材、手法、评理都有所影响，吴承恩的《西游记》更是佛教故事影响的结果，取材于民间流传的唐玄奘印度取经的故事。此外，佛教也为我国其他文化如在雕塑、回话、音乐、建筑方面留下了灿烂辉煌的一页，同时，它们又从另一个方面促进了我国文学事业的繁荣。①

文学作品也经常引用宗教教义的题材进行比喻、隐喻、暗喻、指代等。清教徒弥尔顿的《失乐园》被认为是对《圣经》故事选用的一个最好典范，引用了亚当、夏娃的故事进行创作。东正教信徒列夫·托尔斯泰的代表作《战争与和平》《复活》《安娜·卡列尼娜》前面都引用了《圣经》中的经典作为题辞。可见，不只是中国的作品，外国作家的作品也受到宗教启发，获得写作灵感。

二、香港宗教的社会影响

（一）香港宗教概况

前面已经探讨过香港这座城市的特殊之处，历史背景、社会文化、经济体制等诸多方面都和内地不同，包括宗教。香港是世界上人口最稠密的城市之一，绝大多数为华人，即便经历了一百多年的英国统治，依然保留了大量的中华传统文化，可谓中西交汇，包罗万象。世界各地的

---

① 佛教在线，学术论文专栏，2009 年 4 月 7 日。

宗教在包容性很强的香港都有人信奉，以天主教、基督教、佛教、道教为主。

1841 年天主教传入香港，在 1946 年升为香港教区，1970 年归罗马教廷直接领导，成为全世界最大的华人教区，截止到 2016 年已有教徒 26 万人，占全港人口的 5%，华人占 90%。很多演艺界明星都是忠诚的天主教徒，比如周慧敏、王祖蓝、蔡少芬等，并以教会作为扩展交际和人事沟通的组织。香港教区就设立了罗马天主教香港传教区，天主教会还在香港办有学校、医院和社会服务中心。

基督教也于 1841 年传入香港，现在已经发展为 50 多个宗派，信徒达到 25 万多人，占全港人数的 4.5%。由于宗派林立，没有一个统一的、长久的组织机构存在，只有两个联合团体在港开办学校、医院、社会服务中心等机构，并积极参与政治、民生活动，努力与内地增进交流，成为内地教会与海外教会的"桥梁"。

佛教在南北朝时传入香港，是最早入港的宗教，有 60 多万信徒，佛教团体 200 多个，规模庞大，是香港信徒最多、影响最大的宗教，李碧华就是佛教信仰者。香港虽是弹丸之地，但寺院却多达 400 多间，最古老的灵渡寺已有上千年历史，最大的宝莲禅寺已成为香港新的旅游地标。

源于中国的道教在港有教徒 10 多万人，道院、仙馆 120 多处，香港的道场以儒、释、道三家共处为特色，以黄大仙祠最为有名，是旅游必去景点之一①。其他宗教如孔教、回教，及伊斯兰教、印度教、锡克教和犹太教也有数万人信奉，但在港华人主要信奉佛教和道教，这一点和内地情况相同。香港宗教种类多而杂，规模庞大，人数众多，但都和

---

① 刘金光. 香港的宗教［J］. 中国宗教，2016（4）：55-57.

谐相处，共同参与社会活动。龚学增在《独具一格的香港宗教文化》中认为这种现状得益于前港英政府宗教自由的政策，在经济和法律上给予保障，尤其是源自欧洲的基督教和天主教，在政治上更是得到了政府的支持和重视，加上香港法制健全，民众素质高，生活富裕稳定，有文化教养和慈爱之心，并且每年都举办两次香港宗教界的最高层次聚会，关心政治，邀请内地宗教事务局领导访港，促进两地交流，有利于社会和谐发展①。

（二）香港宗教的主要特点

（1）香港宗教规模庞大，人数众多，种类繁杂，受到绝大多数民众的重视和尊重。香港的宗教政策宽松自由，媒体对于宗教方面的宣传也很客观，宗教已经成为香港文化的一部分。

这种宗教态度在港产电影中也经常出现，可见宗教有较高的社会地位。在很多家庭、公司等场合，不论规模大小，多会供奉神像，有事无事都会拜一拜，电影、电视节目开机前也会拜一拜，许愿求平安。宗教已经融入了香港市民的生活，成为一种社会现象。黄书宇和张然在《由香港电影宗教人物分析香港大众宗教态度》中阐述了"宗教不仅给予人类精神基石，还给予人类更大的想象空间，使人们的生活丰富多彩，与生活不断融合，最终产生宗教文化氛围"②的观点。香港民众对宗教有着世俗化的接纳与尊重，宗教政策宽容，多种宗教并存，也是中西文化交融在香港的一种表现。香港中文大学文化宗教系教授吴梓明认为香港规模最大的两大宗教佛教与基督教，在"九七"前后的社会角色都有所转变，之前受到前港英政府重视的天主教地位已经大不如原

①　龚学增. 独具一格的香港宗教文化 [J]. 中国宗教, 2003（6）：38-39.
②　黄书宇, 张然. 由香港电影宗教人物分析香港大众宗教态度 [J]. 群文天地, 2012（4）：205.

来，而华人信徒更多一点的佛教在回归后开始积极参与政治事务，一改先前的淡漠，态度鲜明地支持中央政府，与表达市民对政府不满的基督教态度明显不同，这些都有复杂的政治与历史因素存在。① 即便立场有所不同，但这些不同的宗教团体也多有合作，致力于城市发展的方方面面。

（2）香港宗教的一大特色是积极参与教育、医疗、扶贫、救灾等慈善活动。

很多宗教团体都投入了大量资金帮助底层人民，并引以为傲，极大促进了社会和谐，并赢得民众信赖。比如人数最多的佛教和基督教会致力于社会福利事业，办青少年福利中心、孤儿院、老人院、戒毒中心等，为无家可归者提供住宿，并参与商业活动，筹集资金，再把资金投入福利活动中，树立了良好形象和声誉，持续形成社会影响力，扩大自己的宗教规模。周云在《香港佛教公益事业开展状况及其启示》中认为香港佛教团体成功运用佛教文化推动了社会公益慈善事业的发展，同时也运用了现代化管理方式经营了公益慈善事业，并与香港特区政府密切合作，为市民提供服务，实现三赢局面。整个运作过程高度公开透明，值得内地宗教团体借鉴。②

（3）香港绝大多数宗教团体致力于和祖国内地的联系，倾向于支持回归，并与内地宗教团体互动交流，保持友好往来。比如香港宗教界发动信徒和社会人员为内地地震灾区、贫困山区、希望工程等捐款活动无数次，建造了世界最高的露天青铜佛像"天坛大佛"为港陆两地人

① 吴梓明. 宗教与香港社会：个案与理论的反思 [J]. 上海大学学报（社会科学版），2007（3）：101.
② 周云. 香港佛教公益事业开展状况及其启示 [J]. 深圳大学学报（人文社会科学版），2011（1）：89-91.

民祈福，为国家祈福。宗教种类众多，佛教、道教、孔教源自内地，传入香港，与内地有着割不断的渊源，不管时代风云如何变迁，这种联系一直未曾真正断过，它们互相影响，互相成就，在彼此帮困救贫的过程中为内地、香港两地增进了解和凝聚力做出了很大的贡献。

目前香港有六大宗教，分别是佛教、道教、儒教、天主教、基督教、伊斯兰教。这六大宗教彼此欣赏，求同存异，定期召开会议，交流观念，参与社会事务，且都有宣讲各自教义的刊物且定期发行，甚至还制作相关的音乐作品和电视剧。在香港回归之后，他们与内地往来更加频繁，爱国爱教，共同发展。韩星、杜晓宇在论文《和而不同——杳港六大宗教和谐共处之道》中阐述了相似的观点，香港的诸多宗教组织秉承中国儒家"和而不同"的理念，在香港这个特殊的社会，通过平等对话，沟通交流，实现和睦共处，为香港的和平稳定及"一国两制"做出了贡献①。可见香港本地宗教是逐渐适应了时代变迁和社会文化交流，也逐渐与文学发展相互推动，不断进步。

三、香港佛教对李碧华写作风格的影响

李碧华生于香港，长于香港，这个中西合璧的城市带给她的不仅仅是中西文化，还有上述多种宗教带来的影响，尤其是她所推崇的佛教思想，在她的作品中都有留下晕染的痕迹。虽然她本人极为低调，很少接受媒体访谈，但她在报告文学《烟花三月》中，曾写到自己经历过一些神奇的事件，具体并未多讲，强调自己相信佛教所讲的轮回宿命等观念，至于她是否参与香港宗教组织的活动，则不得而知，只能从她的作

---

① 韩星，杜晓宇. 和而不同——香港六大宗教和谐共处之道 [J]. 武汉科技大学学报（社会科学版），2008（4）：4.

品中和零星访谈里分析她对佛教的信仰。李碧华获得的宗教观念必然来自香港本地的佛教宣讲，她一直强调自己生活在自由世界，可以获得想要的资料，那么浸入她大量文学作品的佛教观念一定来自她从小生活在香港的点滴熏陶，尽管她并没有说自己是个虔诚的佛教徒，但作品里无不透露着对佛教的信仰和推崇。

刘瑛在《爱恨痴缠的前世今生——论李碧华小说中的宿命观》中认为，传统文化与西方文化在香港这座城市交汇，并且都在李碧华的作品中留下痕迹，体现在她的宿命观中既有中国传统的天命、轮回观念和佛、道宗教思想，也有基于西方存在主义哲学对现代文明的反思和批判。①

香港的佛教发达，团体众多，社会正面影响很大，因为佛教提倡慈悲不杀生、积极乐观做善事就有好报的因果报应；也相信人有前世今生轮回的宿命，强调人的祸福吉凶、行为境遇都是前生的行为所注定，今生只有深刻反省，积德行善，才能洗刷罪孽，获得福报。佛教教义认为过去所造的一切善恶行为会产生果报，而且果报的产生并不是仅落实在今生，而是有现在报、来生报、后生报，落实在三个不同时空中，依平生所做善恶，会有六个可能的去处。造恶堕三恶道：地狱、饿鬼、畜生；行善去三善道：天、人、阿修罗。于是，就有了李氏笔下的轮回故事。

李碧华擅长写人鬼的转世轮回，这使得她的小说独辟蹊径，与众不同，每个人物都不停地在命运的圆里兜兜转转，充满神秘的宿命感，吸引一大批读者和影迷。叶云在《从〈青蛇〉看李碧华小说中的宿命思想》里认为李碧华的宿命论不仅是作为纯外在的超自然力量，在很大

---

① 刘瑛. 爱恨痴缠的前世今生——论李碧华小说中的宿命观 [J]. 当代文坛, 2004（3）：106.

程度上也是作为从内心取得的有效力量而出现的。她认为李碧华小说中宿命思想及其表现出来的鬼魅色彩不仅源于她个人，还源于香港社会的大背景①。李碧华熟悉香港，和我们每个人熟悉自己的家乡一样，为了写作，她会走遍大街小巷找灵感来源，找所需的各种资料，由于工作关系会去接触更多的香港人，媒体、舞者、演员、作家等，她比我们更加了解自己的家乡。

香港由于和内地"断联"了一段时间，加上上述分析梳理的特殊历史背景和社会制度，比内地更多的人信仰宗教，因此我们会经常在港产电影中看到很多家庭、店铺或者公司等地点供神像，在香港街头会看见很多的命馆、风水馆，比内地更多的宗教高校，更多发行种类繁多的宗教刊物公开流行，这些宗教方面的资料获取极为方便，并在香港市民中颇受欢迎和尊敬，宗教的普及率比内地高很多。

佛教的轮回是指人死后灵魂不会消失，会在另一个时间投胎转世，带着残存的记忆或完全不记得前世的情况，以新的身份开始新的生活。佛教认为一切有生命的东西，如果没有体验到不生不灭的涅槃境界，或者不往生到佛国净土继续修行，就永远在"六道"中生死相续，无休无止。李碧华在访谈中和文学作品中不止一次说她信宿命，自己也经历过类似的神奇事件，具体并未多言，也不想一一讲述，相信她已经将这些特别的经历在作品中加工表述出来了。比如《青蛇》《秦俑》《潘金莲之前世今生》《胭脂扣》《荔枝债》《凤诱》《樱桃青衣》等作品中都有所运用，本书仅就研究范围内的作品进行剖析。凌逾②认为李碧华是

---

① 叶云. 从《青蛇》看李碧华小说中的宿命思想 [J]. 文教资料，2012（6）：15-16.
② 凌逾，华南师范大学文学院教授，中山大学比较文学博士，中国社科院博士后，中国世界华文文学学会理事，所引用文章来自国家社科基金后期资助项目"香港跨媒介文化叙事研究"（13ZFW047）阶段性成果。

轮回叙事的祖师级作家，源于印度佛教的轮回观认为生命体死后进入新的生命体，在天堂、地狱、人间循环转化。李碧华则书写三世轮回，杂糅人、鬼、妖，形成多种轮回叙事类型①。

《秦俑》《潘金莲之前世今生》这两篇都是以女性主人公的转世轮回为主线进行叙事。《秦俑》开篇由人们最注意不到的蚂蚁引到秦朝，秦军将领蒙天放偶然搭救民女冬儿，冬儿入宫之后，与秦将蒙天放为求爱情自由未果，冬儿毅然赴死前将偷取的"九转金丹"送入自己的爱人和恩人口中，希望他能长生不死，因他而得救，又因他而葬身火海。既是报恩，也是宿命轮回。再世，便是三千年后的民国，公元二十世纪三十年代，十七岁的十八线女演员朱莉莉，活泼又虚荣，抱着明星梦来到西安拍戏，是兵马俑的召唤，让转世的冬儿又来到蒙天放身边，即便她空有和冬儿一样的外表，却性格迥异，也不记得他，不记得前世的一切。这一世和李碧华的一贯风格一致，再世会用大量的笔墨书写，蒙天放继续保护"冬儿"，被蒙天放救过的朱莉莉再一次为救蒙天放而死，是宿命轮回；三次转世在1989年，长生不老的蒙天放依旧与兵马俑打交道，成为考古工作者，而"冬儿"容貌依旧，性格似乎又变回了前世，依旧不认得蒙天放，但对兵马俑有了特别的感觉，悬念的答案依然是新一场宿命的轮回。时空跨越了两千多年，冥冥中注定纠缠的两个人始终被召唤到固定的地点，一个不变，另一个用不同身份、不同时代甚至不同国别、不同的方式回到不变的那个人的身边，让人感慨宿命的神奇。在二十世纪八十年代，这样的"穿越"剧情十分具有吸引力，被改编成的影视剧也收视不俗，李碧华可称为是此类题材的鼻祖。她笔下的故事在惊心动魄之后，都回归初始，表达了禅宗的虚无思想，一切回

———————

①　凌逾. 论李碧华的轮回叙事［J］. 华文文学，2015（2）：77.

归原初，充满禅意地开始，又充满禅意地结束，她的佛教禅宗思想跃然纸上。

　　它是一只蚁。

　　蚁，是万物中最微末的生命。

　　这只蚁，不知何时，开始懵懂地、在土隙中一直往前走。

　　它缓缓地走着。①

　　《秦俑》便是这样以一只平凡的蚂蚁安静地爬行开始，又以一个平常日子里的相遇结束。结尾意犹未尽的省略号，代表了周而复始的宿命故事，他又一次认出不认识自己的她，也预见了两人即将发生的未来。

　　女孩瞥到他，自是认不出来。只羞涩、单纯地一笑。似曾相识。

　　他很趑趄——不想她为他再死一次；但，又忍不住……②

　　夏良勇在《李碧华小说中的宿命主题》中认为，她的宿命观有必然性、偶然性和循环性③。"李碧华小说中的人物总是充满戏剧性，宿命的力量不可抗拒，美好的事物最终归于沉寂"④。李碧华心思巧妙地将佛家轮回宿命观渗透到小说当中，与其他作家的情爱文字相比多了神秘感，而人的本性就是容易被神秘所吸引，在濒临绝望的时候可以因为

---

①　李碧华. 青蛇［M］. 北京：新星出版社，2013：139.

②　李碧华. 青蛇［M］. 北京：新星出版社，2013：249.

③　夏良勇. 李碧华小说中的宿命主题［J］. 群文天地，2012（5）：55.

④　曾晨. 非纯情写作下身份认同的复杂性——李碧华小说中的宿命论［J］. 濮阳职业技术学院学报，2015（3）：127.

宿命的召唤再次相遇，令人欣慰又感慨，正如李碧华所写："原本绝望的人，任何希望都是捡来的便宜。"① 这种写作方式对于香港人来讲，尤其是信奉佛教的香港人会觉得熟悉亲切，平常接触的宣讲佛教教义的刊物里也经常会有一些轮回宿命事件的讲述，从而使佛教徒更加笃信这种宗教观点；而对于宗教普及民众范围小于香港的内地人来说，或者非佛教信徒来讲，这种神秘的力量令人心生向往，李碧华的故事经常在绝望中启用宿命论，突然给予人希望或未知，欲语还休，让读者浮想联翩。比如，在《满洲国妖艳——川岛芳子》结尾，本被处死的川岛芳子到底有没有被人搭救，并未直接回答，而是抓住了她生前养了一只小猴子的细节给结局留有余地，给读者以猜想。

过了很多很多年——

日本战败，忍辱负重，竟然在举世羡妒的目光底下跃为强国。

东京最热闹、最繁华的地方便是银座。这里现代建筑物林立。东京金融贸易中心、银行，还有著名的百货公司：三越、松场屋、西武、东急……

星期日，银座闹区的几条马路，辟作"步行者天国"，洋溢着节日气氛。富饶的大城市，总充塞着欢快而兴致高昂的游人，熙来攘往，吃喝玩乐。

只见一个老妇的背影。她穿白绸布和服，肩上站了只可爱的小猴子呢。

背影一闪而过，平静而又荒凉，没入热闹喧嚣人丛里，不

_____

① 李碧华. 胭脂扣［M］. 北京：新星出版社，2013：391.

知所踪。她是谁？

她是谁？

她是谁？

没瞧仔细。也许是幽幽的前尘幻觉……①

川岛芳子风起云涌的一生，最后尘归尘，土归土，她或许死了，她或许没死，读者的答案不一，但可以肯定的是作者的答案唯一，依旧是佛家的禅宗思想，一切都回归一场虚无。文中李碧华写了芳子的初恋情人——日本军官山家亨，因为自己的生活腐化，不求上进而被芳子由爱慕到嫌弃，最后横尸荒野，与卖国求荣的芳子一样，遭到因果报应。她第二个倾心的是底层戏班学徒阿福，阿福捡了她的钱包，又被她所救，最后在刑场上又来偿还她的救命之恩，也是因果轮回。

《潘金莲之前世今生》里的两次转世也是从最初的命运多舛，最终回归最初那普通又平静的生活场景，潘金莲转世的单玉莲与武大郎转世的武汝大再次相遇是因为西瓜，而这样熟悉又快乐的场景，才是真的实现了天长地久。

"记得吗？那时你穿着桃红色的裙子呢，捧着半个西瓜吃。我一看见你，就知道我是走不掉的了。这就是缘分。为什么你今生会同我一起呢？这是不能解释的，没得解释呀。"

"西瓜甜不甜？明天还吃不吃？"

"你快点好起来。你好了，我带你去坐海盗船，摇摇晃晃的，你就会记起我了！我是你老公呀。"

---

① 李碧华. 胭脂扣［M］. 北京：新星出版社，2013：401-402.

单玉莲永远保持一个纯真无邪的微笑。

她很快乐。

武汝大也很快乐。

这个好心肠的男人，终于可以完全拥有她了。

终于，

这，才是，天长地久！①

依旧是佛家的禅宗思想影响了她，万物最终都是虚无，"空即是色，色即是空"②。这部由《金瓶梅》新编或者续写的小说，从潘金莲前世曲折的命运开始，被张大户侮辱，嫁给不解风情、丑陋矮小的武大郎开始不心甘，勾引小叔武松未遂后，邂逅大官人西门庆，合谋毒死武大郎，被武松手刃之后写起，之前的故事家喻户晓，之后的故事便是转世。开篇便是中国民间传说中的阴曹地府，为了来世有记忆复仇而推掉了孟婆汤，于是今生又依次遇见了前世的四个男人，名字和前世的名字相似或音似，代表了每个人转世后的身份。比如潘金莲转世后叫单玉莲，张大户成为章院长，武大郎叫武汝大，武松叫武龙，西门庆的英文名字都发出相似的音为Simon。几个人依旧没有脱离宿命，与前世一样相遇、纠缠，命运再次对他们的结局做出同样的安排，章院长玷污了单玉莲，武龙辜负了单玉莲，武汝大依旧又丑又矮又对单玉莲极好，Simon依然浪荡玩弄了单玉莲，《金瓶梅》的原著文字不断闪回，穿插其中，宿命的故事也一样循环上演。连转世后遇见Simon也是被单玉莲的长链无意击中，映射了前世西门庆被潘金莲放帘子用的叉杆击中而相识，只是换了时代，再次重现。

---

① 李碧华. 胭脂扣 [M]. 北京：新星出版社，2013：248.

② 出自大乘佛教经典《般若波罗蜜多心经》，鸠摩罗什译。

佛教的因果报应观也在这里体现。前世的武松杀死了潘金莲，转世后被单玉莲误杀，是偿命，是因果；而武大郎前世被潘金莲毒死，转世后的他大难不死，反而单玉莲成了"活死人"，被武大照顾，武大终于得到了她，而单玉莲不得不留在武大身边，是赎罪，是因果报应。整个故事中不断出现的《金瓶梅》这本书，从前世潘金莲开始，到单玉莲小时候看见火堆里的书，似曾相识的表情，再到她与四个男人的纠缠，最后惨烈离世前飘飞的书页，都暗示了她冥冥中注定无法逃避的宿命。凌逾认为李碧华的轮回小说是穿越文的源头，比内地潮流提前了二十年。"内地文艺界经'五四''反传统'和'文化大革命''破四旧'后，受无神论思想指引，轮回鬼神属于写作禁区，神性叙事变得稀薄，想象力较匮乏。而香港文艺界的神、鬼、人、妖、侠等多界想象叙事，演绎得风生水起。李碧华的轮回转世、缘定三生的神怪题材，独树一帜"①。除了政治带来的影响之外，香港本地宗教普及也是原因之一，佛教的轮回宿命理念直接影响了李碧华的文学创作，为其带来了发挥新意。

除了这两部换时代身份转世为主旋律的小说之外，《胭脂扣》里的如花在阴间等候半个世纪，来阳间寻人的故事，历经艰难险阻找到的人早已不是当年那坚定、专情十二少的样子，令如花失望，决定不再等待。"李碧华的作品细节中呈现的拜佛求签、测字算命等传统习俗，不仅涉及民间诸如祭祀、巫术、穿越阴阳两界的理念及仪式，还表征了'善有善报、恶有恶报'的佛教因果观和六道轮回观。十二少陈振邦没有遂如花的心愿一起去死，但从他儿子的话语中可以看出他的苟活并不轻松美好，是死去的如花让他难以释怀，还是遵照父母之命的婚姻令他

---

① 凌逾. 论李碧华的轮回叙事［J］. 华文文学，2015（2）：79.

感受不到爱情的滋味，他对妻子冷淡，早早抛弃，甚至晚年也得不到儿子的关爱，活得潦倒落魄，也是他辜负如花苟且偷生的报应。以禅宗的世界观看待人生，传达出一种乐天知命的香港精神"①。如《胭脂扣》中所述：

> "算算时日，也许刚好在黄泉相遇。前生的纠葛，顺理成章地带到下一生去，两个婴儿长大了，年纪相若的男女……"②

省略部分是未来的宿命和轮回，他们或许能在下一世成为白头偕老的爱侣，也许和前世一样遗憾无果，也许十二少要经历和如花一样漫长的煎熬，作为对前世的补偿。究竟如何，并没有写明，只是这宿命依旧要轮回，依旧要继续。

李碧华擅长这样意犹未尽的结尾，用宿命理论为读者提供想象空间，是回答，也是结局，和《满洲国妖艳——川岛芳子》的结尾有异曲同工之处。王莹在《无止找寻的精神皈依——李碧华：从〈胭脂扣〉到〈烟花三月〉》中认为李碧华的小说充满了禅宗意味，尤其是关于"寻找"的理念，如花的"寻找"是现世的苦难中承受着生命的重负乃至殉情，弘扬的是一种与苦难抗争、不屈不挠、不离不弃的佛教自我救赎精神③。如花苦苦等待与找寻的过程就如同一场虚无，只是她自己心里不甘，需要一个答案，当她看见十二少早已不是当年的样子，也并没

---

① 引自澳门大学社会科学与人文学院博士生李冰燕的《思公子兮徒离忧——从〈胭脂扣〉的"女鬼"谈起》，该篇文章获 2013 年香港城市文学创作奖，文化与艺术评论组冠军。

② 李碧华. 胭脂扣［M］. 北京：新星出版社，2013：114.

③ 王莹. 无止找寻的精神皈依——李碧华：从《胭脂扣》到《烟花三月》［J］. 南昌大学学报（人文社会科学版），2003（3）：139-140.

有为了他们的爱情如她想象般执着，她瞬间释然，一切都是一场虚空，而开篇算命测字的老人算出如花阳数已尽，所寻之人尚在人间，且"日内有音"，充满宿命感，佛教的理念贯穿整部作品。

　　《生死桥》中三个主人公找到雍和宫里三代贫寒的算卦人——前清宫里的老太监王老公算卦，占卜了三人命中注定的"生不如死、死不如生、先死后生"的命运，因为被突然窜出的猫弄乱次序，从而三人命运貌似既定，又似未知，知道结局才揭晓哪个是"生不如死"，哪个是"死不如生"，哪个又是"先死后生"，一切都是宿命，仿佛早已设定。夏良勇在《李碧华小说中的宿命主题》中也阐述了契合《生死桥》宿命论的观点："李碧华的小说有着浓重的宿命论和不可知论，充满了命运的暗示和预言，并最终让暗示得以明白清晰，预言也一一被证实。"① 王老公的话也充满了佛教哲理："现世苦，也只好活过去，只有修来世。"② 李碧华将佛家的"命中前世注定，今生要认命行善，方能修得来世福报"的说法贯穿于小说之中。《生死桥》中利用金老板成为上海滩当红明星的丹丹，只想报复情敌，给所爱的唐怀玉看看自己并不比他选择的段娉婷差，为了给自己争来所谓的一口气，以出卖自己为代价，利用金老板的感情、财力和势力去交换，最终落得个满身伤病，不幸离世的悲痛结局；同时，也造成心中所爱之人唐怀玉被嫉恨所伤，失去双眼；段娉婷风流半生，游戏于灯红酒绿之间，不择手段去争取爱情，最后也只能陪同一个永远看不见她的爱人度过余生，他们的遭遇都可以看作是因果报应。

　　再如，《烟花三月》里的袁竹林一心想在有生之年见一面今生唯一相爱过的廖奎，两个风烛残年的老人，一个是被战争摧残的慰安妇，带

---

①　夏良勇. 李碧华小说中的宿命主题 [J]. 群文天地，2012 (5)：50.
②　李碧华. 生死桥 [M]. 北京：新星出版社，2013：14.

着病体残躯在各界资助下打着无望的跨国官司，一个是被特殊年代所连累，因重判而影响余生、心有不甘，坚持写信上访求平反的劳改犯。两个本该有着平和生活的底层人物，却有着对美好生活的执念。这样的一丝念想让李碧华心生怜悯，决定尽最大努力去帮助袁竹林找到"文革"中失散数十年之久的爱人。由于时间间隔久、经历了年代动乱、信息资料极少，寻找廖奎这件事变得困难重重。在希望渺茫的情况下求助于香港导演严浩推荐的卦师为此事起卦，卦象显示所寻之人尚在人间，李碧华当时觉得不可思议，她兴奋又高兴，期待自己的寻人之旅。后来她陪着七十七岁的袁婆婆从湖北武汉，千里迢迢来到山东淄博，找到廖奎之后，她自己也为宿命的神奇而感慨①。占卜是中国传统文化的一部分，在巫术中也占有重要地位，同样也渗透着佛教的宿命理论，有了这样的既定命运，寻人之旅似乎更有信心和希望，直到最后应验。

《诱僧》里的红萼公主为救石彦生而死，印证了佛教的因果报应，石彦生此前早已遁入空门，却因破戒招来杀身之祸，失去了深爱的红萼，而再次以同样面目出现的青绥夫人却是奉皇帝之命取他性命的刺客。石彦生不吸取教训，再次破戒，招惹祸事，幸而有老方丈相救，然而宿命有延续，在与霍达的决斗中又破了杀戒，失去了一只眼睛，从此消失在凡尘之间。"李碧华的宿命观有着浓厚的东方色彩，利用鬼魂、天命等传统资源，来传达欲壑难填、生存困境等现代人的生存感受，所以她的小说中并没有迷信色彩"②。李碧华的小说经常出现轮回宿命、人鬼转世等情节，却没有给人带来宣扬迷信的感受，就在于她只是巧妙地利用了宗教理论精髓，与中国民间传说文化相融合，营造引人入胜的

---

① 李碧华. 烟花三月 [M]. 上海：上海文艺出版社，2001：214.

② 刘瑛. 爱恨痴缠的前世今生——论李碧华小说中的宿命观 [J]. 当代文坛，2004（3）：106.

故事情节，将轮回宿命的理论作为与众不同的写作技巧而已。"因果观念、宿命观念成为作家失去原有意义世界之后的情绪象征，也是他们表达人生不确定性的艺术意象。李碧华的宿命思想恰恰是在香港回归前后的迷茫、虚无感的影响下产生的，一种冥冥而定的神秘色彩"①。叶云认为李碧华的宿命观除了和她自身的信仰有关之外，也和本书之前分析的香港时代背景有关，认为香港在回归前的空虚、迷茫和回归后的处境令香港人无所寄托，找不到出路和答案，因此香港人比内地人更加偏向于把命运归于宿命，用以安抚惶惑的情绪。即便是香港特殊的历史背景和社会制度、经历造就了港人的宿命观，但他们这种观念的形成和香港本地发达的宗教密不可分，是宗教信仰首先为他们灌输了这样的宿命思想，其次才会在产生无奈情绪的时候寄希望于宿命，将命运归为天意使然。

如此，李碧华的小说创作推崇宿命故事结构，更加符合她所处的环境，大获好评的《霸王别姬》原著中蝶衣自刎，但并没有死，在李碧华参与改编的电影里，她奉上了最完美的结局：程蝶衣自刎而死。这是京戏也是历史版本《霸王别姬》的宿命回归。"君王意气尽，贱妾何聊生！"只有这样的程蝶衣才是始终如一地在追求完美，得不到自己想要的爱情，也看不到他毕生所追求的京戏这门艺术如他所愿地发扬，他宁可像虞姬那样选择死亡，君王的意气已尽，贱妾还有什么理由苟且偷生？暗合之下，是轮回，也是宿命。《饺子》里的艾菁菁从最初为了保持青春美丽，听信媚姨的蛊惑，从一个开始吃婴胎饺子而感到心惊的富太太，最后为了保住自己的青春和正室地位，代替媚姨成了亲手为第三者堕胎，并平静做婴胎饺子吃下去而毫不慌乱的第二个媚姨，成为

---

① 叶云. 从《青蛇》看李碧华小说中的宿命思想 [J]. 文教资料, 2012 (6)：16.

"青出于蓝的接班人"，这是宿命轮回。而媚姨从一个专门做堕胎手术的医生，利用婚姻拿到香港居民身份之后，为了金钱沦落为专门堕胎做饺子给富人享用的刽子手，她罪行败露，只能丢弃用陆港联姻和婴胎饺子换来的所有家当，一无所有地逃离，一切回归最初，导致一场虚空。李先生仗着自己财大气粗，把女性当作玩物，花心滥情，导致妻子去吃婴胎，杀死自己的儿子；而情人为了更多的钱，卖掉了他梦寐以求的儿子，李先生除了钱，一无所有，也是一场因果报应。

黄美瑟在论文中认为李碧华的大部分小说风格诡异，神秘气息很重，生死轮回等传说的介入成为常见的故事情节构架，巧妙地跋涉于时间长河，又把人物的情怀推向极致，加上被美化的情欲，使得作品蕴含着浓郁的诗意。①《青蛇》中不止有诗意，宿命的轮回、似曾相识的情景更是增添传奇特色。暨南国际大学中文系助理教授陈正芳在《白蛇故事的港台改编：以林怀民、李碧华、徐克为讨论中心》中认为："李碧华的爱情不是单纯的罗曼史，而是透过古典作品的新演绎，以轮回的人生观，重新构架男女爱情的主动权。"② 修炼百年的青蛇被修炼千年的白蛇所救，是佛教所讲的缘起，两条化为人形的蛇精从此相依相伴，结识许仙，又因他生嫌。从法海掳走许仙，企图收走两蛇精开始，青蛇看穿许仙的虚伪，与白蛇一起为了白蛇的孩子而同心战法海，她们力争保护的许仙却放弃了她们，寻求法海的庇护，此刻的人却不如妖真诚与勇敢。最终白蛇为救自己的儿子而被收，青蛇怒杀许仙，"既种孽因，变生孽果。一生一世成了许仙自创的笑话"③。此后又经历了宋元明清

---

① 黄美瑟. 李碧华鬼魅小说之艺术研究 [D]. 嘉义：南华大学，2015：64.

② 陈正芳. 白蛇故事的港台改编：以林怀民、李碧华、徐克为讨论中心 [J]. 淡江中文学报，2013（12）：351.

③ 李碧华. 青蛇 [M]. 北京：新星出版社，2013：119-120.

数百年之后，又到了李碧华爱写的"文革"时期，转世无数次的白蛇之子竟然因为"破四旧"推倒雷峰塔，使得白蛇获得释放。宋代，一把伞将三人连在一起；现代，另一把伞又把转世的许仙与化作张小泉剪刀厂女工的两个妖再次连在一起，是轮回，是宿命。

综上所述，李碧华的小说浸透着佛教禅宗理念，也有中国传统文化的影响，但中国传统文化的方方面面又何尝不是受到信仰人数最多、覆盖面最广的佛教理论的影响呢？尤其对于香港这座特殊的城市，其历史文化背景和社会制度，都注定了宗教信仰对香港人民的影响力极大，信奉佛教的香港人在宗教种类众多、帮会繁杂的香港社会里，人数最多，社会影响最大。不仅在电影里会经常看到佛教思想的哲学理念，在李碧华的小说中也一直穿插着佛教的禅宗氛围和轮回宿命理念，并成为多部转世小说的主要结构框架。李碧华的小说写人写鬼写情爱，其他作家的写作主题也有涉及这些，但李氏之所以独树一帜，就在于她巧妙地将佛教轮回宿命观运用在文学创作中，为她的小说增添了诡异神秘感，结局既定又未知，吸引读者身在命运之中，一切注定，不可逃离，又觉得身在命运之外，无法自我掌控。

李碧华写作风格的影响因素，除了香港这座城市精神的长期熏染和佛教观念的浸润，以及她作为华人作家与内地无法割舍的渊源之外，她的每一部作品都有着鲜明的时代背景。令她名声大噪的《胭脂扣》写于"九七"回归之前，以二十世纪八十年代的香港意识的形成背景，心思精巧地让一个二十世纪三十年代的香港西塘妓女回到二十世纪八十年代的香港，她非常熟悉那些离世的当红女星，说在阴间都见过，年轻、漂亮，和如花一样，也都死于非命。她对二十世纪八十年代香港的街景和交通工具充满新奇感，和袁永定的公交车一行，仿佛就是一场香港今昔景象的镜头对比。文中十二少不及如花的深情，当最初的新鲜感和虚荣心消退之后，他不能为了与如花在一起而吃苦，也不愿和她共死，他更愿意选择家族的资助，另娶他人，依然度过了漫长的人生，可怜如花却在另一头苦苦煎熬，这些薄命的女子都是为情所困。

《胭脂扣》《生死桥》《烟花三月》中的占卜且灵验的事，在李碧华的笔下却没有宣扬迷信之感，只让人感到命运的神秘，她将佛家的宿命观贯穿作品当中，每个人看似都在努力争取自己想要的东西，手段不同，甚至违背伦常，丧失人性，使得小说中透着阴冷、晦暗的风骨，成为李氏笔下独具魅力的人间风月。

第四章

李碧华小说的时代背景与悲剧成因

第一节 李碧华小说中的时代背景

本书研究范围内的李碧华小说都有发生的时代背景，或模糊，或精确，但都毫不例外地给人物命运做衬景，烘托人物多舛的命运，变幻和社会背景衍生的特定因素与人物命运紧紧捆绑在一起，由作者自己设定的时代背景，客观地对故事情节的发生、发展、变化进行定位。小说反映时代背景，时代背景同时也对小说产生既定影响，两者不可分离。不论是阅读还是探究一部小说，都要先看它的写作时代背景，弄清了时代背景，才会明白人物与故事为何如此安排。一个古代的人物穿越到现代必然会发生荒谬的认识，一个现代人在古代也必然会不适应，所以只有弄清小说的时代背景，人物所处的社会环境，才会理解其言行与命运的发生。李伯勋在《论背景知识对小说阅读的作用》中认为掌握背景知识可以促进小说的有效阅读，对读者的阅读行为提供支撑的动力，也是进行深度阅读的前提，转换读者的阅读视角，更是拓展阅读的基础①。如果对小说的时代背景感兴趣，读者通常就会特意选择特定年代的作品去阅读、去研究。比如经历过抗日战争年代的人们，现在已经八十多岁，他们会喜欢《亮剑》，选择看《悬崖》；经历过"文革"的知青们，现在已经是60多岁的年纪，他们很多人对那个时代的记忆不仅仅是残酷，也有对那个年代的怀念，他们在最好的年纪上山下乡，和同龄人一起去乡村学习、劳动，苦中作乐。有人认为他们是那个特殊年代的牺牲品，但也有人认为是那个特殊年代造就了他们的别样青春。当容颜老去，在和平年代，看见他们那个年代的小说或影视剧就会因为怀念和共鸣而特殊偏爱，比如《激情燃烧的岁月》《血色浪漫》；参加过对越自卫反击战的人会去关注电影《芳华》，看了之后深有感触，又觉得不够过瘾，然后又去看严歌苓的原著。

这些都是小说的时代背景划定了读者的范围，也给予读者选择小说的范围。同时，范围内的读者群体有共鸣的感受、亲身的经历，他们更具备高水平的品鉴能力，比如小说某个生活细节描述是否符合当时那个年代的真实写照，比作者本人更具备说服力。因为没有出生在那个年代，或者没有经历那个年代标志性事件的作家，只能靠后期的影音资料、书面资料和别人的口中去了解当时的社会风貌，还原度有限，总不及时代背景内的人们感触更深刻。因此，了解小说中所定义的时代背景，对作者、读者都十分重要。探究作家的作品，首先要确立他所写的时代是哪一段历史，那段时间的社会场景如何，人们的思想观念怎样，政治制度又引发哪些标志性事件，才能理解作品中人物的塑造，其言行举止又如何引发故事脉络走向，才不会让人心生疑窦，读不懂、看不

---

① 李伯勋. 论背景知识对小说阅读的作用［J］. 语文学刊，2015（12）：107-108.

清，导致无法真正领会到作家的写作意图。

"李碧华的多数作品多依附于清晰的历史事件和历史脉络，并与香港近代，尤其是二十世纪八十年代以来的历史形成观照。"① 浙江大学中文系的韩宇瑄认为李碧华的小说虽然无法完全归为真正意义上的历史小说，但其"故事新编"的情节立意、"古今映照"的家国新思，及其对历史大潮掩盖下的个人命运的关注，恰恰说明了李碧华小说中历史书写的重要作用。"历史不仅仅是故事背景和人物的居所，更在人物塑造与情节推动上起了重要作用"②。他的这种观点与本书一致。香港另一位小说作家金庸先生的作品，也是每一部都有明确的时代背景做衬布，上演的故事与历史事件紧紧相关联，虚构人物与真实历史人物相交，真实感凸显，让读者经常深陷其中，真假难辨，这也是金庸武侠小说风靡华人世界，并突出于其他武侠作家的独到之处。可见，时代背景作为上演故事的衬布，在小说创作中是作家断然不敢忽视的部分，也是探究作家作品的首要入手元素。本书研究范围内的十部小说，时代背景整理如下（见表1）。

表1 李碧华小说的时代背景

《霸王别姬》	民国、"文革"、二十世纪八十年代
《青蛇》	宋代、"文革"、二十世纪八十年代
《秦俑》	秦代、民国、二十世纪八十年代
《诱僧》	唐代
《潘金莲之前世今生》	宋代、"文革"、二十世纪八十年代
《胭脂扣》	民国、二十世纪八十年代

---

① 韩宇瑄. 论李碧华小说的历史书写 [J]. 宁波大学学报，2017（11）：40.

② 韩宇瑄. 论李碧华小说的历史书写 [J]. 宁波大学学报，2017（11）：44.

《满洲国妖艳——川岛芳子》	清末、民国、现代
《饺子》	现代
《生死桥》	民国
《烟花三月》	民国、"文革"、二十世纪八九十年代

注：笔者自制。

从以上表格中，可见研究范围内的李碧华小说里，有五部是三个年代背景，其余五部除了《胭脂扣》是人鬼跨界、跨时代的故事外，另外四部都是集中于事件发生的一两个特定年代之内，主要集中在四个年代：古代、民国、"文革"、现代。

古代背景出现的四个封建王朝分别是秦、唐、宋、清，出现作品分别为《秦俑》《诱僧》《青蛇》《潘金莲之前世今生》《满洲国妖艳——川岛芳子》。除了《诱僧》将整个故事的时代衬景布置在唐代初年，《满洲国妖艳——川岛芳子》把主人公处于清末的童年提及一笔之外，其余四部作品的古代背景都是为了后来的轮回转世而存在；《青蛇》和《潘金莲之前世今生》中将时代背景设置在宋朝，是基于改写故事的所在年代；《秦俑》则是因为兵马俑作为出土文物，它的制造年代在秦朝；《霸王别姬》最开始的时代背景是苟延残喘的清末，两千多年的封建帝制被推翻之前，社会动荡不安，风起云涌，任何小人物都脱离不开政治的变故，设定在这样的历史环境下，有利于为人物曲折的命运和故事情节的突变埋下伏笔；《满洲国妖艳——川岛芳子》和《诱僧》一样，由小说中历史人物所处的年代决定时代背景。

民国也是李碧华爱写的时代背景之一，在本书研究范围内，这个衬景出现了六次之多，《生死桥》将整个故事发生年代放在民国这个动乱不断的时代，时间从民国十四年（1925 年）到民国二十四年（1935年），地点从北平到上海，再从上海到杭州，十年，三座城。《霸王别姬》和《胭脂扣》选择民国作为时代背景的一部分，前者的故事讲述共历经四个时代，后者的故事发生在民国，主角死后变鬼寻人，则来到现代的阳间。《秦俑》则是女主人公的二次转世在民国，李碧华用了最多笔墨书写。那个年代电影刚刚风靡，对秦代复活的将军，女主人公就用她可能是电影演员的角度进行最初的理解，再转世到现代，即为新中国成立之后，三个年代特征迥异。《满洲国妖艳——川岛芳子》和《烟花三月》属于历史事实，发生年代就在民国时期。民国时期在内地不到四十年的时间里，一直处于动荡不安的环境中，抗日战争与国共内战频发，百姓流离失所，人物命运则随之跌宕起伏，有利于故事情节的曲折多变。

现代背景多集中在李碧华文学创作的高峰时期即二十世纪的八九十年代。《霸王别姬》的结尾、《青蛇》的又一轮宿命故事、《秦俑》女主人公的第三次转世、《潘金莲之前世今生》的投胎转世故事结尾、《烟花三月》里男女主人公失散几十年后的见面。除了《烟花三月》作为纪实文学之外，其他几部作品的笔墨都不算多，只是为了向读者讲述轮回宿命的继续，主人公之间的命运牵扯至现代仍未消亡。《烟花三月》是帮袁婆婆争取赔偿和道歉，争取找到失散的爱人，她的大半生都在动乱年代度过，大多是在现代回忆往昔，在现代寻人与重聚；《饺子》与《诱僧》《生死桥》这三部小说是研究范围内的单一时代背景作品，用现代的故事去讲述另 种轮回。

李碧华的几部作品虽然时代背景不同，但都如同一幅慢慢展开的画卷，将她自己对那个时代的认知与小说人物结合起来，带着怀旧与反思去重新体验那个年代，将现代香港的都市视角和背后无限广阔的时代背景巧妙结合，用古代的、民国的、"文革"时期那些动人心魄的故事去讲述人性，万古不变的人性并没有随着时代背景而变化，似乎在以不变来对应万变的历史。"香港在不同程度上受到张爱玲影响的作者不少，亦舒和李碧华都坦然赞扬张的作品。所以若说张爱玲与香港的关系，可谓一方面是香港的地理空间和人事为张爱玲扩阔了写作题材；另一方面香港的文化空间为张爱玲的现代中文写作提供了新的可能与限制"①。李佩华认为李碧华的小说年代背景跨越古今，曾在香港掀起一股怀旧风潮，港人借此建构被隐没的历史，填补心中的遗憾。"她身处边缘的香港小岛，却频频回顾位于中心的中国母乡"②。由于本书先前曾经分析过香港特殊历史的原因，它在近代与中国漫长的历史朝代出现过断层，在割让之后与回归之前，都是与内地处于分离状态，尤其是中英谈判前的"租期"内，通信、交通都不比今日这般发达，作为英国殖民地的香港，对内地发生的一切只能靠听说。虽然离得很近，却更像是一座被隔离的孤岛，不同的社会制度也造就了作家不同的思维观点。除了古代、民国离我们的时代较远之外，内地作家也要靠史料来了解离得较近的"文革"和改革开放初期的二十世纪八九十年代，这段时期的内地，香港人是最不了解，也是误解最多的年代，文字描述的时代特征细节远不如身在其中的内地作家来得真实、丰富。我们在探究作家作品的时候，不能离开作品所处的时代背景，就像了解一个人，不能脱离他的原生家庭一样，它们关联紧密，不可分割。本书研究范围内的李碧华小说，除了《生死桥》之外，并没有一一明确故事发生的年代，我们只是依据文字推断出大致年代背景，或者通过标志性事件、物件，从题目就可以得知发生的年代，比如《秦俑》《青蛇》《潘金莲之前世今生》

---

① 也斯. 城与文学 [M]. 杭州：浙江大学出版社，2013：9-15.
② 李佩华. 香港作家李碧华小说之研究 [D]. 台北："国立中央大学"，2005：1.

《满洲国妖艳——川岛芳子》。冯晓艳在《时空：并置与回旋——试论李碧华小说的传奇性叙事》中认为李碧华这种对时间精细流程的忽略，使得创作空间扩大，增添荒谬的浪漫成分和新鲜的气质。①

李碧华小说的轮回转世使得时代背景跨越古今，长生不死的人物离开生存的年代来到现代必有不惑不解，从而为李碧华小说中一向阴沉、诡异的文风增添一抹笑料，比如《秦俑》里的蒙天放不认识电灯，像古人一样用嘴去吹灭灯盏；也不认识枪是武器，将枪口对着自己；又不知今昔为何朝代，震惊于小孩子口中的秦之后的所有朝代；又跑上戏台保护秦始皇不被荆轲所刺，唯一没闯祸的事就是一眼明辨秦朝的货币。这样变化的时代背景，不变的主人公，让李碧华的悲剧小说有了一丝难得的笑料，类似作品如《胭脂扣》《青蛇》等，用轻松调侃的语气，在悲剧气氛里喘息。

了解李碧华小说中的时代背景，不仅有利于阅读，领会作者的写作意图，相关的历史背景知识也会在阅读中起到对作者抖出的"包袱"②全都接得住，不会产生理解上的歧义。正如林贺超所写："李碧华在《霸王别姬》中除了撰写三人的情欲纠葛之外，还相当于为我们重温了一段中国现代史，从民国初期到军阀割据，从民国革命，到抗日战争，再从国共内战到'文化大革命'的'十年动乱'，再到'文化大革命'后的香港，为我们中国人展示了一段段不堪回首的历史画面。"③ 如果对相关历史事件、生活常理没有基本了解，就不会读懂作者写这段文字的目的，轻松调侃的话题，也感觉不到可笑；相反，如果了解作品的时

---

① 冯晓艳. 时空：并置与回旋——试论李碧华小说的传奇性叙事 [J]. 中国石油大学学报，2006（2）：100.

② 包袱，相声、评书中的术语，指经过细密组织、铺垫，达到的喜剧效果。

③ 林贺超. 香港小说中的情欲与政治：从施叔青、李碧华到黄碧云 [D]. 香港：岭南大学，2002（10）：46.

代背景，不仅有利于阅读，发挥想象空间去领略作者营造的场景，对塑造的人物，事件的发生、发展等都会起到深刻领会的促进作用，对阅读的广度和深度进行扩充，对年代感特色词汇、意识形态和政治论述感到心领神会，她的时代背景与家国命运紧紧相连，带给读者更多层面的思考。

第二节　时代造就的悲剧成因

李碧华的小说年代背景较为广泛，由于爱写前生转世、宿命轮回，使得她的同一部小说中的年代跨越幅度较大，因为本书主要讨论她知名度与好评度较高、又被改编为影视剧的作品中女性人物抗争意识，遂对她的小说年代背景所造成的悲剧因素进行剖析。由于时代背景因素、男权主义的压迫、女性自身思想残缺的束缚，以及封建礼教的桎梏和残余思想，对女性的人生造成了悲剧。

封建社会在中国占据了三千年左右的时间，历史地位不可谓不重要，社会影响不可谓不深远。封建社会土地私有，阶级压迫，中央集权，尊崇儒家，宗法森严，直至今日仍有封建思想影响世人，比如"重男轻女""三纲五常""三从四德"等观念，至今仍然被部分中国人无比看重。这些观念从古至今从未真正消失过，带给女性的伤害、造成的悲剧不胜枚举，本书从研究范围内探究封建礼教对女性带来的桎梏和伤害。

（1）《霸王别姬》这部小说从民国初年写到现代，经历了半个世纪多的历史风云，而这几十年正是近代中国最动乱的时期。虽然没有经历封建社会，但民国是清朝结束后的时期，封建礼教依然存在，封建思想的沿袭与社会动荡带来的伤害，直击底层人民。这部小说原著与电影一样名声大噪，或者说是电影带红了原著。这部于1993年上映的电影好评如潮，至今仍是导演陈凯歌和主演张国荣的巅峰之作，是首部斩获戛纳国际电影节最高奖项金棕榈大奖的华语电影，也是唯一一部兼获美国金球奖最佳外语片殊荣的中国电影，并在2005年入选美国《时代周刊》评出的"全球史上百部最佳电影"。它影响力之大，至今被奉为华语电影无法超越的经典；评价之高，在各大影评网站都保持了罕见的九分以上，作为原著作者的李碧华也参与了电影的编剧工作，她功不可没。关于这部作品的论义数量很多，研究者众多，百家争鸣，各抒己见，在这里就不一一阐述了，因为本书探究的是女性人物，仅对研究范围内的女性人物进行探究。

《霸王别姬》里出现的两个主要女性角色一个是昙花一现的小豆子的母亲——艳红，一个是段小楼的妻子——菊仙，这两位女性都是封建制度下的受害者。艳红这个角色开场便出现，送小豆子也就是后来的程蝶衣前来戏班拜师学艺，可以说是她将程蝶衣送上学戏的道路，虽然笔墨不多，但刻画得极为生动。

> 小叫花爱在人多的地方走动，一见地上有香烟屁股，马上伸手去拾。刚好在一双女人的脚，和一双孩子的脚，险险没踩上去当儿，给捡起了，待会一一给拆了，百鸟归巢，重新卷好， 一根根卖出去。
>
> 女人的鞋是双布鞋，有点残破，那红色，搁久了的血，都变成褐色了。孩子穿的呢，反倒很光鲜登样，就像她把好的全给了他。

她脸上有烟容。实际上廿五六，却沧桑疲惫。嘴唇是擦了点红，眉心还揪了痧，一道红痕，可一眼看出来，是个暗门子。

孩子八九岁光景。面目如同哑谜，让围巾把脖子护盖住。这脖套是新的，看真点，衣裳也是新的。

虽则看不清楚他长相，一双眼睛细致漂亮，初到那么喧嚣的市集，怕生，左手扯着娘的衣角；右手，一直严严地藏在口袋中——就像捏着一个什么神秘的东西。很固执地不肯掏出来。

报童吆喝着：

"号外！号外！东北军戒严了！日本鬼子要开打了！先生来一份吧？"

一个刚就咸菜喝过豆汁，还拎着半个焦圈走过的男人吃他一拦，正要挥手：

"去去！张罗着填饱肚皮还来不及。谁爱开打谁打去！"

乍见女人，认出来，涎着脸：

"哎——你不是艳红吗？我想你呢！"

那挥在半空的手险些打中怯怯的孩子，他忙贴近娘。皱着眉厌恶这些臭的男人。

艳红也不便得罪他，只啐一口。

拖着孩子过去。①

开篇便写到一个母亲带着一个孩子从天桥闹市穿梭的情形，时间定

① 李碧华. 霸王别姬［M］. 北京：新星出版社，2013：4-5.

位在 1929 年，正是军阀混战的乱世。李碧华没有直接说明关于这对母子的信息，但仅五百字的篇幅，使读者对这对母子便可了解了概况。由天桥捡烟屁股的小叫花子将视线引到地上，注意到女人和孩子的鞋，女人的鞋子破旧，孩子的鞋子光鲜，说明她生活拮据，却依然以保证孩子的生活质量为先，委屈着自己，女人的母亲天性自然流露，不分贫富；相貌带来的年龄数字，可见艳红十六七岁就做了母亲，原生家庭就不富裕，或者很小的时候就生活贫瘠，不得不出来做皮肉生意；抽烟、疲态、显老，说明她这么多年过得并不好，明显是个暗场，后来的男人搭话也证明了这一点；孩子的脖套、衣裳、鞋子都是新的，可见她为了送孩子去拜师学戏是下了决心的，并决定送走孩子之前给予的仪式感；艳红面对半路骚扰她的熟客，并不想理会，只是"啐"一口，便拖着孩子过去，性格里有泼辣，有谨慎，也看出她送孩子时的心情是压抑的，这在后来对关师傅说的话——"不是养不起……"时，瞬间爆发。那个年代穷人家的女子没钱读书，所以艳红签字画押就只能画个十字，连自己的名字都不会写，或者，这根本也不是她的本名。

封建礼教讲究门当户对，既不能嫁给家境优渥的好人家，也不能找到体面的工作，没有其他本事谋生，只能做最低贱的营生，这营生遭人践踏尊严，养活孩子艰难，活得清苦不堪，便送去唱戏。封建制度下的戏班子收学徒如同卖人，生死由命，概不负责，这样的"合约"也刺痛了艳红的心。艳红出身卑微，也是个凌厉的角色，剁手指，心疼，但毫不犹豫，可见已经被生活逼得无路可走，才出此下策，给孩子买衣服，买糕点，既是给孩子吃的，也是给孩子交下师兄弟的礼物。翻来覆去叮嘱的糕点，是一个母亲的不舍和词穷，也是她所能给予孩子的最后的爱，她的悲剧是那个动乱年代和封建礼教双重压迫的产物。

第二个出现的女性人物，也是这部小说的女主人公——菊仙，和艳红一样的出身，不明来处，但这样的出身却让她结识了她想共度一生的段小楼，但也因为结识了段小楼，让她在那个动乱年代走上绝路，以悲剧告终。她伴随段小楼经历了无数次苦难，从民国时的贫穷、抗日时的英勇果敢，到"文革"批斗时的淡定，李碧华给予了这个女性角色太多的优点，然而封建礼教带来的根深蒂固的偏见最终成为压死大象的最后一根稻草。她无法接受自己爱的男人因为自己的出身，要和自己离婚，划清界限。菊仙承受住了生活的苦难，承受住了程蝶衣的刁难，也承受住了批斗时的公众羞辱，她依然不卑不亢，可是她最爱的人却没有放过她的过往，为了保全自己，决定放弃她，浇灭了她对抗一切的希望，瞬间就卸去了她所有的坚强，也是封建礼教和动乱社会造成的悲剧命运。

（2）研究范围内的作品中，《胭脂扣》里的女性悲剧人物——如花是典型的封建礼教受害者，她与《霸王别姬》中的两位女性人物角色出身相同，都是生活社会底层的妓女，妓女这个角色也被李碧华写了很多次，这个职业历史悠久，最能贬低女性尊严的职业莫过于此。李碧华书写女性命运，将两个典型完美融合，诠释人性和激化冲突极具力量。底层边缘身份的如花和家境优越的十二少相爱，在封建礼教占住制高点的年代，绝对不会有结果，即便十二少放下身段为此努力，与家庭对抗，低三下四去戏班跑堂学艺伺候人，都不能够让背后的家族做出让步。最后绝望的如花只能与十二少约在阴间相见，选择寻死，但贫富的力量在此刻发挥了作用，陈家倾其所有拯救十二少的生命，把他从鬼门关拉回来，并没有人去倾囊相救一个做了妓女的孤女，结果害如花独自在阴间苦等几十年，返回阳间寻人，却发现那人早已不是当年痴情热烈的十二少。被封建礼教的偏见带入绝望境地的如花，用最惨烈的方式去争取她想要的爱情，却被爱情抛弃，对已经变了的十二少彻底死心，终于决定不再等待,她若早知道十二少向封建家族选择了屈服,另外娶妻生子苟活人世,或许就不会被痴心所束缚,枉等了数十载。

(3)《烟花三月》里的女主人公袁竹林虽然不是妓女身份,但她的"慰安妇"标签却一直伴随她的一生,本就是战争的受害者,却在战争结束后依然受到来自封建思想的侵害,来自周围人的无止境的伤害。袁竹林从小家境穷苦,颠沛流离,到成年后被骗劳军,为了生活几经改嫁,慰安妇的经历被世人反复咀嚼,不仅伤害她,还要伤害她领养的孩子,使他们处处备受冷眼和歧视。在这部纪实文学里,李碧华一改以往诡异、清冷的笔调,第一次用极有温度甚至很接地气的文笔去平静地写下了袁竹林的故事, 边帮助袁婆婆打国际官司,为自己被骗当慰安妇的经历讨回公道,一边帮她寻找失散几十年的爱人。

这部作品写于 2000 年之后,那时的香港已经回归四五年,内地和香港两地交流日益增多,李碧华和其他港人一样,原本是嫌弃内地的一切的,但这个时期也开始有所改观。在寻人过程中,香港媒体人与内地频繁接触,得到了及时又给力的回应,内地方面的相关工作人员动用一切力量,帮助袁婆婆寻人,最终如愿以偿。在这默契配合的过程中,李碧华也感受到了内地人也是有人情、有温情的,并不是"文革"中那样的嘴脸,甚至一个路边摊老板因为得知他们在帮人,而免去了一块钱的餐饮费。一块钱,并不多,可那也是心意,李碧华也不由得感慨道:"真好!"是人心的善良让他们的寻人之举更加有力量,因为那也是备受伤害的袁婆婆在这世界上唯一可留恋的东西,因为只有她的爱人廖奎没有嫌弃她,没有因为她那屈辱的往事去继续伤害她,反而对她和继女都很好,一家三口一起扛过了"北大荒"的艰难岁月,却因为命运一再的刁难被迫分开,从此天涯相隔,相见就成了袁婆婆死前的夙愿。平淡的讲述,却让人感到沉重,历史的波澜壮阔与个人命运的跌宕起伏紧紧相连。和同时期香港女作家亦舒、岑凯伦的浪漫爱情故事相比，这或许只是个平凡的爱情故事，但由于特殊的时代背景造成了袁竹林的特殊经历，再加上男主人公廖奎本应可以带着体面的工作迁往台湾，却为了自己的坚守留了下来，直到经历了种种政治运动而人生变得波澜起伏。最终因为一次次事件，廖奎成为劳改犯，发配东北改造，后来袁竹林带着孩子投奔他的时候，因为他已经表现良好成为干部，待遇好了的那段时间成为这一家三口最幸福的时光。当命运的不公再次袭来，廖奎再次因为一次事件被冤枉而失去了一切，他们被迫分开，在众人帮衬后，再相聚的时候，却又因另一个女人而无法走在一起，直到袁婆婆去世。

　　袁竹林的一生，没有等到战争伤害带来的赔偿和道歉，更没有等到她一生期盼的完满爱情和家庭，她是不幸的，因为时代带来的战争，让她成为令世人唾弃的侵华日军慰安妇，并且背负着并不是她的错而带来的屈辱，背负了一生；因为封建礼教观念，又背负这身份在战争结束后，继续遭受来自周围人的伤害。她又是幸运的，得到了李碧华这样的作家记叙了她的一生，最终如愿寻得爱人，好过如花，却不能一起白首。也许命运就是这样残缺难两全，令李碧华也不由得感叹："人生不过如此。"美国哥伦比亚大学的王德威在《香港情与爱——回归后的小说叙事与欲望》中认为《烟花三月》里那虚无缥缈的人鬼情突然落实到现代中国史的血泪中，而莽莽大地，陡然提供了一个新的言情述爱的空间。骨子里的李碧华其实讲的还是她专长的那一套，要探究两个被历史作践、被时间遗忘的男女，是否能在迥然不同的时空环境里重续前缘①。香港中文大学的何杏枫在《历史创伤与记忆探寻：李碧华〈烟花三月〉中的文化沉淀》中，认为文中的易卦，主宰了情节的发展，成

---

　　①　王德威. 香港情与爱——回归后的小说叙事与欲望 [J]. 当代作家评论，2005（5）：98.

为寻人故事的转折点①。李碧华的这部纪实文学作品只是换了一种方式来讲述李氏风格的故事，她自己在文章结尾也说了，这是一部血淋淋的《胭脂扣》，寻人过程有着诡异的巧合，自问冥冥中是否有一些亡魂在"借用"寓意。李碧华笃信宿命轮回，笃信神鬼之说，她的作品也参透着命运的玄机，这巧合之中或许也有着她本人潜意识里的特意而为之，比如问卦，也是她十分感兴趣的一件事。

（4）《潘金莲之前世今生》中女主人公的两次再世，都是一样的命运，前世先被张大户侮辱，被迫嫁给武大郎，一是封建社会对女性的毒害，二是男权主义对女性的物化侮辱。在宋代，这个出身卑微的穷人家的女子，没有权力去选择自己的婚姻，像个物件一样被张大户玩弄羞辱之后，又如同一件贬值的商品，转手或者转卖给矮小丑陋的武大郎，根本毫无爱情可言，婚姻是别人手中的交易而已。随后出现的西门庆，依然只是拿潘金莲当作寻欢作乐的对象，给她带来淫妇的称号，怂恿她投毒杀夫，从而遭到杀身之祸，从始至终她都是一个工具而已。再世的单玉莲，被章院长侮辱后，还被反咬一口，驱逐出舞蹈学院，是当时的时代背景给予当时人性的丑陋，也是男权思想将女性物化，玩弄之后即抛弃，毫无内疚也毫无羞耻之心，为了保全自己，任由气急败坏的夫人将单玉莲加害，成为生活窘迫的路边摆摊女。随后遇到武大转世的武汝大，对她依旧是极好，但却依旧没有爱情，继续被西门庆转世的 Simon 当作玩物，又被歧视内地人的夫家家眷所歧视，处处刁难她。

为了物质，她宁可没有爱情，得到了想要的物质生活之后，她依然和前世一样，依旧是男权主义思想下的玩物，Simon 根本就没有给予她

---

① 何杏枫. 历史创伤与记忆探寻：李碧华《烟花三月》中的文化沉淀 [J]. 现代中文文学学报，2008.

爱情和尊重，最后以两死一伤结束了一场孽缘。这个悲剧的女性人物不管在前世还是今生，始终没有脱离开男人的伤害，而她自己本身的思想观念也是束缚她自己寻找真正幸福的桎梏。作为宋代的一个底层的孤女，她无法选择自己的婚姻和命运，悲剧由时代注定。可到了转世的现代，她虽然被"文革"时代的丑陋人性所践踏，但贫穷让她决定依附男性，并没有靠自己的独立自强去获取更好的生活，而是选择了一条看似捷径的路，虚荣、懒惰、坐享其成，又贪婪轻浮，想要更多，于是悲剧注定再一次上映。

（5）《满洲国妖艳——川岛芳子》的女性人物是一个历史上真实存在的人物，是一个依照史实塑造的女性人物形象。川岛芳子本是生于清末皇家的后裔，汉名金碧辉，是清王朝肃亲王的女儿，史称十四格格，满名叫爱新觉罗·显玗。可就是这样一个显赫的皇族血脉女子竟然为了所谓的"复辟大业"成为被人利用的棋子，从小就被送去日本养父那里接受军国主义洗脑，成为自己亲生父亲用来拉拢日本人、实现复国大业的工具。亲情变质的时候，便是悲剧的开始，这依旧是男权主义在物化女性，也是封建王朝造就的悲剧，重男轻女的思想使得川岛芳子的父亲——肃亲王善耆将女儿送给日本人当联手的礼物，另有善耆长女也过继给川岛芳子的日本继父——川岛浪速，取名川岛廉子。在清末民初的那个时代，当了皇家的后代，就一定要为王朝的万代延续而终生效命，她的父亲是一个对清王朝忠心耿耿的晚清重臣，励精图治、整治贪腐，一心想借助日本人的力量光复清代皇室，将自己的儿子们、女儿们都送到川岛家寄养，丝毫不顾他们的死活与感受，在这位疯狂的重臣面前，没有人比复国大业更重要。就是这样的时代背景造就了这样的悲剧女性人物，使她成为父亲眼里送给川岛浪速的"小玩具"。

川岛芳子从小接受日本军国主义教育，两个父亲像培训工具一样培训她作为间谍所需要掌握的一切技能，她又不断因为国籍问题受到嘲笑，她自己也迷惑不堪。成年后的她被义父侮辱，受到的刺激与伤害让她开始女扮男装，被送回中国后，长期为日本做间谍，这样晦暗的人生经历扭曲了她的性格。堂堂的格格，连自己的婚姻也不能做决定，只能成为政治联姻的牺牲品，嫁给她并不喜欢的"蒙古帝国皇帝"巴布扎布的儿子——甘珠尔扎布，三年后立即选择逃脱。命运都无法掌控的女人，又怎能掌控爱情？芳子的初恋情人堕落颓废，只想借她的钱而已，很快被芳子放弃。接二连三从她生命中出现的男人无一不是和政治利益相关，不是利用她，就是被她利用，没有真情存在过。李碧华笔下的芳子将她喜爱并一直伴随身边的一只小猴子唤作阿福，说明她唯一心心念念的人是她无意中邂逅的戏班学徒阿福，然而这个后来走上革命道路的云开，并不认同她卖国求荣、残害同胞的行为，也许在刑场上救了她，也许骗了她，但他们之间在当时的时代背景之下，一个是在皇姑屯事件①、"九一八"事变中为日本提供情报的间谍，一个是抗日革命者，他们之间不可能有任何结果，悲剧就是求而不得，李氏小说中的情爱故事都没有完满的结局，芳子是封建礼教和男权主义压迫下的牺牲品。

（6）发生在民国的故事《生死桥》里的女性人物——丹丹也是个底层贫苦人家的女儿，跟着戏班子讨生活，被所爱之人念及兄弟情谊和梦想，而让给自己不爱的人。可怜的女性，不仅要遵从父权、夫权，还要被兄弟权左右。即便有主见的丹丹千里迢迢找了过去，却被一心想成角儿、出人头地的怀玉伤害，为了把怀玉身边的段娉婷比下去，她投入上海滩一方大佬金啸风的怀抱，只能借助男人的力量把自己捧红，最终

---

①　皇姑屯事件，1928 年 6 月 4 日，日本关东军向奉系军阀首领张作霖索要东北铁路权等利益未果，并将东北人民的抗日行为归为张作霖怂恿，在皇姑屯站以东谋划炸死张作霖的事件。

被大佬的嫉恨毁掉了自己和怀玉，在男权社会利用男性，最终被爱情抛弃。被物化女性的男权主义玩弄于股掌的另一个女性人物——段娉婷，在上海滩磨炼得八面玲珑，却义无反顾地选自己的爱情，放弃纸醉金迷的生活，换来陪伴一个失明的爱人，所谓鱼翅和熊掌不可兼得。唯一善终的竟是李碧华笔下的又一个妓女身份的角色：志高的母亲红莲，《生死桥》里的第三个女性人物。她用出卖自己来培养志高学戏，给他的名字也饱含了自己的期许，又在力所能及范围内自欺欺人地呵护着志高的自尊心，和人说是弟弟，而不是儿子。一个被抛弃的穷苦女人，就是用这样的方式养育自己的希望，从一个给光棍汉缝穷的人，变成一个出来"卖"的人，被周围人瞧不起，并经常拿来嘲讽志高。红莲的职业被当时的社会唾弃，是下作的行当，然而不是走投无路的话，哪个女性又愿意做这样的行当？她的改行，也是因为靠缝缝补补的微薄收入，根本不够养活自己和孩子，而孩子的父亲已经不知所终，吃人的社会就是这样慢慢蚕食底层穷苦的女性。

张耀中在《析李碧华〈生死桥〉中的背叛主题》里认为，这部作品中，生活在动荡年代的小人物们的悲哀，折射了当时社会的矛盾与黑暗，人性的丑恶与堕落，以及对男权社会的失望与不信任。① 郑渺渺在《率性的叛逆与另类的光彩——论李碧华笔下的女性形象》中认为，李碧华的作品并没有像其他作家那样，仿佛被父权文化毒害，喜欢塑造一些美丽温顺的女性，迎合男性在女性面前自大的虚荣心，而是反其道而行，塑造了一些为古今世俗所不容的"婊子""荡妇""妖女""妓女"

---

① 张耀中. 析李碧华《生死桥》中的背叛主题［J］. 商丘职业技术学院学报，2016（1）：86.

来颠覆男性眼中的欲望化对象。① 其实正是这样的反差，才能映衬出强烈的悲剧效果，对造成悲剧的社会、时代、男权、封建礼教以及女性自身的病态思想进行否定，比如不顾一切报复情敌、利用男人让自己即刻翻红、盲目地执着与坚持。

（7）《饺子》里艾菁菁正是这样被自我束缚的现代女性，她为了留住自己的多金丈夫，明知道他早就不爱自己，在外面包养年轻美貌的女子为自己繁衍后代，却依然处心积虑去争夺这个并不值得挽留的男人。艾菁菁找到媚姨，去吃传闻中可以长生不老、青春永驻的婴胎饺子，不顾浑身发臭的恶报，重金去买婴胎。然而暂时换来的容光焕发只是昙花一现，男人的心依旧没有回来，自己却陷入了恶循环，成为新一任的吃人魔鬼，最初的担心、恐惧荡然无存，她亲自参与堕胎、吃人，淡定自如，与魔鬼已毫无二致。艾菁菁本来可以靠自己的努力去拥有自己的演艺事业，可以成为一名出色的演员，或者她可以选择其他出路，可她毅然选择一条所谓的"捷径"，仗着自己的青春貌美，嫁个有钱人去换得坐享其成的高质量生活。她最初仰仗的这个男人，就成为她的一切，所以她的余生就要靠不停地挽留这个男人来维持自己的生活，除此之外，她便别无他法，被自己愚蠢的思维画地为牢，作茧自缚。

《饺子》里的媚姨即黄月媚，是一个由医生变为魔鬼的女性角色。原来她是一个妇产科堕胎医生，之前的恋人也因怕遭报应而抛弃了她，她以男人为途径，获得香港身份证，是她跟前任炫耀的资本，是她认为过得好的标准。她所依仗的油腻男人，也是利用她"内地大学生大国手"的医生身份，卖胎盘赚钱，两人各取所需，毫无爱情可言，只是

---

① 郑渺渺. 率性的叛逆与另类的光彩——论李碧华笔下的女性形象 [J]. 世界华文文学论坛，2006（2）：16.

"在这个社会，一个女人要立足，要生活，先靠身体，再取身份，然后海阔天空"①。

李碧华抨击了人流手术的残忍，在她看来与杀人无异。在执行了无数次的打胎手术之后，为了更大的金钱利益，媚姨利用她的医术，来到香港当违法堕胎的医生，一边收着堕胎女子的钱，一边把打下来的胎儿做成婴胎饺子，高价卖给渴求留住青春的贵妇。媚姨用这种途径来满足自己的物质生活，却在罪行暴露之后，为求自保，潇洒离开，去实现了她的海阔天空，可她的客户艾菁菁却接下了她的衣钵，成为另一个"媚姨"。媚姨全身而退，她和艾菁菁的不同之处在于她心知肚明"女人到头来也不过是依仗自己"②。

艾菁菁或许留住了那个花心丈夫，却失去了自我，失去了幸福快乐，她是男权主义的牺牲品，丈夫把她当作一个摆设的妻子，她自己也把自己物化成了一个一生只靠千方百计留住丈夫才能过活的女人。最后，她最初有三个愿望：永远被爱，永远开心，永远青春美丽，她希望用吃婴胎水饺的方式留住青春，企图这样就可以被爱，从而开心起来，殊不知开心被爱的筹码从来就不是青春貌美，而是自己可以养活自己，自己创造幸福的能力，她不知道"她就是自己的心魔"③。

作品中出现的第三个女性人物小琪，是一个跟着领综援的父亲、打散工的母亲，挣扎在底层社会的十五岁女学生。整部小说中只有一句台词的悲剧人物，被禽兽父亲强暴后堕胎，因失血过多而死，连句疼都没有喊过。这个可怜的女孩在父亲的威胁下，选择了流泪和忍受，甚至到死都没有说出谁是"肇事者"，心里还想着考试的事情，想和别的女孩

---

①　李碧华. 饺子 [M]. 北京：新星出版社，2013：155.
②　李碧华. 饺子 [M]. 北京：新星出版社，2013：155.
③　李碧华. 饺子 [M]. 北京：新星出版社，2013：193.

一样，期盼有无忧无虑的校园生活。可就是在这样的底层社会环境下，在父权的欺压之下，小琪只能满怀眷恋地说句："妈，我不想死。"与其说她死于媚姨的堕胎手术之下，不如说死于男权主义的暴力之下，她的突然死去，除了引起母亲的悲痛之外，其他的凶手并没有一丝负罪感出现，媚姨依然唱着歌，艾菁菁依然在寻找婴胎，一切照旧，一条鲜活的年轻生命的价值就是被男人侮辱，为女人提供维持青春的灵丹妙药。

而小琪的妈妈，这个四十多岁的、靠倒垃圾等散工过活的贫困母亲，在失去女儿之后，挥刀砍死了自己的丈夫，为女儿报仇后选择自行了断。一个被生活所迫，又被夫权所欺的女人，自己生活不幸，女儿也成了牺牲品，索性将自己和家庭就在这样一片惨烈的血色中了断。

第五个女性角色是笔墨不多的鞋店店员 Connie，后成为李先生的出轨对象，一样成为泄欲的工具和生育的工具。被无子的李太太艾菁菁发现后，生怕 Connie 生下丈夫李先生的孩子，会威胁到自己的地位，于是，一举两得地用金钱买下婴胎，做成回春的饺子。被男人金钱吸引的 Connie，毫不意外地又被艾菁菁更大数额的支票吸引，卖掉了自己的孩子，亲手杀死了孩子。姚霞认为，小说中男性人物的选择在某种程度上映照和决定了女性的命运，而女性自身的性格缺陷也值得反思，自我救赎才能实现男女平等①。林逸濂认为，李碧华之所以写出这样的悲剧，是为揭示香港人对回归后"五十年不变"的担忧，对中央政府对香港政策的疑虑，以及内地人利用婚姻拿到香港身份证的社会现象，即便丈夫刻薄，内地女性也会选择隐忍，直到拿到身份证再把毫无感情的丈夫甩掉，香港受传统思想影响则选择对男人的出轨进行隐忍，造成了很多

---

① 姚霞. 影像对文本中性别意识的重建——以李碧华的《饺子》为中心［J］. 预言之思，2016（2）：76.

婚姻悲剧①。

对金钱的向往成为这里每个女性人物角色的动力，她们通过各种方式去获得金钱，满足虚荣心。要么靠男人，要么靠卖孩子、吃孩子，人性与母性在金钱面前集体泯灭。这在男权主义一直占据主流市场的社会中，包括今天的社会，具备很强烈的冲击力，李碧华小说里的每个女性的悲剧，都毫无例外和男人密切相关。《饺子》里的四名成年女性人物依附男人生活，获取金钱利益，或利用男人达到移民的目的，抑或想仰仗男人一起扛过困苦，却将未成年的女儿残害致死，造成人间悲剧。她们备受男权社会欺凌的同时，自身的残缺思想观念也将自己送入绝地。

（8）《青蛇》里人妖受封建观念的压迫，《秦俑》《诱僧》里君权对底层民众生命的剥夺，无一不是女性人物的悲剧结局。文学作品是社会与时代的微缩反映，李碧华的小说也不例外。作品中的女性悲剧在当时的时代背景下是虚构故事，但不是虚幻，上述分析的种种因素具备切实发生的可能，这也是李氏小说作品多被改编成热播影视剧的原因之一。艾尤在《摇摆的女性欲望：在"自主"与"依附"之间——对李碧华小说的一种解读》里认为在父权制社会，男性剥夺了女性的话语权，创造了男性意识等同于人的意识，并在潜移默化中使其成为每一个成员的自觉意识，而李碧华的书写否定了这种意识，并且批驳了男权社会中的女性丧失本真自我、被正统历史肆意歪曲的宿命。②

李碧华的小说折射时代背景下的社会现象，直击矛盾问题所在，挖掘人性的同时，也是对女性欲望的深度演示。《霸王别姬》里的艳红、菊仙同为妓女身份，但她们一个放弃骨肉，认为分离能让自己和孩子过

---

① 林逸濂. 李碧华小说中的香港社会［D］. 香港：香港大学，2009：8.
② 艾尤. 摇摆的女性欲望：在"自主"与"依附"之间——对李碧华小说的一种解读［J］. 香江文坛，2005（12）：13.

得更好，被吃人的社会和男权的压榨造成母子分离的悲剧；而后者菊仙比艳红更加勇敢、有主见，她要的是爱情，并且为之扛住了一切苦难，斗情敌、斗日本侵略者、斗红卫兵，她坚强、泼辣，有头脑，又自立，一个顽强的女人最后却死在自己斗了一生只想维护的男人的态度上。关键时刻，段小楼选择放弃菊仙，成为杀死菊仙的直接凶手，封建思想的偏见和特殊年代的社会，使菊仙必须面对别人对她妓女身份的侮辱，而爱人的侮辱成为压死大象的最后一根稻草。同样身份的如花，在《胭脂扣》里也和菊仙一样，为了爱情义无反顾，她们在男权社会里，在封建道德的桎梏下，用死来向得不到结果的爱情祭奠，最后却真正死于对爱人的失望，瞬间死心。在这一点上，如化与菊仙是如此的相似。《烟花三月》里的袁竹林，一生都在和被迫扣上的慰安妇名声进行抗争，在当时的时代背景下，她不得不成为这种受人唾弃、又饱受身心摧残的慰安妇，在别人眼里，她与妓女无异。她比如花和菊仙幸运的是得到了一个不嫌弃她的爱人廖奎，给予了她一直渴望的尊重和爱护，这场爱情是她活下去的动力之一，也成就了后来的千里寻人。可廖奎和十二少的角色一样，在女主人公满怀希冀的时候，以意外的失望奉上了答案，廖奎为了生活已经再婚，他身边的另一个女人让袁竹林重聚的希望破灭，男权主义的信奉者们一次次让女性失望，而李碧华笔下的女性人物却都是如此坚忍顽强，固执专注，只能用悲剧的命运来给自己交代。

不仅社会底层的妓女如此，身为高贵皇家公主的红萼，在《诱僧》里紧随自己所爱之人石彦生，即便他已经被皇帝定为叛党，红萼依然放下身段去寺院中找到已经剃度出家的爱人，毫不犹豫用自己的生命替他去死，成为封建帝制下的皇权也是男权的牺牲品。《生死桥》里的丹丹、《青蛇》里的小青、《饺子》里的艾菁菁、《秦俑》里的冬儿，这些李碧华笔下的女性人物都在用一种决绝的、极端的方式争取自己想要的一切，但在封建桎梏、男权主义、动荡社会和自己极端的思想束缚下，她们付出巨大代价争取的一切都没有如愿以偿，悲剧命运在她们决定孤注一掷的时刻就已经注定。

李碧华爱写情，更爱写悲情，是因为悲剧更具备强有力的批判效果，她这样安排在不同时代布景下的悲剧故事，是对上述四个悲剧因素的控诉、抗议，也透露出她对女性比男性更为情爱至上的感慨。从古至今，不论任何朝代，女性在这四个因素的迫害和重压之下，始终比男人更加重视自己内心对爱情的仰视，但由于封建传统观念，以及在现代社会的重压之下，人们对女性的偏见和歧视，使得她们也有一部分人选择了继续依靠男人过活，心甘情愿成为男人的附属品，只为了让自己更加轻松地获得想要的物质生活。由此产生的嫉恨、迫害和丧失人性的弃婴、杀婴、吃婴等一系列令人惊悚的人间惨剧，和这些女性人物缔造的感天动地的爱情一样，让人读了扼腕不已，一声叹息。

第五章

李氏小说中的女性人物抗争意识

第　节　女性抗争意识

女性在人类历史长河中，不论时代如何变化，始终处于弱势的一方，她们为了争取命运的公正、婚姻爱情的自由，面对各种压迫、不公和欺凌，从未放弃过抗争。女性的抗争意识一直存在于人类社会，也一直被文学作品所反映，无数部文学作品都有对女性抗争意识的书写。在漫长的封建社会里，男权主义一直占据着统治地位，女性不论在社会上、经济上、人权上都不具备与男子平等的地位，被视为附属品，历朝历代的文学作品中，女性人物角色都有表现出抗争意识，也是对当时时代背景下的社会现状的反映。比如吴敬梓在《儒林外史》中塑造的女性人物，或抗争不平等的婚姻境遇，或抗争不平等的读书制度，或抗争不平等的生活制度，表现出异于同时代女子以"恭顺"为主的精神面貌，同时也宣告着一种"新"思想的产生。① 刘颖慧在《关汉卿杂剧中

---

① 辛颖. 浅析《儒林外史》中人物的抗争意识及其产生的原因——以"鲁小姐"和"沈琼枝"为例［J］. 长江丛刊，2017（8）：8.

元代平民女子觉醒和抗争意识探析》中的观点认为，来自社会不同层面的女性，都对生活和爱情有一种执着的追求，不言放弃，不怕挫折，积极主宰自身命运，源于女性对人生深沉而博大的爱恋。女性只有获得了这种独立的反抗命运的意识，才有可能成为自己命运的主人①。王馨颐在《论〈巴黎圣母院〉中女性的抗争意识》里认为女性抗争意识是基于压迫、要求人格平等的一种呼吁，要求社会环境打破强加于女性的束缚，复归女性作为"人"的束缚和完整。②

在男人为主导的社会里，女性并没有消失，她们或者像男人一样走上台前，与男性分庭抗礼，诗词歌赋、琴棋书画样样不落，兼顾家庭，又打点生意，甚至像武则天、慈禧太后一样在政治上也表现出丝毫不逊色于男性的气魄。由于女性在体力上弱势于男性，并承载着哺育后代的责任，在男权主义者的眼里，女性只具备生儿育女和满足大男子主义需求的功能，他们对女性进行欺压、鄙视、凌辱，剥夺很多与男子同等的权利，中国古代封建社会的"一夫多妻"制就是一个非常明显的例子和证明。女性为了争取自己应该具备的权益，对抗社会、人性造成悲剧命运方方面面的因素，不论古代、近代、现代，女性的抗争意识从未消退过，也一直被时代的文学作品所反映。不论男性作者还是女性作者，他们在创作文学作品的时候，也许并没有刻意去构建女性的抗争意识，但在作品中却反映了所在年代的女性，的的确确去做出了抗争，没有顺从男权社会的意志，于是才有了矛盾冲突，有了悲剧命运，有了刻画女性人物的无数优秀文学作品。

封建社会的女性人物抗争的是封建礼教和男权主义，这种意识在近

---

① 刘颖慧. 关汉卿杂剧中元代平民女子觉醒和抗争意识探析 [J]. 文史纵横, 2004 (9)：63.

② 王馨颐. 论《巴黎圣母院》中女性的抗争意识 [J]. 外国小说, 2010 (2)：7.

代的民国和现代社会依旧没有消失，时代在变，女性的抗争意识只是改变了抗争对象和方式，她们依然为自己争取个体独立和爱情自由而战。随着社会的发展与进步，女性的能力和魄力得到越来越多的展示机会，各行各业都有优秀的女性出现，现代女性经济独立自主的越来越多，学历越来越高，依靠男人过活的女性比过去更少，但凡有男人出现的业界，也总能看到女性的身影，甚至很多女性比男性做得更好，表现更为突出。变得越来越好的女性，为自己争取幸福的权力越来越大，机会也越来越多，她们不仅仅限于为家庭做幕后保姆一样的角色，而是大多数成为家庭事业两边开花的能手，从社会不可或缺的角色，逐渐演变为主流角色。作家创作的文学作品，是作家主流意识的反映，文学作品中的女性人物角色的塑造，也反映了女性抗争意识的存在形式。费水蓉在《论萧红与张爱玲作品中的女性抗争意识》中认为二十世纪对中国的女人来说是一个觉醒的时代，萧红和张爱玲的文学作品敢于向男权中心主义和男权文化挑战，唤醒了千百万女性的独立意识。[1] 民国女性开始觉醒，接触西方文化，女子开始大量进入学校读书，不管是贫穷富贵、皇家百姓，都比先前的封建社会意识有所进步和改善，不仅反映在文学作品里，到了现代，媒体发达多样，影视剧也成为女性抗争意识的反映者。姚振轩在《郑晓龙电视剧中的女性抗争意识表达》中认为，抗争是女性渴求平等的一种方式，在抗争意识的驱使下，女性越发迫切地要求摘除社会环境及伦理强加于其身上的枷锁，反映了女性的独立意识与自我实现。[2]

不仅中国如此，古今中外的每个国家，在每个时代都有敢于反抗各

---

[1] 费水蓉. 论萧红与张爱玲作品中的女性抗争意识 [J]. 新乡学院学报，2010 (6)：104.

[2] 姚振轩. 郑晓龙电视剧中的女性抗争意识表达 [J]. 新闻研究导刊，2017 (1)：33.

种压迫的女性出现，她们为争取自我自由的同时，也推动了女性在社会上获得权益方面的进步，国外也有很多反映这一现象的文学作品。比如法国作家福楼拜的《包法利夫人》、英国作家夏洛蒂·勃朗特的《简·爱》、美国作家霍桑的《红字》、俄国作家列夫·托尔斯泰的《安娜·卡列尼娜》、英国作家哈代的《德伯家的苔丝》、法国大文豪雨果的《巴黎圣母院》、韩国家喻户晓的古典文学名著《春香传》等，都有对女性抗争不幸命运的表达。何申英在《乔治·艾略特小说中的女性命运及抗争意识探析》中认为，在男权社会下，女性命运受到宗教神权和夫权思想的束缚，女性的受教育权和求知欲被压制，导致女性丧失理想和个性，女性的抗争意识表现为实现其社会价值，她们需要隐忍和承担责任的同时，最终都要回归家庭。① 刘芳在《论清朝中下层妇女与封建专制的抗争》中，将女性抗争意识阐述为黑暗中的一线曙光，将女性们麻木的神经重新启动，是妇女开始对自己的身份地位、境遇产生抗拒，并开始开展为追求自由和幸福而不懈努力的抗争活动。② 本书的研究对象——李碧华的小说作品以鲜明的女性主义立场和独特的女性主义视角，塑造了一系列富有叛逆思想和抗争意识的女性形象，通过她们的悲惨命运，对男性霸权文化表示强烈的质疑和有力的反抗，在对女性命运的深度考问和对两性关系的残酷挖掘中，表现出深刻而清晰的独立意识和特异大胆的反抗姿态。③ 独立与反抗成为女性抗争意识的两大要素。

综上所述，女性的抗争意识存在于古今中外、历朝历代以及任何国

① 何申英. 乔治·艾略特小说中的女性命运及抗争意识探析 [J]. 牡丹江大学学报，2014（6）：33.

② 刘芳. 论清朝中下层妇女与封建专制的抗争 [D]. 太原：山西大学，2000：30.

③ 严英秀. 宿命与反抗：对李碧华小说的女性主义解读 [J]. 甘肃联合大学学报，2007（9）：62.

家，也被大多数文学作品所反映，它是女性在社会制度、男权主义、性别歧视以及自身缺陷等方面造成的命运不公与不幸，从而引发处于弱势群体的女性们为了争取和男性一样平等的生存权、受教育权、婚姻爱情自由权、参政议政权等，而做出的反抗行为，表现为对非个人意志安排的不顺从而做出的抵抗。抵抗形式包括逃婚、杀人、寻找、强大自我、放弃、利用、谋权等多种形式，这些女性或执着或刚烈或勇敢或聪慧或惨烈，性格不同，结局不同，但都为争取自己的自由和权益努力做出改变悲剧命运的行为。她们的抗争意识从萌芽到发展，不仅改变了女性自身的命运和地位，也推动了社会方方面面的进步，女性已经成为现代社会中不可或缺的中流砥柱，她们在事业与家庭中都扮演了极为重要的角色，她们的地位从古代封建社会极为低下的男人附属品，演变成为今日现代社会几乎和男人分庭抗礼的重要角色，各行各业的女性精英人才辈出，成为人类社会进步的重要标志之一。

人只有在迷惘、绝望的时候才能想到改变，只有在命运悲惨到处处违背自己意愿的时候才能做出抗争，即便最后以失败告终，或者以巨大的代价告终，依然不能磨灭女性抗争意识在她们人生中的重要作用，这种意识如同一抹浓墨重彩，为命运增添了改变的可能，不再像以往一样逆来顺受，屈从于外界的偏见与迫害。当代女性可以像英国首相铁娘子撒切尔夫人、美国国务卿莱斯、德国总理默克尔一样在政坛拥有一定的权力；也可以像中国格力集团董事长董明珠、美国杜邦公司首席执行官库尔曼、日本有信精机总裁小谷真由美那样叱咤商界；女性可以和男性一样，在体育界、影视圈、作家界等各个领域都非常出色，为自己争取自由自主权的同时，也赢得了男性的刮目相看和尊敬。

女性主义、女权主义有太多人去探讨和争执，褒贬不一，本书不做评论，仅在研究范围内对李碧华小说中的女性人物抗争意识结合时代背景进行剖析，女性抗争意识在数千年来的不断进化中，对女性改变命运的积极意义是毋庸置疑的。

第二节　女性抗争类型

李碧华小说中的女性人物的塑造反映了不同时代背景下的抗争意识形态，她们所抗争的目的不同，形式也不同，是当时社会女性所处状态的真实反映。在中国这个古老的国度中，时代一直在进步，女性的生活状态也一直在改善，女性社会地位不断提高，但是直至今日也没有实现真正的"男女平等"。现代女性和传统女性明显不同，不再将生活的重心放在家庭上面，不再向命运的安排屈从，不再对父权、夫权唯命是从，而她们做出种种抗争实际上是为了争取自主权。李碧华笔下的女性人物如同大时代背景下的微缩景观，是跃然纸上的小社会、小家庭，曲折的个人命运也是跌宕起伏的小时代。写爱情、写女性的作家有很多，他们笔下的古代女性人物温婉贤淑、善良体贴，为了屈从压迫，照顾周围的眼光而委屈自己，活成令人扼腕的悲惨人物；现代女性时尚靓丽，聪明能干，能够兼顾事业与家庭，但李碧华却独树一帜地塑造了一群具有抗争意识的反叛型女性形象，加上她短促有力、犀利冷艳的文笔，让李氏小说在一众言情小说中显得色调独特，风格出众，成为影视界争相拍摄的作品，改编后的影视剧作和小说原著一样备受欢迎。李碧华笔下的女性人物身份各异，甚至不仅限于人类，她把人、妖、鬼写了个遍，她们都颇具个性，哪怕生存在社会的最底层，都没有向命运屈从。本小节将研究范围内的十部作品按照女性人物出身划分为三个部分，对女性人物为何而抗争进行探究。

一、卑微的妓女和伟大的母亲

《霸王别姬》中的两个女性人物艳红和菊仙，都是妓女身份，她们在这个独特的行业接触三教九流，看遍人世百态，不仅被男人轻贱，也遭到女人的鄙视。出身卑微的她们由于生活所迫，没有其他谋生手段，才选择出卖自己，以求生存。艳红比菊仙多了一层身份就是小豆子的母亲，她十七八岁就做了母亲，而小说中并未提及孩子的父亲，也许是一段寒心爱情带来的结晶，也许是很小就从事这种底层行业带来的意外，母子俩相依为命，日子过得无比窘迫贫寒。艳红有时还趴在药铺里搓蜡丸儿，做避瘟散，有时候帮人洗衣服和臭袜子，可是用这些微薄的收入来帮衬生活，根本不能带来什么质的改变，如同杯水车薪。母子二人的生活一直穷苦不堪，冬夜睡在破落院里的阁楼临时搭的木板上，用大酱油瓶子装上开水，温暖孩子的脚。如果说被窝像铁一样凉薄，那么当艳红作为一个母亲，被孩子亲眼看见她接客的场景，才是真的寒凉。李碧华用这句"她在门帘缝里看到孩子寒碜得能杀人的眼睛……"① 来刻画作为一个母亲，她选择这样一种职业被孩子发现后的窘迫与尴尬，如果贫穷让她觉得生活无望，在孩子面前最后一丝尊严的丧失让她感受到了绝望。在无望与希望面前，她觉得送孩子学戏，或许能挣个出身，于是绝望中的母亲做出了决绝的决定，挥刀砍掉小豆子的六指，为了让关师傅收他为徒，改变可能会和自己一样穷困潦倒的一生。

为了改变穷苦的命运，一个妓女，一个母亲，只能用这样的法子。戏班子也不是天堂，练功的苦不是谁都能吃，李碧华用后来受不了苦而

---

① 李碧华. 霸王别姬［M］. 北京：新星出版社，2013：14.

自尽的小赖子这样一个人物，告诉我们学戏也是无比辛苦的行当。当关师傅写了契约，念到"打死无论"的时候，作为母亲的艳红心里还是一惊，用握拳的动作来表示她虽然心疼，却决定用此来改变孩子的命运，让孩子以后的日子只要顾得自己就好，那样吃人的社会，底层民众哪怕有半点活路，谁也不愿意骨肉分离。李碧华用极其简练又生动入骨的文字写了母亲亲手砍去孩子手指的一段，划破夜幕的惨叫也是艳红对苦难命运不满的嘶喊，剁掉的手指，也是剁开了一条生死之路，死路与死生难料的两条路，她选了后者给孩子，为了自己和孩子的尊严，她做出了她认为最好的选择。在关师傅面前，艳红还为了面子倔强地辩解了一句不是养不起，是真的为了孩子的前程，才送到戏班子里来。社会底层的妓女，连自己都养不起，也只有穷人才把自己的孩子送到戏班子吃另一种苦，艳红笨拙地向关师傅"推销"自己的孩子，俗套地夸赞着孩子如何适合学戏，是因为苦难的生活折磨得她没有勇气和孩子一起继续过无尽头的苦日子，只能用改变出路的方式来抗争命运。艳红留给孩子的大包糕点送给师傅做见面礼，小包糕点嘱咐着分给师兄弟，看似废话，实际上是无限的不舍和惦记，然而一个连自己名字都不会写、只会画十字代替签名的妓女，她不知如何在短暂的时间里去叮嘱孩子的一生，因为此刻她已下定决心分离，说来看小豆子，当小豆子名满梨园、成为程蝶衣的时候，她也没来看他，或许不知是自己的孩子，或许已经在那个晦暗的社会里默默死去，在那样的时代背景下，她只能继续做娼。

在封建思想里、男权主义下，一个娼妓能有什么好的结局？李碧华并没有交代艳红的后来，但没有交代便是交代。艳红在军阀混战的乱世中，作为一个世人眼中的下九流娼妓，要经受多少含辛茹苦，受尽多少白眼、奚落，才能把自己生下的"孽种"养活到九岁，因为是个男孩，她才送进戏班子，因为不是女孩，所以堂子里不能留下养着。看吧，如果是个女孩，就还是和母亲一样的命运，除此之外没有其他出路，这是多么悲惨的人生。在那个时代，婊子与戏子都是世人眼中的下九流行业，而穷苦百姓除了这样的行当，都没得选，没有其他路可以走。艳红作为母亲为孩子所做的抗争力量微乎其微，小到似乎没什么意义，只不过换个地方受苦而已，可最后，她的小豆子吃尽苦中苦，最终还是成了角儿，也算是艳红抗争行为的一点成效。

艳红为了儿子也许会有的前程，为了母子俩不用再过得那么困苦，为了让自己和儿子的尊严都能保留最后一点念想，她用一个下九流女子的苟延残喘去和命运、和社会抗争，那么这部小说里同为妓女的菊仙，她比艳红少了母亲的身份，为了爱情与自由用自己的性命去抗争。菊仙一出场就是窑子里，不是被生计所迫，不是被命运所逼，哪个女人都不会在这种地方过活。可菊仙从一开始就注定不是个屈从命运的底层女性，一声倔强的"我不喝"将她卑贱里的傲气尽显，连老鸨子都连声赔不是的客人，至少是个财大气粗的人，可菊仙仍然不愿接受在她看来又恶心又没尊严的要求：嘴巴对着嘴巴喝。看见段小楼出现，菊仙好似看到了救星，喊他来救自己，惹得两个男人为了一个妓女大打出手。这个敢拒绝男人，又有本事拉另一个男人救场的女人就是菊仙，出场就被李碧华定位成一个泼辣有主见的女性，相比被人调戏时，只敢啐一口，而不敢得罪客人的艳红，菊仙的凛冽更加外显。

不管什么身份，什么出身，妓女首先也是女人，也渴望有真正的爱情和爱人出现，当她认定肯为她打架的段小楼可以托付终身之后，依然做出抗争既定命运的第一步——为自己赎身，做个和普通女人一样的良家妇女，嫁人生子，陪伴爱人。可是时代背景变幻莫测，送走了军阀混战，又迎来日军侵华，偌大的北京城里，每一个人都逃脱不开政治的牵扯，菊仙为了保住小楼的性命，在日军要求听戏、小楼罢唱的时候，丝毫不像一个底层出身的、没见过世面的妓女，她沉稳淡定，知道怎样做才是对的。在段小楼不听劝，和日军作对而落难时，菊仙又放下面子去求蝶衣相救，并许诺自己会离开段小楼。李碧华用简短的对话，刻画了两个互相"猫嘴里挖泥鳅"的对话场面，都知道对方想要什么，最终还是菊仙为了心中所爱而做出退让。当小楼得知蝶衣是给日本人唱戏换了他出来之后，依然选择了和接他的菊仙一起离开，在程蝶衣眼里是菊仙欺骗了他，是菊仙违背了承诺，可那只是菊仙为了保全爱人的缓兵之计。

　　抗争命运又抗争日本人欺压的菊仙，有勇有谋，能屈能伸，却在时代背景切换到抗战胜利之后，国军进京听戏引发戏台上的骚乱而流产。菊仙为了争取自己的爱情，过上正常女人的生活，她一路抗争，却因为这个男人依然过得很惨，颠沛流离，意外不断发生。她为了摆脱自己的妓女命运，用赎身抗争；为了自己的爱情，保住爱人和正常女性的生活，用谎言利用程蝶衣，但菊仙不是无情的女人，她无法摆脱自己的出身，但一直用一个即便是出身高贵的女人都无法做到的真性情和大度量去对待自己的"情敌"。菊仙为了弥补自己的亏欠，也为了帮因救出丈夫而被拖累的蝶衣，发挥她擅长的社交能力，她永远知道事情该怎么做，毫无普通家庭妇女遇到棘手之事就慌乱的生涩，她是一个见过世面的人，拿着宝剑去求袁四爷，希望袁四爷睹物思人，念及旧情，救出程蝶衣。

　　时代背景到了新中国成立后，菊仙又扮演着蝶衣母亲的身份帮他戒大烟，善良的本性立现。在大时代的背景——"文革"到来的时候，在被逼着互相揭发的现场，段小楼忍不住说出程蝶衣最痛苦的往事，当众揭伤疤，被震惊的菊仙当众喝止，却换来疯狂的蝶衣无休止的攻击，他揭穿了菊仙内心深处的伤疤，当众揭穿她的妓女出身。此刻的菊仙依然淡定地表明自己的立场。

　　首领骂：

　　"妈的，那么顽劣，明天游街之后，得下放劳动改造！"

　　眼瞅着菊仙被逮走，小楼尽最后一分力气，企图力挽狂澜：

　　"不！有什么罪，犯了什么法，我都认了！我跟她划清界限，我坚决离婚！"

　　菊仙陡地回头。大吃一惊。

　　小楼凄厉地喊：

　　"我不爱这婊子！我离婚！"

　　菊仙的目光一下子僵冷了，直直地瞪着小楼，形如陌路。为什么？为什么？为什么？①

　　李碧华笔下顽强的菊仙宁可遭到批斗被剃头，也不肯去控诉丈夫的"罪行"，被人揭伤疤，被人奚落妓女的出身，也没能击垮她，她仍然觉得自己一生跟定了一个男人，是和其他以夫为纲的女人一样值得尊重，不该被这些恶意轻贱她的人看不起，认为妻子不应该去清算丈夫。然而她的大义与无私并没有感化自己的丈夫，在红卫兵的强压之下，段小楼为了保全自己，当众说出和菊仙离婚、划清界限的决定，令无数次打击都没有倒下的菊仙如雷轰顶。于是，菊仙终于扛不住了，谁的打击和欺凌都能承受，唯独爱人的离弃无法接受。她目光僵冷、直直瞪着、

---

　　①　李碧华. 霸王别姬［M］. 北京：新星出版社，2013：189-190.

形同陌路，三连问"为什么"，李碧华用这样四个状态描述，菊仙这样一个一直对抗悲惨命运、为了保护丈夫、保护丈夫一起长大的师弟，做出对抗强权势力欺压的抗争的女性，关键时刻爱人的背叛一下子将她击垮。她选择穿着嫁衣自尽，带着对爱情和婚姻的美好憧憬和不甘离开了这个让她拼尽全力活着的人间。

在军阀混战、日军入侵、十年动乱等年代，社会一直动荡不安，菊仙作为一个被封建思想认为是卑贱出身的女性，她却并没有卑贱地活着。为了给自己换得自由而赎身；为了获得爱情和婚姻自由，过上正常女性的生活，她努力争取到了和爱人结合；为了维护家庭的完美，保全爱人和"情敌"，她又充分展现了女性难得的聪慧和大度；陪着丈夫吃苦受罪度过时代变幻带来的无数次刁难，是比同为妓女出身的艳红多了太多蓬勃生机的女性角色。郭旭腾在《浅谈李碧华〈霸王别姬〉的文化悲剧》中阐述菊仙的出现使段小楼的人生更加世俗化，他和菊仙的爱情是现实的爱情，在"文革"时代，他在茫然的状态下，和其他人一样采取了自我保护措施，用与菊仙决裂的态度来保全自己。① 世人的狠毒永远都不及全心维护的爱人所给予的凉薄更震撼。

另一部李碧华的代表作，也是她的成名作《胭脂扣》中的如花，与菊仙、艳红一样，是李碧华笔下一个颇有名气的妓女形象，她的特别之处在于，在作品中以女鬼的形象出现，陈述的前世才是她作为人与人世的纠葛。李碧华的文笔向来利落不啰唆，开篇就是用来世阳寿从阴间换得七天的寻人女鬼如花开口说的一句"先生"，读者从而顺着男主的目光看到了一个美貌又焦虑的女子。"焦虑"一词开篇便出现两次，可见如花在阴间等得有多着急，一个美貌又焦虑的女子，衣着、发饰等打

---

① 郭旭腾. 浅谈李碧华《霸王别姬》的文化悲剧 [J]. 香江文坛, 2004 (7)：15.

扮得过时如隔世，帮她寻人的袁永定开始还以为是竞选港姐的妆容。如花言行举止看似柔弱，若不是内心刚强，怎会等了人间已过五十年之久，她和菊仙有些类似，都是红牌妓女，且都认定命好的女人才会一生跟定一个男人，也正是这样的信念，让如花铁定了心，为了自己的爱情和婚姻自主去和封建势力抗争。

在已经成为女鬼的如花对袁永定的讲述中，我们得知了当年的倚红楼头牌阿姑如花，泼辣得意的姿态不次于菊仙。寮口嫂送上的果盘里有橙子、苹果等，如花认为是次货，统统看不上，她认为这些次货怠慢了客人，也轻视了自己，让人统统拿走，换上价格偏贵且数量偏少的荔枝、提子等应时佳果。虽然从小被芟，她骨子里清高，和菊仙一样为了自由而努力赎身，不肯被人轻贱一点，这也为后来的悲剧埋下了伏笔。如花不肯用次货款待十二少，自然也换来了十二少的特别对待，送给如花暗藏她名字的花牌，"如梦如幻月，若即若离的话"，其用心和浪漫令五十年后的袁永定都有些动容和艳羡。作为南北行三间中药海味铺的少东，十二少为如花花了很多心思和金钱，甚至送了铜床，在如花眼里最大方的恩客都不会送这么名贵的铜床，用物质衡量感情固然浅薄，可在嫌贫爱富、拜高踩低的风月场所，这样的表达方式足见在当时十二少对如花的确是真心的。但家境优渥的十二少从小就与门当户对的对象指腹为婚，执着的如花宁可做妾，也要与十二少共度余生，她认定是封建家长的偏见，让家族不肯接纳青楼女子，她带着令人钦佩的勇气，换了朴素衣裳，亲自登门拜访男方父母，却被扫地出门。封建家族的偏见岂是光凭勇敢和痴心就能抵抗得过的？如花虽为风尘女了，却把封建思想的压迫想得过于单纯，所谓"邪花入宅"影响生意的说辞不过是个借口，十二少为了如花离家出走的行为则再一次坚定了如花的决心。这样的举动，令五十年后做了女鬼的如花回忆起来，脸上仍然呈现光辉，可见有爱人陪伴的抗争，是多么令人动容。为了爱人离家之后的生路好过一些，如花从另一个男人那里赚了钱，再给假装不知情的十二少找学戏的师傅，可日子仍然清苦，没有了家族财力的支撑，也没有在戏班子的出头之日，如花受不了关门后偷着大哭的十二少陡然过得这样凄惨，却依然不放弃要和沉迷鸦片的他在一起的决心，两人决定寻死以求共生。

　　如花性格刚烈，自尊心强，这样的女性才更加具备抗争意识，这一点和菊仙的出场颇为相似。

　　　　"她们，没有别的方法可赚钱吗？"

　　　　"有，"我顺理成章地答，"也有做妓女，游客趁游埠的时候也唤来过夜。这是她们比较容易的赚钱之道。"

　　　　"一叫便肯过夜？"

　　　　"是。难道你们不是？"话没说完，我深悔出言孟浪，我不应该那么直话直说，好像一拳打在人鼻子上。

　　　　因为我见如花带着受辱的神色，咬着下唇，思量用什么话来回答我，好使我对她的观感提升。每个人都有职业尊严。我的脸开始因失言而滚烫起来。

　　　　"——我们不是的。"如花说，"大寨自有大寨的高窦处，虽然身为阿姑，却不是人人可以过夜，如果不喜欢，往往他千金散尽，也成不了入幕之宾。"①

　　看不上的客人，哪怕钱给得再多，如花依然不会理，和菊仙出场便拒绝客人的无理要求而求助段小楼如出一辙，若是看上眼的客人，哪怕

　　───────────

　　① 李碧华. 胭脂扣［M］. 北京：新星出版社，2013：44.

人穷，恐怕也是会答应的。李碧华笔下生存在社会最底层的妓女都如此具备个性，造就了她们不断抗争的悲惨命运，也成就了李碧华风格独特的文学作品。小说像是为读者展开画轴一样，一步步将如花和十二少的那令人动容的爱情讲述出来，制造了一个可堪追怀的爱情梦，但又告诉读者时代不同，爱情观也发生了变化，对于生活在二十世纪三十年代和二十世纪八十年代的两对情侣来说，为了和封建家族对抗，争取爱情而死，这对于五十年后的人们来说是一种不可理喻的行为。如花用尽全力和一个封建大家族抗争，为了她的爱情梦想，可这点力量即使押上了性命，却依然显得微不足道。一直和她一起坚守的十二少选择了回归家庭，他受不了苦日子的煎熬和父母的苦口婆心，分手之后便是一大家了的欢迎和以前一样的锦衣玉食，这样的绝情让如花决定以死相争。她吞了鸦片，给十二少的酒里下了过多的安眠药，得不到十二少，自己和对方都不许苟活。许是如花毒发身亡的惨状惊吓到了十二少，也许是安眠药毒发昏迷，总之十二少并未随如花一起吞下鸦片，昏迷后被家族倾囊救活，娶妻生子，在没有如花的日子里，十二少依然活了半个世纪之久。如花以命相争的爱情竟是如此脆弱，一条生命的逝去显得如此没有意义，可悲的是已经入了阴间的如花还在苦等十二少一起转世，等了人间过了近五十年都没等到，痴心女子竟然用来世的阳寿换取人间七天寻人，一个猥琐无生气的老头便是如花拼死相争、执着相等的爱人，瞬间心死的如花在归还胭脂扣的时候，终于释然，她的苦苦找寻就是给自己的不甘心一个交代。

林贺超在《香港小说中的情欲与政治：从施叔青、李碧华到黄碧云》中认为，片场相遇这一段描写相比较如花自己构建的爱情美梦，可以说是一大反讽，由袁永定带领读者探寻的爱情美梦如幻影般破灭。① 陈蕊、赵小琪在《李碧华作品中的二元对立结构论》里认为李碧华的爱情故事大多是不完美的缺憾式结局，用悲剧来破坏完美，让读者在这种现代性幻灭中体味作家想要表达的现代性思考，而不是仅仅为如花和十二少的爱情失败而伤感。在如花看来，不能和所爱之人在一起，活着和死去没什么区别，为了坚守爱情而吞鸦片寻死那一刻的勇气和悲壮，成就了如花之死的美丽，她在绝望中带着纤细的希望而去。② 在纷乱的社会底层，妓女如花只是想要一个正常女人的婚姻，甚至宁可做妾，却依然得不到封建家族的接纳，她的出生在那样封建等级森严的社会里，注定了她跟门不当、户不对的富家少爷是不会有结果的，满腔痴心，持续了半个世纪的等待，换来最后唏嘘的结局。如花用来时的阳寿换取找寻爱人不说，还为了见他一面多滞留阳间一天，来世也不会投到好人家，活着的时候用生命去抗争命运，死了之后又用来世的生命去给前世一个交代，这样痴情到极点的女子却只得来一场空。如花没有告别就消失了，她应该是看到了她想见的人，否则她怎会甘心离开？这个让如花付出最大代价的爱人是多么令她失望，没有告别，没有送还信物，如花就这样轰轰烈烈地爱一场，无声无息地消失，我们只能期盼他们黄泉路上可以相遇，投胎时节相仿，再度成为年龄相仿的男女，去继续前世未了的情缘。如花不惜用生命抗争封建礼教的神圣爱情，面对现实瞬间沦为风俗，不仅是爱情的降格，更是现代人精神空虚、灵魂无所皈依的坦露，李碧华的小说充满了岁月弄人的感伤，也体现了现代女性对生活中种种不幸不公和重压之下的焦虑迷惘。如花自始至终的执着，其实

---

① 林贺超. 香港小说中的情欲与政治：从施叔青、李碧华到黄碧云 [D]. 香港：岭南大学，2002 (10)：36.

② 陈蕊，赵小琪. 李碧华作品中的二元对立结构论 [J]. 香港文学，2006 (4)：73.

就是为了给她自己漫长的等待一个说法，在爱情和生命消逝之后，她要的便只是一个真相。

李碧华的十部作品，除了《霸王别姬》中的艳红、菊仙，《胭脂扣》里的如花之外，这种受到封建势力歧视和压迫而抗争的女性，还有生活到现代的《烟花三月》里的袁竹林，她虽然不是妓女，但被迫成为慰安妇的经历使她被当作妓女出身对待，封建思想的毒舌再一次舔舐一个被战争伤害的弱女子。这是李碧华唯一一部纪实文学体裁的作品，也是李氏文学作品中与众不同的一部，一改她以往冷漠辛辣的嘲讽式笔调和冷艳诡异的文风，甚至题目都一改往日的李氏风格——《烟花三月》，一个听起来温暖又浪漫的名字，叫读罢这本穿插着当事人和无数慰安妇照片的书之后，我们却发现这是一个无比沉重、无比悲伤的人间惨剧。《烟花三月》沉重又温暖地写出了这部由作者亲自参与的一场又一场的寻人之旅，也是一个弱女子不断地同悲惨命运抗争的故事。

袁竹林出身贫寒，在基本生计都成为问题的贫寒家庭里，她只能把早早嫁人当作生活依靠，十五岁即成家的清贫女子因为婚后不久丈夫去世，善良如她，决定留下来照顾婆婆，却为了与贫苦的生活抗争，做出最微弱、最无奈的选择——改嫁。改嫁后生的孩子因为饥饿逼得丈夫去偷蛋糕而被辞退，然后这个男人为了躲避贫苦生活的重压，抛弃了袁竹林这对母女。袁竹林用嫁人抗争贫苦生活的愿望落空，甚至连自己的孩子都养不起，她决定出去打工赚钱，却被骗充军当慰安妇，身体和心灵都遭到了非人道的、极大的伤害。当慰安妇并不是她个人意愿，却依然遭到了如同妓女出身一样被歧视、被排挤的待遇，在新中国成立后依然被世人冷眼相待，由于身体遭到摧残无法生育而领养了继女小毛，她不但没有得到任何人、任何方面的补偿和赔罪，甚至还连累继女在学校受到不公正的待遇。几次嫁人几次没有好结果，袁竹林不幸的一生中最大的幸运是遇到了没有轻贱她的爱人廖奎，甚至为了照顾她们母女而没有撤退到台湾，他成为袁竹林生存下去的主要动力。但命运无数次刻薄眷侣，苦难的生活和不断遭遇的不公，让廖奎心力交瘁，因为责任和压力，他和袁竹林分开，从此一分就是三十八年。

袁竹林没有可以依仗的力量，但无比弱小的她却为了讨回自己在战争中被迫丧失的尊严和人权，一次次忍受屈辱和再次折磨而走上控诉日军罪行的国际法庭，为自己和所有慰安妇讨回公道，用自己最薄弱的力量去做最强悍的抗争。同时，这名备受摧残的女性在这样的情况下，依然保持着对爱情的美好憧憬和信念，借助社会善心人士的力量，一定要找到失散多年的爱人廖奎。袁竹林的一生无疑是个巨大的悲剧，她在抗日战争中被日军侵害，新中国成立后又在各种政治运动中被同胞批斗，这样的遭遇全部压到一个身体孱弱的女性身上，却没有把她压倒，不得不说女性的弱小与顽强同在。这种坚强支撑着袁竹林一边和日本侵略者打官司，为自己讨回公道的同时，也支撑着她对今生唯一一次互相倾心的爱人的寻找，已经古稀的老人千里"寻夫"，袁竹林的余生就是为讨回丧失的尊严和追寻错失的爱情而活着的。

王莹在《无止找寻的精神皈依——李碧华：从〈胭脂扣〉到〈烟花三月〉》中认为在《烟花三月》中，李碧华不仅帮助袁婆婆完成寻人的心愿，还是她自己的一次找寻过程，为自己的创作视野和思想高度寻找一片新天地——从虚构到写实，从冷眼旁观的说书人到大声疾呼的陈词者。她一改往日华丽、浓烈、对世事充满嘲讽的笔触，以完全不加渲染的平实文字，载负起强有力的社会批判功能。[①] 李碧华在这部作品中，将《胭脂扣》中的找寻依旧跨越了数十载，但没有将争取爱情自

---

① 王莹. 无止找寻的精神皈依——李碧华：从《胭脂扣》到《烟花三月》[J]. 南昌大学学报，2003（5）：142.

由和个人尊严作为主题，而是升华到了中国人民对侵华日军暴行的抗争、对法西斯剥夺人权进行战后清算的抗争，这种格局扩大的主题中来。袁竹林只是无数被侵犯伤害的慰安妇之一，她也是无数被侵华日军残害的女性之一，她的悲剧人生是这段历史的缩影，她的抗争也是无数被战争伤害的女性的呐喊。

袁竹林一次次站上法庭控诉日军罪行，对自己丧失的尊严进行抗争，可这种每一次的抗争行为都是杀敌一百自损三千的自残行为，每一次回忆慰安妇生涯都是对自己的一次身心摧残，这种痛苦只有袁婆婆等慰安妇能感受到，在众人面前，每一次自揭伤疤，都是对自己再一次的伤害。当年以做清洁工为名，将袁竹林骗往湖北鄂州为日军当慰安妇的人是中国女人，同为女人，同为同胞，做出这等伤天害理的事，抗战胜利后，已经无处找寻她。袁婆婆备受摧残，丧失尊严和人权的同时，也因为逃跑被打、强行喂药堕胎还丧失了生育能力。袁竹林随后被日本军官虐打，被当作物件一样送来送去，遭受男权主义、军国主义的双重压迫，毫无招架之力。战后，袁竹林为了重获新生选择与母亲团聚，拒绝和一名待她还算不错的日军回到日本，到武汉乡下找到了母亲，为了和苦难的生活抗争，她又再嫁再无果，直到因为一件失物而遇到时为国民党警察的廖奎，唯一一个不嫌弃她过去、真心关爱她的人。两人排除万难，终成眷属，在1949年5月武汉解放后，廖奎为了照顾袁竹林母女，毅然决定留在内地，放弃跟着大部队撤到台湾。丈夫当年的这种选择让多年后的袁婆婆回忆起来，仍心存感激。

受尽五年非人虐待的袁竹林以为回家就是归宿，却在新中国成立后的忆苦思甜大会上，被母亲将这段经历公布于众，于是苦难再次降临到这个可怜的女人身上，她被发配到北大荒劳改。在一位好心干部的帮助下，被疾病和劳累折磨得不成人形的袁竹林被批准返回家乡武汉。袁竹林受人歧视，甚至被小孩子追着骂为"日本婊子"，孩子的话都是从大人口中学来的，封建思想的余孽从未真正消退，一直延续在愚昧的人们的观念里，本应对被害者施与援手和同情，却变成了更加伤人于无形的践踏和精神虐待。因为一件小冤案被发配北大荒劳改的廖奎通过自己的努力和勤劳，获得了稍好一些的待遇，袁竹林搬了六次家，跟过五个男人，可这种抗争苦难的方式丝毫没有改善母女二人的生活，再加上动乱年代的浩劫和运动、无休止的批斗，让袁竹林于1956年决定北上寻找爱人廖奎，直到1961年"大跃进"末期，两人被迫离婚各谋生路之前，一家三口度过了不到五年的幸福时光，那是年迈的袁婆婆后来回忆起这段日子，仍觉得苦中有甜的、人生中为数不多的好日子。被日军迫害的袁竹林一次次努力和命运抗争，活得悲惨又坚强，最后依然没有获得她想要的爱情和婚姻生活。直至三十八年后，她依然耿耿于怀，毕生愿望除了要日军的道歉之外，就是想见廖奎一面，倾诉离殇。

　　由于日军对这段罪行不承认，也不道歉，袁竹林为尊严而走上的抗争之路异常艰辛，幸好得到了继女找到的童增——一个一直为慰安妇维权诉讼而奔波的人的帮助，于是联系到李碧华，撰写了轰动香港的《烟花三月》，内地、香港两地相关媒体人发动了一场寻人义举，从报纸到电台，从香港到山东临沂，为了袁竹林千疮百孔的心中那唯一一点明亮的温暖，众人和袁婆婆一样付出了最大的努力，终于让两位分离三十八年之久的老人相见。想必袁婆婆依然想用尽全力抗争命运的又一次侵袭，争取来之不易的爱情，可是廖奎却已经再婚，两人小心翼翼地对话，身边却总有人窥探，她拼尽全力争取的爱情，再次无果。生活极为贫瘠，身体又备受摧残的袁婆婆靠着童增、李碧华等志愿者的救济改善生活，一把年纪又远赴加拿大、日本等国，代表东亚各国受害者发声，却在临终前一个月谢绝了日本亚洲妇女基金会给予的数额高达两万美元的抚恤金，她为的是讨回尊严，要的是谢罪，而不是金钱。这一次的李碧华一反常态，对女性的不幸命运给予怜悯和同情，没有质疑她们的爱情幻想，而是极力帮助袁竹林去实现她的爱情之梦，即便最后还是破灭了。

《烟花三月》里的袁竹林其实是李碧华为我们带来的一个在面对命运不公而做出顽强抵抗和持有正确态度的女性形象，她的悲剧完全是大时代的社会背景所导致的，她反抗过，但完全无法摆脱这种战争年代由侵略者制造的凌辱；在新中国成立后她也无法消退周遭人群里的有色眼光和流言蜚语，所幸的是她自己并没有向这不公的命运屈服和低头。她勤劳，用外出打工来养家，养活被丈夫抛弃的孩子和母亲，还有她自己；她勇敢，面对与自己两情相悦的爱人，不顾一切争取在一起；她独立，失去自己的孩子之后，她因为备受日军残害而丧失生育能力，带着病弱的身体领养继女，在几次婚姻未能让她倚靠终生之后，一个人带着孩子也熬过了没有廖奎相伴的岁月；她自尊，作为一名高龄老人，却勇敢地站在了国际法庭，控诉日军暴行，为所有慰安妇发声，争取缺席的公正和道歉。命运对于袁竹林来说，不公正到了极点，唯一遇见的真爱又因为种种原因被迫分开，虽然在她执着的寻找之下，见了一面，却已经是别人的丈夫。

袁婆婆的精神其实放到当今也值得现代女性借鉴，在"丧文化"横行的今天，每个人都总在抱怨，以此来代替从自身寻找不足，这种心态在面对命运中的不公正待遇时异常危险，会把一个人的斗志降到谷底，会使人怨天尤人，任凭命运摆布。而在当今社会，女性地位和各方面权益已经大幅度提高，再不幸的人生也没有袁竹林那般不幸，只要有个健康的身体，带着独立自强的心态，只要肯付出就会有收获，即便事业不会像苏明玉那般成功，也不至于自我堕落到毫无希望的地步，当拥有了一份稳定的工作和收入，有了可以独自谋生的能力，命运才会开始馈赠其他礼物。

袁竹林见面后问廖奎有没有找过她，实际上和如花死前问十二少的那句"你如果有一点真心"如出一辙，都是在问对方有没有像自己一样痴心执着，自己到底有没有自作多情地白白等候。答案是令人失望的，十二少没有那么真心情愿为了爱情去死，廖奎也没有像袁婆婆那样孤身守候三十八年，女子总是比男子把爱情看得更重，总是比男子更加痴心专一，这也是女性因为感情比男性衍生更多人生悲剧的因素之一。"重逢，原来是第二次拆散。人生就是这么回事。"① 无果的重逢就如同不断找寻、不断等候的如花一样，数十载的不甘，就为了给自己一个交代，一个死心的理由，李碧华自己也说《烟花三月》就是血淋淋的《胭脂扣》。钟宜书在《李碧华长篇小说悲剧人物研究》中认为，李碧华的小说多以悲剧结尾，且囊括了国际、身份、历史、政治、命运、性别等组成元素，而《烟花三月》正是《胭脂扣》的进化与提升；袁竹林的抗争精神在苦难中被激发，命运的连番打击反而让她更加清楚地看到身为人的尊严，不管是控诉战争还是寻找爱人，都凸显出她肯定自我的价值。② 袁竹林惨痛的一生以悲剧结束，但她为尊严和爱情抗争了大半辈子，也不能说她就一无所获，她和如花一样坚守与寻找爱人，得到了爱情之后便从一而终，虽然最后都没有如愿，但都了却了心结，给自己一个答案；除此之外袁竹林还一直与强大的日本军国主义进行抗争，作为一个最底层、最弱小的女性在战争年代被欺压、被践踏，又在新中国成立后被同胞们嫌弃，她却依然用一口气，带着壮士断臂的决心自揭

---

① 刘明群. 烟花三月——中国近代最惆怅的重逢 [M]. 台北：脸谱出版，2000：310.
② 钟宜书. 李碧华长篇小说悲剧人物研究 [D]. 彰化：彰化师范大学，2014：122-123.

伤疤走上诉讼声讨公平的道路，她拒绝了金钱赔偿，但她在有限的生命里为自己赢得人性的尊严做出了最大的抗争。在 2006 年 3 月，袁竹林以八十四岁高龄离世，带着备受摧残的病体活到如此年纪，不得不说也是一个奇迹，也许是上天给予她的最后眷顾，让这个善良又弱小、坚韧又顽强的女性获得了长命的好运，是好报，也是她应得的福气。

以上李碧华三部作品中的女性，从最底层的妓女，到最高贵的母亲，她们被世人遗弃和嫌弃，生前遭受了旁人的指点和白眼，在封建礼教的偏见下依然努力为求得和普通女人一样的爱情和婚姻而抗争，在绝望之余，不惜付出生命的代价。《霸王别姬》里的艳红，是妓女也是母亲，她为了给孩子争得可能会有的前程，为了让自己和孩子都在困苦不堪的生活中解脱，也为了给自己保留一点尊严，她不惜剁掉孩子被师傅嫌弃的六指，也要让他离开妓院这个丧失女性尊严的地方，让他有自己谋生的本事，而不用出卖身体去讨生活；同一部作品里的另一个妓女角色菊仙，为了爱情自己赎身讨自由，为了婚姻，也为了自己能过上正常生活，不惜一切去保全爱人，甚至爱屋及乌地去想办法拯救丈夫的师弟，即便他是她的"情敌"。菊仙努力地活着，拼命地去争取她的尊严和自由，却在关键时刻被爱人抛弃，把爱情看得无比神圣的菊仙可以忍受众人的侮辱，却无法忍受爱人的唾弃，美好幻灭的一刻，她选择用死去抗争。

妓女这个角色第三次在《胭脂扣》中出现，成为李碧华爱写的女性身份之一，因为只有这种见过世间百态的底层女性才能更深刻领会人间的世态炎凉，面对悲剧命运她们做出的抗争才更加具备说服力。如花作为头牌妓女，与十二少倾心相恋未果，无数次抗争都没能换来她想要的爱情和婚姻自由，最后以死抗争无法对抗的封建家族偏见，却成为一个到了阴间仍不得脱的女鬼。一个被世人看低、被爱人家长嫌弃的妓女却对爱情如此痴情和专一，这恐怕不是每个女子都能做到的，只因为如花与十二少出身的巨大差异，她的所有抗争最后都成为一场空。

《烟花三月》里的袁竹林虽然不是妓女出身，但由于封建观念造成的偏见，再加上特殊的时代背景，她比如花背负了更多的屈辱，不仅仅是日军的凌辱和虐待，还要遭受同胞们的批斗践踏，甚至导致悲剧继续在继女小毛身上延续，自己受的委屈还不够，还要让孩子继续受到指指点点和排斥疏离，等候三十八载的爱人却另组家庭。与艳红、菊仙、如花不同的是，袁竹林将为了自由、尊严而做出的个人抗争行为，上升到了一个更广阔、更伟大的高度。她作为为数不多的、存活于世的慰安妇，勇敢地站出来为所有受到日本法西斯奴役的女性讨尊严。日军用欺骗、逼迫的手段强征慰安妇，是人类文明史上最黑暗无耻的一页，至今主要来自东亚国家的受害女性，绝大多数在生前都没有得到日本方面的正式道歉，民间团体的救助力量有限，很多受害者和袁竹林一样，带着冤屈离开人世。更多的慰安妇为了度过平静的一生，避免二次受害选择了闭口不谈。

袁竹林于 2006 年去世，在 2014 年中国内地拍摄了一部震撼人心的慰安妇题材纪录片《二十二》①，由中国内地仅存的二十二位慰安妇参与拍摄，而在 2017 年影片公映之后，又有一多半的老人先后去世，举证诉讼越来越艰难。这是每个中国人都应该记住的历史，是一个民族不该忘记的过去，所以，袁竹林的行为已经超越了为她自己讨说法而抗争

---

① 《二十二》是由四川光影深处文化传播有限公司推出的一部关于在日军侵华战争中幸存的"慰安妇"长篇纪录片，由郭柯执导，二十二位慰安妇参与拍摄，也是中国首部获得公映许可的"慰安妇纪录片"。该片以 2014 年中国内地幸存的 22 位慰安妇的遭遇作为大背景，以个别老人和长期关爱她们的个体人员的口述，串联展现出她们的生活现状。全片无解说、无历史画面，音乐仅片尾响起，旨在尽量客观记录，于 2017 年 8 月 14 日在中国内地公映。

的高度，她是在为至少 20 万的中国受害女性抗争，而不是为了金钱赔偿，袁竹林等慰安妇的勇敢行为，唤醒了人们对历史的沉思，让人们对日本法西斯、世界法西斯对女性犯下的滔天罪行进行讨伐。

二、出身富贵的女性人物角色

《诱僧》里的红萼公主出身皇家，年方二十岁的李渊之女——十九公主，"性烈如火，最为放任"①，就是这样出身高贵的公主在遇见心仪之人的时候，和普通人家的女子也没有两样。被石彦生的好身手折服的红萼，大胆又泼辣，可她喜欢上的人是哥哥李世民政变后定为的叛党。为了证明石家与发动政变杀害骨肉兄弟的李世民无关，立誓绝不侍大唐，从而被李世民追杀。石彦生决绝地拒绝了两情相悦的红萼，认为自己是逃亡之身，躲避了红萼勇敢的追求，决定遁入空门，潜心学佛，不问世事，一代大将以避祸为由，躲避在寺庙。石彦生生活在寺庙的烦琐拘谨中，勇敢自我的红萼公主再度寻来，为了她的爱情，不顾封建等级的约束，不顾政治对立，给哥哥的"仇敌"带来一只黄油白肉的鸡破戒解馋。为了打消石彦生和同僚们的顾虑，公主狡黠地为他们找借口开脱，认为出家人可以食用"三净肉"：不见为我杀、不闻为我杀、不疑为我杀。为了争取自己的心上人，身为高贵的公主也聪慧体贴，她知道他想要什么，也知道他心里怎么想、怎样帮他解脱。由于叛徒出卖，暴露行踪，被皇帝派来的杀兵追到，红萼为了救爱人而死，她热烈外向的抗争，用生命为代价才换来石彦生的果决反杀。

吴璇、左松涛在《爱情至上的红萼——〈诱僧〉女主人公形象分析》中认为，红萼以牺牲自己的生命维护了所爱的人，完成了她的爱

---

① 李碧华. 诱僧 [M]. 北京：新星出版社，2013：257.

情追求，在充满阴谋和残酷的时代背景下，李碧华为我们呈上了一段荡气回肠的爱情故事，并表达了"历史都不是真相，谁的力量大，谁的事迹就辉煌"的观点①。红萼用生命维护了爱人，为了争取爱情自由不顾阶级等级之分，当爱人成了叛党，她又义无反顾地去救，就算红萼没有死，她也会失去公主的身份，成为和爱人一样被追杀的叛党。在红萼的眼里，高贵的皇家身份和荣华富贵都不及爱情重要，对比之下的石彦生反而没有一个女子更勇敢，瞻前顾后，连自己的真心都不敢面对和争取。红萼公主的这种为爱情不顾一切的抗争精神显示了她的独立自我和爱情面前人人平等的观念，在唐代这个封建意识浓厚、封建阶级森严的时代，红萼拥有特殊的身份却勇于冲破传统樊篱的桎梏，使得她这种为争取爱情平等的抗争行为更具冲击力，李碧华笔下的女性人物角色往往比她笔下的男性更具抗争精神和个人魅力。

《满洲国妖艳——川岛芳子》里的女性人物川岛芳子和红萼一样，都是出生于皇家的皇族女子，但红萼为爱而生，川岛芳子却为了狭隘的复辟梦想而成为日本人的汉奸，并为此放弃了自己的爱情，最后落得被审判的下场。川岛芳子身为肃亲王的十四格格，从小被父亲送到日本人的家里寄养，并灌输复辟清王朝的思想，成为父亲拉拢政治盟友的工具。少女时代的芳子对爱情怀有美好的憧憬和向往，山家亨和她的美好交往证明了这一点，但在被日本养父玷污之后的芳子大受刺激，决定将个人情爱放置脑后，剪长发，穿男装，即刻"清算了女性"②，开始以政治目的为人生首要任务。这是芳子作为受害者为了发泄自己内心的冤屈和愤怒，面对屈辱却无力摆脱而做出的第一次抗争，一个正值芳华的

---

① 吴璇，左松涛. 爱情至上的红萼——《诱僧》女主人公形象分析 [J]. 保定学院学报，2009（4）：7.

② 王庆祥. 川岛芳子生死大揭秘 [M]. 天津：天津人民出版社，2010：139.

皇家格格，突然剪掉长发、穿男装的行为，在民国初年是非常特立独行的做派，可见她从小被送走寄养并遭受养父侮辱的经历，对她的伤害无比巨大，足以毁掉一个人原本的想法。她用这种对抗世俗的方式来和过去的自己做个了断，是一种仪式，也是一种清算，没有人问过她是否愿意去日本寄养家庭，也没有人关心她在日本过得好不好，继父待她如何，作为一家之主的父亲一心想着复辟帝制和清朝，只关心她是否能为此出力，其他并不在乎。芳子的这种行为既是情绪的发泄，也是对父亲和继父的不满而表达愤怒的一种方式。从小被送往日本进入学校接受严格军国主义教育的芳子，因为她特殊的身份，经常受到学校里其他同学的奚落，她国籍不明，身份尴尬，没有归属感的日子在幼小女孩的心灵里留下阴影，长期压抑、落寞的内心终于得以爆发式宣泄，用极端的方式向她身边肮脏的人、事表达不满和形式上的抗争。

芳子那充满灰色和压抑的少年时代经历让她的性格逐渐变得乖张，放荡不羁，带着女性的身份，向男性靠近，并再次成为父亲政治联姻的工具，又一次违背自己的意志嫁给不喜欢的蒙古族军官甘珠尔扎布。已经习惯被当作工具利用的芳子在忍受三年后，决然选择逃跑，离开了丈夫。她为了争取自由，第一次用实际行动进行反抗，表达了自己的不情愿，只是她在抗争之后却依然执迷不悟，误入歧途，选择了投靠日本关东军，为了获得政治便利，她虽然决心与她的女性角色作别，却再一次食言，利用自己的色相获取进入日本军队上层，将中国方面情报透露给日本人，参与多次日军侵华事件，成为一个彻底的汉奸。

从川岛芳子父亲到芳子本人都在错误地认为日本人会帮助他们实现清朝复辟的愿望，殊不知，他们像傻瓜一样被日本人当成棋子，利用他们的皇族身份，以扶持清朝为幌子，骗他们为日本人效命，做日本人在中国方便统治的傀儡，从而达到侵略中国的目的。川岛芳子用尽全力去实现她的梦想，却一直走上了错误的道路，当她再次遇到爱情的时候，已经不会得到云开——这个积极革命的中国男子的青睐，道不同，不相为谋。芳子明知得不到这个男人的心，却利用手中的权力帮了他，又刁难他，实际是一种表达感情的歪曲之法，她一边混迹于中日两国的军政官场，一边又想得到淳朴的爱情，用伤害对方来吸引他的注意力，却只能换来云开的疏远和划清界限。芳子的这种矛盾行为，其实是为了争取内心的纯真渴望，她既不能付之行动，又不能挑明，这种对爱情向往又拒绝的复杂感受，从她饲养的宠物猴子被唤名"阿福"这一点可以看出，她对这个萍水相逢的底层出身男子有着别样的好感，而这个男人在戏台上最擅长扮演的就是猴子，是上海滩有名的"美猴王"。芳子抓了阿福和戏班的成员，用虐待同胞的方式逼迫阿福演戏，只能增添他对她的反感，面对喜欢的人，就算是女魔头也束手无策。改名云开的阿福参加革命游行队伍被捕，芳子舍不得杀他，又不能让他臣服，放他走之后，又泄愤地摔东西发泄情绪，体现了她性格里被折磨伤害之后的矛盾一面。

李一鸣编著的《川岛芳子传》中认为川岛芳子胆大心细、残酷暴戾、放浪形骸、反复无常、狡诈贪婪、乖张奇特。[①] 芳子在被战争和命运捉弄的一生里，形成了其矛盾又复杂的性格，她是中国皇家的格格，却长在日本，成为日本人的走狗；她身为大好年华的女子，却喜欢着男装示人；她身为乱世中的女子，却做出了男子不及的狠辣果决的事件；面对云开的质问，她强调自己是清王室后裔，是中国人，却为了躲避死刑，在法庭上辩解自己是日本人，芳子作为矛盾统一体，注定会是悲惨的结局。见过世面和阅人无数的川岛芳子能够从容淡定地应付各种局

---

① 李一鸣. 川岛芳子传 [M]. 长春:吉林大学出版社，2010:311.

面，靠着她的尊贵身份在日本和清皇室遗老中游刃有余，利用自己的身体拉拢诸多日本高层军官，她为了表明忠心，也为了尽快复辟清王室，机敏设计转移末代皇帝溥仪的皇后婉容，在转移成功后，又毫不犹豫地亲自射杀了帮手小林，可见她内心的冷酷和果断。掩人耳目的偷梁换柱，再冒充出殡，最终将婉容送至目的地旅顺，和皇帝会合，完成了日本人交给的重任，让建立的伪满洲国傀儡政权更加完整，让日本人更有利于拉拢清王室的人力、财力、物力去实现侵华的阴谋，费尽心机的芳子等人竟然"将美梦寄托在屠杀同胞的关东军身上"[①]，愚昧、可悲又可笑。

李碧华用插叙的方式，从芳子被捕开篇，一个骨瘦如柴、短发蓬乱的憔悴女人，当年叱咤政坛、不可一世的安国军总司令竟然落魄至此，令人无法相信。她用硬撑的淡定来掩饰内心的失望和慌乱，一场忙碌换来一场空，她终究只是日本侵略者的一颗棋子而已，她自以为会成为功臣和英雄，最后却是作为汉奸被审判，她的傲慢和狡辩只是垂死挣扎，在关键时刻，她却为了保护自己的秘书而为对方力争无罪，也体现了她内心深处存在的一丝良心。结尾处和事实映衬，将芳子当年是否被调包替死事件进行再次解读，并用李碧华惯用的手法留下开放式结局，交给读者自己去思考探索。芳子用乖戾的行为向她无力左右的命运进行薄弱的抗争，却依然臣服于命运的安排，成为复辟的先锋，沦为日本人的走狗。她和红萼一样出身皇家，却比红萼复杂得多，活得更痛苦、更累。她从小就背负目标，受到养父欺凌之后用剪发易装对兽性表示抗争和控诉；做足努力参与政治，游走于各种势力、权贵之间，极力帮助清朝复辟来实现自己的人生价值，获得别人的肯定；面对云开她表现出爱而不得的慌乱，表现了她渴望被爱、渴望做个普通女性的愿望，她一生都在

---

① 李碧华. 胭脂扣［M］. 北京：新星出版社，2013：312.

努力的事情，最终把她送上了刑场，成为战败后日本人的弃子，她的强势争取最后换来一场空，甚至付出了生命的代价。

李胤霆在《从李碧华"故事新编"看女性角色之再造》中认为，川岛芳子是否是汉奸是个备受争议的问题，因为芳子一生都在为复辟清朝王室努力，她一直没有忘记的是自己大清肃亲王十四格格的身份，是家族复辟的信念一直贯穿着她的所作所为，认为她是一个有着浓厚家国情怀的刚烈女子，之所以备受争议是因为她罔顾人命、不择手段的处世态度和在政治、军事上表现出来的谋略。本书认为即便她的出发点是为了光复自己家族的王室权力，在民族大义面前也表现得过于狭隘，从而做出了伤害母国来满足自己私人心愿的行为。她的父亲是个清代末年难得的清官重臣，采取了很多有效的廉政手段挽救濒临倒塌的封建帝国，但一己之力难成气候，于是肃亲王将目光投向对中国虎视眈眈的日本，企图借力而行。他对自己的子女肯定从小就开始洗脑，灌输复辟思想，使得芳子对父亲的愿望极力肯定和支持。由于清廉自重，他自己本来不多的家财很快就被日本人利用个精光，复国无望，抑郁而死。芳子继续遵循她父亲的遗志，极力进行复辟行动，她是有孝心和忠心的，但她的行为的确在帮助日本人加快侵略中国的步伐，是对中国不利的，被认定为汉奸应该是历史的审判。

在本书的研究范围内，李碧华的《饺子》是唯一一部将事件发生的时代背景放在现代的作品，女主人公艾菁菁的第一次抗争意识出现在她进入演艺圈之后，因为想躲避通过辛苦拼搏才能获得的优渥生活而带来的恐惧、不确定，让她决定用和富豪结合的婚姻来对抗这种焦虑，婚后即退出娱乐圈，不再做演员，成为一个无所事事的富太太。凡事都要付出代价，她这样选择的后果就是要承担老公无数次的不忠，还要装作视而不见，因为她的生活来源就是靠男人，要靠留住这个男人，才会有富贵可以享用。面对时光流逝，艾菁菁青春不再，又没有谋生的技能，为了留住容颜，留住提款机老公的心，她不惜找到邪术般的婴胎饺子恢复年轻体貌，这是她在作为地位不能与丈夫平等的妻子而做出的第二次抗争。当丈夫的第无数个情人怀了孩子之后，艾菁菁再也坐不住了，她成为第二个媚姨，亲自找人把五月男婴打下，亲自做了婴胎饺子给自己吃，为了击退情敌，不让孩子生下来威胁自己的正妻地位，她做出了第三次抗争，而她达成这些目的的唯一手段就是金钱，用金钱雇用媚姨买婴胎做饺子，用金钱买通丈夫情人同意堕胎走人，而这些钱都是来自艾菁菁的丈夫李先生，不得不说这是一个讽刺，如同鲁迅先生笔下那个吃人的底层社会。

第二个具有抗争意识的女性人物媚姨是来自内地的妇产科医生，因为计划生育政策，她经常给人做流产手术，在吓走了恋人王守义之后，她利用婚姻获取香港身份证，成为她利用男人抗争地域歧视的第一步。在香港这个繁华的都市生存，要么靠男人，要么靠自己，这两点媚姨都有做到。她先靠男人获取身份认同，出卖了自己的身体，和毫无感情的男人生活，再利用自己的职业便利获取婴胎出售给富太太，非法暴利，成为她对抗贫困的谋生手段。

第三个具备抗争意识的女性人物是小琪的母亲，小琪这个十五岁的少女在贫困的家庭里被禽兽父亲侵犯怀孕，又被贫困无知的母亲带到媚姨那里打胎，打下的胎儿正好被媚姨用来做饺子出售，媚姨既收了胎儿做饺子又收了流产手术的费用，媚姨真是一举两得，一切都是为了钱。只是这个可悲又可怜的母亲醒悟得太晚，直到小琪在回家路上因为失血过多而死之后，她才举起屠刀砍死禽兽丈夫，为了发泄自己的愤怒和绝望，为了给心爱的女儿复仇，她做出了最决绝的抗争之后，选择自尽，惨绝人寰。

《饺子》中的三位抗争意识鲜明的女性人物在李碧华的笔下都被塑

造成一个个悲剧人物，她们要不为了爬出社会底层，远离穷苦，甘愿臣服于男权主义，成为男人的附属品，活得没有价值也没有尊严；要不就成为金钱的奴隶，变为没有人性的杀人魔和食人魔，内心麻木而空虚，杀人、吃人对媚姨和后来的艾菁菁来说已经成为家常便饭。小琪的母亲不同于前两者，她收入微薄，只靠倒垃圾、打零工获得生活来源，却有个正在读书的女儿要养，她是女人也是母亲，然而所嫁非人，丈夫无能，只靠领取政府综援过活，又趁妻子外出做出禽兽行为，导致悲剧发生。贾愫娟在《饺子能否使青春永驻——李碧华〈饺子〉小说与电影对读》中认为艾菁菁的悲剧是她一去不复返的青春导致的，是她喜新厌旧的丈夫导致的，是她贪得无厌的欲望导致的，人性的扭曲变异，使她在自己手中辉煌，又在自己手中黑暗；而媚姨为了在香港求得生存之地，从受害者变为害人者，是社会衍生的必然产物，重男轻女的性别歧视是悲剧背后的深层次含义。① 本书认为青春流逝是每个人都不能避免的自然生理现象，不能成为害人吃人的理由，艾菁菁之所以不顾一切代价去挽回青春，主要原因在于她自己不够自立，在结婚的那一天就决定了她的一切都靠丈夫供养，她没有其他谋生本领，也不肯去演戏赚钱，被虚荣和坐享其成的懒惰心理支配，才导致她走向罪恶。其他一样留不住青春的女性或者有事业，或者持家有方，或者有丈夫的爱情和尊重，并没有像艾菁菁一样成为一个杀人、吃人的恶魔。

三、社会上无根女性人物

《秦俑》里的冬儿，是封建时代君权主义下的牺牲品，她的第一次

---

① 贾愫娟. 饺子能否使青春永驻——李碧华《饺子》小说与电影对读［J］. 名作欣赏，2018（12）：67-68.

出场就是秦代著名的始皇帝"焚书坑儒"① 事件。老父亲带着她和竹简，在夜里躲避官兵的追击，一边挖泥，一边把书册埋下，为了保护文化的承载工具，冬儿的父亲被官兵一箭射死，她抱着一册竹简躲入草丛，被蒙天放放过，从此与蒙天放结下缘分。这是冬儿在老父亲的带领下，面对秦始皇的强权政策所做出的微薄力量的抗争，留下区区几册竹简，并不能对毁灭性的文化灾难力挽狂澜，但在那个封建皇权下的小人物所能做的也只是如此而已。

这个生于封建王权下的、丧父的无根孤女的再次抗争出现在她被选入宫之时，其他童女或是以泪洗面，或是惊慌隐忍，只有她一脸的倔强冷傲，面对王权的压迫，她为了自由竟幻想用一支发簪杀出重围，混乱之中又一次被蒙天放拦下，让她顺从难逃的命运。在封建时代的背景下，冬儿面对强大皇权的抗争显得无力又幼稚，但那代表了她对自由的向往和对皇权的控诉，没有人过问她的个人意愿，只要皇帝有命令，就要服从和执行，冬儿冒着生命随时被剥夺的代价去抗争，也为她的悲剧结局埋下了伏笔。冬儿因不甘命运被如此摆布，继而进行了第三次抗争，貌似不经意地用竹箸将瓷碗敲破，用碎瓷片割腕自尽，实际上冬儿从被选入宫开始，就不想在王权的重压之下苟活。弱女子抗争强权的方式竟是这样微弱且代价巨大，只能用死去解脱，这一次又是蒙天放救下她，为她最后送蒙天放长生不死之药埋下伏笔。

被选中的冬儿将随众童女一起和徐福东渡，为始皇帝的长生梦想寻找灵丹妙药，她的第四次抗争便是为了争取自己的爱情和人身自由而不

---

① 焚书坑儒，又称"焚诗书，坑术士"，是秦朝建立专制主义政治体系的需要，一些儒生和游士引用儒家经典，借用古代圣贤言论批评时政，诽谤始皇帝。于是，秦始皇采纳丞相李斯的建议，为了树立君权的绝对权威，开启了"愚民统治，学院争吵"的先河，既维持，也加速了其政权的灭亡。

肯和徐福东渡，为逃离暴君统治而深夜脱逃，在徐福让她顾全大局、不要因为个人私欲搅局的时候，她偷了徐福的长生金丹，和蒙天放一起脱逃，却被官兵擒获。

冬儿的第五次也是最后一次抗争，便是在被暴君始皇帝赐死之后，为了让爱人获得永生，她放弃自己可能会活命的机会，略施小计将本应属于皇帝的金丹送入蒙天放口中，为她几度转世后遇见命中注定的人埋下伏笔。李碧华笔下的冬儿是单纯又有心机的，她软弱又坚强，不甘于命运的安排，在封建时代背景下凭借一己之力的她两次逃脱均告失败，两次寻死，最终解脱，在那样的时代背景下，一个平民女子是没有追求爱情和自由的权力的，甚至连自己的生死都无法决定。林贺超在《香港小说中的情欲与政治：从施叔青、李碧华到黄碧云》中认为，李碧华在《秦俑》中构造的两段爱情梦的幻想，真爱虽然近在咫尺，却好梦难圆，最终都只落得爱情幻灭①。这样的完美爱情却以悲剧结局，是小人物无法抗衡皇权的写照，也是封建时代的底层女性在男权主义社会下被物化，作为附属品和牺牲品的必然结局。

《青蛇》里的两位女性人物角色，具体说是妖成了精的白蛇白素贞和青蛇小青，她们的故事家喻户晓，是李碧华由《白蛇传》改编而来，李碧华别有用意地将题目定位为《青蛇》，并由小青作为第一人称来口述整个故事。她们身为蛇妖，一边嫌弃鄙俗的人间，一边向往人间的男女情爱，明知自古以来多是痴心女子负心汉的故事，却依然选择幻化人形，用一把伞来勾引姐妹俩都看上的美少年——许仙。白素贞与小青以姐妹相称，编造了凄苦的身世，小青一边帮白素贞俘获许仙的心，一边又嘲讽白素贞为了勾引许仙而表现出来的做作，未体验过爱情滋味的小

---

① 林贺超. 香港小说中的情欲与政治：从施叔青、李碧华到黄碧云 [D]. 香港：岭南大学，2002（10）：47-48.

青从而心生嫉妒，越轨许仙，感情面前的人与妖似乎没有分别。在人妖相恋的过程中，既有因为道行不高，落荒而逃的道士，也有坚决要拆散人妖爱侣的和尚，更有因为女人的嫉妒而生出的占有之心，小青利用许仙作为男性的本性去勾引许仙，这是小青为了得到自己渴望的情爱，不惜越轨掠夺姐姐的爱人而进行的一次抗争行为。

小青是聪明的，李碧华又赋予了她比白素贞更多一些的野性和泼辣，与人们印象中的古代女子截然不同，或者这样更加能够说明她作为蛇妖的本性。当小青发现许仙并不像想象般那样忠心对待白素贞，还私下藏了银两，怂恿小青和他一起私奔的时候，她觉得这个男人开始复杂起来。原来许仙早就知道她们姐妹是蛇精，却佯装不知，心安理得地继续享受姐妹俩带给他的好处，将两人玩弄于股掌之间，一度令相依的姐妹反目，人性的丑恶和贪婪在许仙身上开始显现。小青明知白素贞深陷与许仙的感情中不得脱身，与姐姐一起离开许仙的愿望落空，泼辣的她用言语挑衅法海，见势不妙又马上降低身段，好言相求，企图勾引法海作为男人的本能而惹怒了法海，为了试探人并不比妖更高洁，一直挑战想收妖的法海的底线，小青不惜丧失尊严，模仿姐姐白素贞去破坏法海的修行，引诱法海破戒。此为小青作为女性而不是蛇精，为了争取自己的爱情，模仿姐姐勾引许仙，并对象征封建压迫、男权主义的法海做出第二次抗争，也是此举激怒法海从白素贞身边夺走许仙，破坏人妖恋，最终导致悲剧发生。吕冰心在《饶有新意的重写——我看李碧华的〈青蛇〉》中认为，《青蛇》虽然讲述的是一个发生在南宋年间的古老故事，然而故事的两个女主人公却有着现代女性投影，作品以恋爱中的两性关系，写出强大而古老的男权文化对女权的钳制和禁锢，揭示出女

性在与男权的对峙中表现出来的虚弱无力①。但本书认为小青的抗争看
似毫无力量，却成功激怒法海，说明法海并没有多高的修为，他的骨子
里依然是人性成分居多，依然处于无法抵抗凡人情欲的阶段，差点破了
色戒的法海恼羞成怒，坚定了镇妖的决心，又侮辱了小青作为女人的自
尊，两人因为此举，各自认清自己。

　　当许仙被法海掠走之后，小青义不容辞地陪同白素贞前来讨人，为
了争取同等做人的待遇，为了白素贞有丈夫、孩子有父亲，过上和人一
样的家庭生活，小青做出了第三次抗争，与法海相战，然而法海却认定
人不能降格与妖同栖，封建思想的偏见不容人妖相恋。在白素贞怒而水
漫金山，法海招来天兵天将战得天昏地暗之时，南极仙翁看白素贞要产
子，也不认为她来寻夫有过错，且认定是家务事，从而离开争斗，不顾
白素贞恳求，放手而去，李碧华在这里借仙翁之口表达了自己的观点。

　　在小青劝解白素贞不要遵循人类的俗世规矩，非要给孩子找父亲，
自己提携幼子便好之时，白素贞决定同小青回西湖产子，却因许仙听从
法海指派引路，被法海找到藏身之处。许仙在法海收妖的时候竟然放弃
白素贞母子，躲在法海身后，可怜的白素贞为了自己的孩子，在绝望中
甘愿伏地被镇，小青怒而杀死许仙这个负心汉，为了白素贞的痴心错
付，为了自己看错人类，小青做出了第四次抗争。台湾的陈正芳在
《白蛇故事的港台改编：以林怀民、李碧华、徐克为讨论中心》中认
为，李碧华的《青蛇》以"背叛性的创造"重写白蛇故事，消除了传
统文本中白蛇的主导地位，构建了新的关怀意识，蕴含独立女性和消解

---

　　① 吕冰心. 饶有新意的重写——我看李碧华的《青蛇》[J]. 开封大学学报，2004
　　　　(6)：45.

父权等性别议题①。本书认为作品中的小青颠覆了传统中的女性形象，她泼辣勇敢，敢于戏弄强权代表人物法海，她又不落为人的俗套，有嫉妒心和占有欲，甚至和姐姐白素贞争夺许仙，但她又比白素贞更早看清许仙贪婪、猥琐的本性，决绝地杀死许仙，以泄心头之恨，为自己和白素贞被许仙玩弄真心、辜负人性的冤屈讨了公道。

作品的另一位女性人物白素贞和小青一样，身为蛇精，却向往人间，幻化人形，与许仙相恋，扮演着贤妻的角色，对许仙照顾得体贴入微，温柔大度。在许仙暗中下了雄黄酒使白素贞现出原形时，她依然不计前嫌去盗取仙草救活被吓得晕死过去的许仙，甚至明知小青与许仙偷情，她也采取了佯装不知的隐忍态度，并亲自对小青说她想像一个正常女人一样结婚生子、奶孩子。由于向往人间的生活和爱情，白素贞拼命向人类靠近，从外形到真实生活模式，她都在拼命抗争，努力摆脱妖的特征，努力做个真正的女人。

在爱人许仙被法海掠走，白素贞不顾已孕的身体与法海决战，不惜水漫金山，逼法海交人，只为了自己的孩子有父亲，自己有丈夫，为了捍卫自己的家庭做出了二次抗争。大度隐忍的白素贞深陷感情里无法自拔，当局者迷，她没有小青看许仙看得那么清楚，在最后的紧要关头许仙没有保护前来救他回家团圆的白素贞，而是放弃她们母子，像懦夫一样为了保护自己，弃白素贞于不顾而躲在了法海的身后。在白素贞选择和小青一起回到西湖，准备自己抚养即将降世的孩子的时候，许仙竟然为法海引路，试探白素贞，绝望的白素贞只为救子，甘愿被镇，这是她做出的最后一次无力的抗争，身为蛇精，白素贞对孩子的大爱，与人类

---

① 陈正芳. 白蛇故事的港台改编：以林怀民、李碧华、徐克为讨论中心 [J]. 淡江中文学报，2013（12）：333.

无异，此时的白素贞其实已经实现了她的愿望，真正成为一个女人，一个为刚刚降临人世的孩子做出牺牲的母亲，即使她并没有养育过他一天。白素贞苦苦追求的是一种平凡的生活，一种平凡的爱情，要求甚少，却始终都没有得到。

俞剑钊、宁惠在《论李碧华〈青蛇〉主题的表现》中认为水漫金山后，四个角色的相遇，集中展现了白素贞的绝望与沉静，小青的觉悟与孤独，许仙的自私与胆怯，法海在人性与佛性中的矛盾与挣扎。妖性的妖异与光芒，人性的没落与猥琐，佛性流露的淡漠无情与挣扎，在李碧华的笔下演绎得如歌如泣①。严英秀在《鱼对水的绝望：论李碧华小说的两性书写》中认为，在李碧华构建的女性故事中，追求和反抗贯穿在每一个不甘认命、不愿服输的女子的行动中，相比那些所谓的天使贞妇，她们是光芒四射、魅力无穷的，但同时不可否认的是，她们的追求是盲目的，反抗是无助的，李碧华在批判男性霸权的同时，对女性自我的弱势心理做了深入剖析，表达了她的理性思考②。本书与俞剑钊、宁惠的观点一致，但与严英秀的观点略有异议，虽然李碧华笔下的女性故事多为悲剧结局，但并不代表她们所追求的是盲目的，白素贞和小青爱上许仙是基于她们对人类爱情的向往，虽然她们有时候鄙夷人类的世俗，但对人间的感情她们是充满好奇和憧憬的，这本身并无过错。在成为真正女人的过程中，白素贞和小青都付出了努力，并与各种势力进行抗争，经历过同性的嫉妒，争夺同一个男人，这些都是人性的一部分。李碧华像写普通女人该有的争端一样写着蛇妖，直到她们看清许仙的自

---

① 俞剑钊，宁惠. 论李碧华《青蛇》主题的表现 [J]. 常州工学院学报，2005 (12)：30.

② 严英秀. 鱼对水的绝望：论李碧华小说的两性书写 [J]. 兰州交通大学学报，2007 (10)：19.

私虚伪，甚至挑战代表封建偏见的法海，她们做出了勇敢的抗争，最后又因为保护幼子，甘愿不战而败，被法海收服。她们的牺牲精神令人敬佩，即便是真正的人类女性也不是人人都可以做到的，而许仙的猥琐形象正好衬托出作为妖的青白蛇比人更加真实、真诚。李碧华笃信人有轮回，到了现代的白素贞和小青依旧被许仙的转世之人所吸引，她们备受伤害，被镇千年也没有放弃对爱情的向往，依然幻化人形，撑起油纸伞，开始新一轮的命运。

与《青蛇》同样发生在宋代的《潘金莲之前世今生》也是李碧华有名的一部改写作品，只不过宋代部分从开篇出现，篇幅较少，用世人皆知的潘金莲故事来讲述她在前世临死前极为惨烈又不甘心的抗争。

赶着投胎去的脚群中，有一双小脚。

细看这双弓鞋，大红四季花，嵌入宝缎子，白经平底绣花，绿提根儿，蓝口金儿。正是曲似天边新月，红如退瓣莲花，恰可便是三寸。

小脚一步一趔趄，好似不想成行。

这条血路，便在小脚之旁，蜿蜒划出她的心事。

只见血自一颗头颅滴溅。

发髻簪环都已滚落，空余乱发纷披。乱发中，犹藏一朵细细红花，喜气骤成噩梦，红花不得不觅地容身。

这头遭齐颈割断，朝后怒视，满目冤屈不忿，银牙半咬，呵得纸钱灰也不敢飘近。

女人一手提住自己的头，一手捂住自己胸口。①

---

① 李碧华. 胭脂扣［M］. 北京：新星出版社，2013：129.

李碧华用华美的绣鞋来衬托鞋子主人那惨烈、血腥又纷乱的面容，朝后怒视的眼睛，自己提头，连纸灰都不敢靠近。这心里是多么不甘、多么愤恨。家贫又美貌的弱女子在封建社会就是一个悲剧的存在，被张大户凌辱后，被迫与又矮又丑的武大郎成婚，喜欢小叔武松，勾引不成，越轨西门庆，被怂恿毒死武大郎，又被武松所杀。这耳熟能详、家喻户晓的故事情节给潘金莲戴上了"千古第一淫妇"的帽子，她决定报仇，泼翻了孟婆汤，不肯忘却前世，要找到害她的男人们报仇，这是潘金莲在文中的第一次抗争，于是便有了她的转世——单玉莲。

然而命运只是又一度的轮回，转世后的潘金莲并没有如愿报复张大户的转世——舞蹈学院章院长，她依然被侮辱，唯一的抗争便是用毛主席的塑像砸伤了他，却又被反咬一口，污蔑为反革命，成为跃进鞋厂的女工，欺负她的章院长除了受点小伤，毫发无损。在动乱年代，一个无依无靠的弱女子为清白和尊严做出的抗争是如此微弱无力，反而是受害者替施暴者去接受惩罚，官僚主义下的一句话，便给定罪发配，抗争的结果无力又可悲。

到了鞋厂的单玉莲因为前世姻缘再次遇见武松的转世——武龙，她每天都变得开心起来，她为了争取爱情，送给武龙的一双鞋在运动中被批斗为小资产阶级思想，并挖出之前被章院长凌辱的事件，被继续冤屈成勾引领导的淫妇，单玉莲的几句无力辩解，就是为讨回清白和尊严而做出的抗争，苍白、无力，毫无作用。而武龙为了自己不被批斗，与她划清界限，当众掌掴单玉莲，导致她被发配珠江三角洲乡间进行劳改。心中有愧的武龙拿着三个馒头去送她，却遭到无视，这也是单玉莲面对动乱年代来自男权和世俗的欺凌，为尊严而做的、毫无招架之力的微弱抗争。

靠卖瓜为生的单玉莲在这里遇见了武大郎的转世——武汝大，凭借姿色获得他的喜欢，为了躲避贫寒生活和自己谋生的艰辛，她决定嫁给武汝大，这是她为了自己能够获得优渥生活，舍弃爱情而做出的抗争。当然，"从来都没有一个男人对她这样好"①。也成为刚刚受过欺凌和情伤的单玉莲选择丑矮富的武汝大的第二个原因。为了过上优渥的生活，单玉莲忍受着婆家人的刁难，带着前世残余的部分记忆，一边利用丈夫对她的好，享用这个男人带给她的物质生活，一边嫌弃他的矮小、猥琐与无趣。

李碧华用《金瓶梅》原著与其类似的部分内容穿插在小说当中，来不断闪现前世与今生，将注定有牵扯的武龙再次以武汝大老乡的身份引进单玉莲的新家庭，将武龙作为司机出现。单玉莲无法摆脱前世的纠缠，又遇见西门庆的转世 Simon，她最忌讳别人叫她"淫妇"，却在这几个男人中间摇摆不定。单玉莲大胆向武龙示爱，却总是得不到他明确的回答，一心想要爱情的她不顾伦理与武龙亲密，险些发生车祸，武龙再一次弃她而去，越是得不到就越想要，单玉莲非要与命运抗争，得到了金钱，又想要爱情，注定她的今生也是个悲剧。她用和 Simon 的越轨来对抗得不到的爱情的苦，引发武龙的嫉恨；又在丈夫吃了 Simon 的药而中毒假死时，见到被武龙杀死的 Simon 而慌乱逃脱时，失手撞死武龙，终于在将死之人的嘴里，听到了她一直想听到的话。妒火中烧的她又举报阿桂，使她被遣返内地，实际上，武龙已死，她在事发之前做的这件事，在结局看来有点多此一举，实际上恰恰反映了她作为女人的嫉妒心和私心，也是她为了争取自己的爱情而做出的一点抗争。

《生死桥》中的丹丹从小是一个跟随黄叔叔一家表演杂耍讨生活的底层女性，十岁的她目睹了黄哥哥表演"上刀山"时失足摔成瘫子的

---

① 李碧华. 胭脂扣［M］. 北京：新星出版社，2013：145.

惨剧，她跟着黄叔叔去庙里求大佛，一边磕头祈求，一边威胁神灵，要是不灵，不打跑黄哥哥身边的鬼，就攀上去给神像抹黑锅。李碧华在开篇中就描写了丹丹的言语之间既有孩童的幼稚无知，也体现了丹丹叛逆、野性、不屈服的性格，为她日后的决定和悲剧结局埋下伏笔。偶遇认识的丹丹、唐怀玉、志高三人情投意合，结伴逛天桥，结伴去算卦，为了学戏出人头地的怀玉先行离开，启程去上海，撇下自己和兄弟都喜欢的丹丹，李碧华笔下的男性在面对爱情时总是比女性少了些勇气和无私。来到上海滩的怀玉见到了纸醉金迷的生活，更加坚定他成为角儿的决心，一个见过世面的人是不肯再回去没有可以让他大伸拳脚的故地的。一直等候在北平的丹丹始终叫志高为"切糕哥"，不是改不了，是丹丹面对自己不喜欢的男人而默默做出的抗拒，不肯叫他要求的名字，如果是自己心里的人，这又算什么呢。丹丹和志高找到当年帮他们算卦的王老公，本打算再问问自己的姻缘，却发现唯一可以解开心结的王老公早已死去多日，心有不甘的丹丹决定南下上海，不问卦象，问唐怀玉，这是丹丹为了争取自己的爱情自由做出的第一次抗争行为。

　　身在上海花花世界的唐怀玉，受到段娉婷的青睐与勾引，一个仗着大佬金啸风的权势，从底层贫寒女变为女明星的段秋萍（段娉婷），她利用了金啸风的权和钱，享受了荣华富贵之后，又想要爱情，带着唐怀玉见过了他之前在北平天桥没有见到的一切灯红酒绿，此时的唐怀玉再次见到丹丹，恍如隔世。丹丹从小被唤作小名，并不知道姓氏，却被喜欢怀玉的段娉婷挑衅，非要问个姓氏。段氏混迹于上海滩的声色场所，各色人等都见过，一个见过世面的女人一眼便能看出丹丹出身贫寒，看出她喜欢怀玉，两人关系不一般，便刻意为难，而唐怀玉此刻又自行做主把志高的姓氏——宋，送给了丹丹。面对丹丹的突然造访，怀玉落荒而逃，并对丹丹说自己心里有了别人，痛苦的丹丹把怀玉送她的相片撕碎，又扔掉了荷包，用这种方式来发泄失恋带给她的绝望。为了在上海找到立足之处，丹丹跟着刚认识的朋友沈丽芳去了培养明星的丽丽学校，并迎来命运的转机，因为她从小在天桥表演杂耍，表现出极好的弹跳力和出众的胆色，被音乐家凌剑飞赏识，安排了让她露脸的表演。在一次演出时，与大佬金啸风初恋小满貌似的丹丹被金啸风看中，丹丹为了给自己争气，偏要逆了怀玉的意思留在上海，要金啸风捧红她，红过上海最红的女明星段娉婷，女人心底的嫉妒、不服输，让她留在上海，留在了复杂变幻的旋涡里。这是她为了爱而不得的感情所做出的抗争，代价是自己的自由，答应大佬捧红她之后不会跳槽。弱小女子想的只是自己的感情如何挣回来，自己的一腔痴心如何挣回来，而大佬作为商人，即便因为丹丹和初恋情人很像，一时心动，但仍然逃不脱他作为资本家的本性，一切付出都要有代价，他不肯做干爹受束缚，被限制，只能捧红她，换来丹丹的永远。

丹丹是勇敢的，也是倔强的、敏感的，在她红了之后，她连自己爱的人也不放过，亲自给怀玉改口，让他称她"宋小姐"，来为自己当日的被动和自尊心做弥补。在成为女明星的道路上，丹丹也逐渐磨掉了原来的棱角，慢慢成为一个真正的女明星，她开始学会圆滑，将原来擅长的当面冲突，慢慢转变为暗自较量。比如在她和金大佬的交往中，她学会了些精明，不再当面直接问为什么，大佬则把丹丹当作初恋小满一样细心呵护，教她如何文雅地吃大闸蟹，教她喝花雕酒驱寒，那是丹丹在北平没有体验过的优越生活，直到发现丹丹心里有别人，大佬的妒火也和女人一样。想在靠山倒塌之前拯救丹丹的怀玉，听段娉婷说大佬自己都不知道投资银行马上会垮掉之后，他想拯救喜欢的人，让丹丹离开危机四伏的上海。两个相爱的人临时决定一起逃往杭州，那是丹丹一直以来最期盼的事情，也是最幸福的时刻。然而大佬接到段娉婷的挑唆性告密电话之后，嫉妒的大佬命人灼瞎了怀玉的眼睛，丹丹为了给他复仇，毒死了金大佬，这是她为自己转瞬即逝的爱情而做出的报复和抗争。杀了大佬的丹丹，也没能阻挡段娉婷带着失明的爱人离开，绝望的丹丹在完成复仇大计之后，淡然服下给大佬的毒药，就着面条吃光喝光，这是对爱情绝望情绪的表达，也是发现金大佬竟然是真的爱她，金大佬发现她下毒没有揭穿她，最后的时刻依然舍不得杀死她，只有她不爱的这个男人才是属于她的。

大佬死后的一切，被背叛他的手下史仲明接手，史仲明也接手了他一直垂涎的丹丹，他给她抽鸦片抵抗毒药带来的折磨。鸦片慢慢抽空了丹丹瘦弱的身体，也带走了史仲明对她的新鲜，当史仲明转而去捧另一个唱戏的女人的时候，被抛弃的丹丹偷偷回到北平看志高唱戏，形容枯槁的她竟被人叫作"婶子"，满身病痛再加上鸦片的侵害，让丹丹那枯萎的身体再也扛不住失去爱情和生活的折磨所带来的痛苦，她的割腕寻死是最后一次对这个以强欺弱的男权社会的抗争。

三个人的三年之约在默默进行，谁都没有失约，却只有在台上表演的志高被丹丹和怀玉远远观望，只有志高拥有一个还算完满的结局，娶妻生子，侍奉母亲红莲。这一刻他们都懂了当年被猫冲乱的卦象都指的是谁了，这次赴约，也是丹丹对美好的向往，她的含笑自尽是对晦暗人生做出的最无力的抗争。

钟宜书在《李碧华长篇小说悲剧人物研究》一文中认为，丹丹作为一个悲剧人物，并不是绝对的善，她的报复心让她利用别人的爱和权势，背叛了纯真的自己，也促使自己走向毁灭。① 徐焕焕在《颠覆中的背叛与挚爱中的争执——浅谈李碧华小说中的爱情主题》中认为，传

---

① 钟宜书. 李碧华长篇小说悲剧人物研究 [D]. 彰化：彰化师范大学，2004：76.

统文学成就了无数"天长地久，海枯石烂"的爱情神话，长相厮守的爱情也难以抵挡物欲的引诱和生活的考验。对地久天长的质疑和绝望，是李碧华对情感生活的莫大讽刺。① 陈蕊、赵小琪在《李碧华作品中的二元对立结构论》中认为一个"桥"字就将生和死的关系形象化了，三个人物的一生用三句话总结：生不如死，死不如生，先死后生。② 李碧华信奉宿命论，开篇就定好三人的命运却被猫打乱，于是成谜的命运随着王老公的死进入僵局，只有活到最后才知道哪句话是哪个人的命运。丹丹作为底层女性，以为成为女明星便获得和情敌抗衡的资本，但爱人的犹豫和对成名的向往，让怀玉并没有像丹丹一样把爱情排在第一位，丹丹利用别人的感情成全自己私心的同时，害了自己所爱之人，也害了自己，丹丹跌宕的命运立即以悲剧落幕。

《生死桥》中的第二个女性人物段娉婷，原名段秋萍，在五卅惨案③中被金大佬所救，之后金大佬培养她作为赚钱工具，同时成为他的情人，但只是供他寄托对初恋爱人小满的怀念而已。小满是金大佬心里默认的金太太，他没有选择结婚娶别人，并用这种方式来表达对受到他强暴之后、跳黄浦江自尽的小满的怀念和内疚。如果段氏是他怀念的小满的临时替代者，那么与小满相貌相似的丹丹便成为金大佬表达内疚、在丹丹身上偿还亏欠给小满的爱的对象。段娉婷知道自己与金啸风之间并没有爱情存在，她只是他赚钱的工具和他填补情感空虚的替代品，她在享受着跟随大佬带来的名利之余，依然没有放弃寻找自己的爱情，当

---

① 徐焕焕. 颠覆中的背叛与挚爱中的争执——浅谈李碧华小说中的爱情主题 [J]. 作家作品新论，2012（1）：11.

② 陈蕊，赵小琪. 李碧华作品中的二元对立结构论 [J]. 香港文学，2006（4）：72.

③ 五卅惨案，1925 年 5 月 30 日发生在上海的反帝爱国主义运动，起因由中共地下组织领导下的顾正红带领工友找日本资本家交涉，反对压迫工人而被枪杀，从而引发游行示威活动，由著名工人领袖邓中夏领导，被英国捕头开枪镇压，打伤、打死工人学生数人。

她遇见唐怀玉时，便决定不顾一切得到这个男人，她对唐怀玉温存体贴，带他接触上流社会，教他享受先前触不及的奢华生活，教他品红酒，讲英文，勾引得唐怀玉心神不宁；她泼辣势利，八面玲珑，挖苦嘲讽千里迢迢来寻找怀玉的丹丹，又在丹丹的靠山金大佬要彻底落魄之前，幸灾乐祸地狂笑，这都是她对多年来受着金啸风的欺凌和压迫而做出的情绪发泄。面对即将给丹丹通风报信的怀玉，她又表现出极端的嫉恨和恶毒心机，她给金大佬通风报信，宁可毁掉怀玉，也不让别人得到他。这种偏执得近乎病态的爱，让段娉婷最终得到了一个失明的爱人，但她心甘情愿陪他到杭州做伞谋生，陪他到北平听志高唱戏，她不在乎爱人失去眼睛，她只要他在自己身边就好，并不在乎他好不好，他失明了，她宁可去照顾一个失明的爱人，她看似光鲜，除了唐怀玉，其实一无所有。她先是背叛救了她又把她捧到上流社会的金啸风，为了自私的爱，又背叛了自己爱的人，且巧妙利用时机点燃两者间的导火索，令唐怀玉双目失明。这种杀敌一千、自损八百的行为是她作为一个乱世中的弱女子为了保留内心里给爱情留的一份美好而做出的最为决绝的抗争。

澳门科技大学的涂馨予在《以茫茫笔书情之所终——品鉴李碧华的〈生死桥〉》中认为"人性"是李碧华笔下的第二奇，她独辟蹊径地用假丑恶和真善美相互衬托出巨大的反差，主角甚至配角在每一个细节上的心灵转折点总是颇多着墨。① 江静在《李碧华〈生死桥〉的伦理解读》中认为李碧华的小说并没有津津乐道于理想色彩的男欢女爱，也并不想充当乌托邦爱情的礼赞者，她在书写爱情的同时，也刻意书写了对传统道德的反叛，通过对《生死桥》中的伦理解读就可以看到以

---

① 涂馨予. 以茫茫笔书情之所终——品鉴李碧华的《生死桥》［J］. 文学评论，2016（8）：9.

盲目情感为理由的错误伦理选择导致了多人的不幸命运。① 丁柏华在
《断桥残雪——从〈生死桥〉看李碧华小说中的残忍》中认为，这部小
说展现了特殊生存境遇下人与人之间的残酷的人性搏斗，小说从爱恨情
仇、生死轮回的角度更好诠释了李碧华对"残忍"的理解，残忍不仅
仅是一种悲剧，更是一种现实意义上的悲剧深化。② 本书认为《生死
桥》中的人物悲剧命运是李碧华一贯的结局风格，要么惨烈、要么缺
憾、要么又是一场轮回，虽然她的作品一直逃不出这几类结局，却依然
让人百读不厌，魅力在于开篇宿命的结局带着不确定性，吸引读者一探
究竟。她的小说前后呼应，人物心理刻画精准到位，她站在角色角度分
析人物的心理，比如丹丹告别志高，去上海找怀玉的那段描述。

> 他看住她的背影，抚着自己的脸，那儿曾经被她亲过一
> 下、两下，最实在的一刻过去，又是一天了。
> 她简直是忘恩负义地走了，留下一句不着边际的话："你
> 要好好唱戏。"完全与他七情六欲无关。
> 唱戏，明天他又要在台上施展浑身解数来勾引貂蝉了。谁
> 知在台下，他永远一败涂地。③

丹丹忘恩负义地走了，与志高的七情六欲无关，面对自己不爱的
人，丹丹的果决不会被志高的痴情留住，志高在台上表演得再好，在台
下面对不爱自己的人，依然手足无措，李碧华的文字就像电影场景一样

---

① 江静. 李碧华《生死桥》的伦理解读 [J]. 文学评论，2013（10）：40.
② 丁柏华. 断桥残雪——从《生死桥》看李碧华小说中的残忍 [J]. 安徽文学，2009
　　（8）：170.
③ 李碧华. 生死桥 [M]. 北京：新星出版社，2013：198.

呈现出来。丹丹是从小跟随别人混江湖的女性，她肯定是个身世可怜的无根孤女，用杂耍来讨生活，三人的偶遇和童年的美好无邪，反衬出最后一死一瞎的惨痛结局。丹丹没有骨肉至亲，爱情变成了她追求的唯一情感，她从小骨子里的叛逆野性，注定她去上海找到怀玉，又眼见他身边有了别人之后，不会回到北平和志高在一起。她为了把情敌比下去，靠上了金大佬；又为了和怀玉在一起，准备甩掉金大佬和他私奔；最后美梦破碎，爱人被害眼瞎，她又为了报仇毒死她的靠山金大佬；最后发现最爱她的人竟是被她杀死的金啸风，她为了摆脱罪恶感，为了在失去怀玉的痛苦中自我麻醉，为了解脱中毒的病痛而吸毒，被史仲明控制又被他抛弃，丹丹的抗争和努力只得来一个千疮百孔的身心，自杀便成了她唯一想走的路。

　　秦代的冬儿，宋代的白素贞和小青、潘金莲，民国的丹丹、段娉婷，现代的单玉莲，她们都是没有显赫出身和温暖家境的孤女，抵抗封建礼教的偏见与残害、男权主义的压迫、动乱社会的官僚主义侵害，以及她们自身面对物欲横流的金钱社会所做出的错误选择，都成为造成她们悲剧命运的重要因素。冬儿和丹丹都付出了生命的代价，她们爱得用力又惨烈，从未放弃过抗争，像漂泊的浮萍脆弱又坚韧，终究抵不过暴风雨的突袭，碎成千片万片，被历史的河水吞噬，除了爱她的人，不会被任何人记起。白素贞、小青和单玉莲，她们为爱痴迷，一反传统女性的常态，勇敢追求心中所爱，有手段、有争夺、有伤害、有嫉恨，受尽疼痛才看清所爱之人的真面目，在一次次的不甘中轮回，开启似曾相识的又一轮新的故事。这些没有依靠甚至没有父母亲人呵护的女性人物，在李碧华笔下爱得毫无畏惧，面对命运中出现的各种压迫和欺凌，她们从不会选择逆来顺受，即便抗争到最后还是得不到自己想要的结果，也不能就此否定她们进行抗争的意义。

她们爱过、努力过，以卵击石般抗争过，虽然难逃悲剧宿命，但这些女性人物角色在小说中比男性人物角色更加光芒夺目，她们有很多优点，也有很多缺点，不是完美女性形象的她们只是拥有了更加血肉丰满的人性。不管是主角还是配角，一个个鲜活明艳，生动野性。敢偷皇帝的仙丹；敢盗仙翁的仙草；敢逆天而行、泼翻孟婆汤；敢把上海滩大佬玩弄于股掌之上。这些出身卑微、贫寒的女子，面对乱世和命运的刁难，丝毫不畏缩，比起愚忠的将军、犹豫的爱郎、自私的书生，这些女性人物表现得更加活色生香，令人合卷难忘。李碧华并没有刻意表现女性主义，只是用符合人性的抗争方式去表达独立女性意识，惊心动魄的女性命运，对抗了卑劣丑陋的男权主义，她笔下的男性人物都比女性人物少了些许真实的活力，少了抗争意识带来的人格魅力，他们没有面对自己的真实情感而活过，便不算真的活过。

第三节　女性人物如何抗争

李碧华笔下的女性人物为了不公正的命运而抗争，为了抵抗各种霸权主义而抗争，为了争取各种自由而抗争，在不同的时代背景下，她们的抗争目的不同、命运不同、性格不同，导致抗争形式也不同。

一、逃跑、寻找与寻死

《秦俑》中的冬儿跟随老父亲一起抵抗始皇帝"焚书坑儒"的暴政，为了保护文化典籍，不惜冒着生命危险掩埋竹简，抱着书在官兵的追捕下奔逃，最终冬儿失去了父亲，遇见了蒙天放，是她的祸，也是她的福；为了抗拒被选入宫，不肯屈服的她用一支发簪企图杀出重围，又用碎碗片意欲割腕寻死，一个无依无靠的孤女只想求死、求解脱；当她与蒙天放互生爱意之后，爱情便成了她想活下去的动力，她偷了徐福的金丹，单纯的眸子里又有一丝狡黠；她大胆地对抗皇权镇压，决定和蒙天放一起私奔，奈何男子却不如她那般决绝，除了爱情之外，永远有更重要的东西存在，于是，私奔被发现的冬儿只能跳入炉火，用死来解脱她今生得不到的一切，临死前她用吻来把金丹转移给所爱之人，这种巧妙的抗争方式，凸显了冬儿的心思精巧，面对死亡她淡然以对，将永生的希望给了蒙天放，她自己如同会再生一般跳入火海，为了她最初和最后的爱情，用生命来博得爱人的不死。这个女性人物的大无畏，在占据时代主流的男性面前也毫不逊色，冬儿从一个被命运左右而无能为力的弱女子，变成一个开始主宰自己爱情走向的女性，即便无法与皇权抗衡，以焚身惨烈而告终，但她却给自己也给蒙天放留下了生的希望，爱情在来世又一次将他们千里相牵。

《胭脂扣》里的如花和冬儿一样，因为自己的身份不被爱人的家庭所接受，她如一个独立女性一样，自尊又自重，丝毫不因此而看轻自己，颇有胆识地亲自登门拜访十二少的父母，希望可以被成全，甚至做出了做妾的让步，失败后用吞食鸦片的方式决定与爱人共赴黄泉。如花在绝望的爱情面前不仅决绝，还有一份狠辣，她提前在十二少的酒里下了大量安眠药，一是出于对十二少感情的不信任，不确信他肯和自己一起去死，一起用死来抗衡封建家族势力的偏见与压迫；二是出于她自己的私心，即便十二少不肯吞食鸦片，也会中毒而死，她自己得不到，别人也休想得到。这样偏执的占有欲却没能让她如愿，阴间等待数十载未遂，她又自我牺牲式地付出再世阳寿换取阳间七天寻人，经历无数辗转依旧未果，她又再次牺牲来世的福气，换得滞留人间多一天。如花的无数次自我牺牲式抗争，是源于心里的不甘，当她看到苟且偷生的十二少之后，毅然决然离开，安心投胎转世。

《满洲国妖艳——川岛芳子》中的芳子，在她受到日本养父川岛浪速的凌辱之后，她用剪短发、穿男装的方式来清算女性，其实是一种反抗形式，她自己作为女性的身体被侮辱，既无法抗争父权主义下的亲情绑架，更无法抗争男权主义下的凌辱，她潜意识里认为这是身为女性带来的伤害，如果非女儿身，便不会再次受创，从此以后的芳子不但国籍不明晰，性别也被她强制性地变得不明晰。芳子不遗余力效命清王朝复辟，并以此作为人生宏伟的目标，是她作为清王室后代不可推卸的使命，她嫌弃自己的女性身体，但这又成为她周旋于日本高级军官中间，用来交换情报、换取权力的工具，矛盾的外表和矛盾的内心都让读者一目了然。再次被当作物件，成为政治联姻的牺牲品的时候，芳子选择了逃离，她的政治目标，她的放荡不羁，是不会甘愿被一种利益联结的婚姻所束缚。逃离婚姻，也是她争取自由的表现形式，更是她实现政治目标的决心体现。芳子一生效命的复辟，不惜损害国家利益，屠杀同胞，为侵略者所用，不仅仅是为了完成她父亲的遗志，也是为了实现她自己的存在价值，她放弃爱情，躲避婚姻，外表乖张，内心矛盾，这些都是她在发泄被伤害之后的愤怒，更是她对抗封建男权主义压迫的方式，被人左右命运的抗争形式。

《生死桥》中的丹丹和如花一样，为给自己的爱情一个交代，要答案和心甘而南下上海去找唐怀玉，到了上海之后，见到爱人身边却有了另一个女人，于是出卖自己的身体与情感，换取大佬的荫护和照拂，与情敌争高低、争口气，她很快成为上海滩人人追捧的女明星；得到名利的她又想要为爱情而私奔，再次选择和唐怀玉一起逃走，不管上海的一切，也放下爱他们的两个人，决定为自己的爱情自私一次，却在临逃走之前被情敌段娉婷陷害，一个眼瞎，一个被仇恨逼进死胡同。丹丹再一次失去了唐怀玉，用给大佬下毒的方式报复，并在被揭穿之后狠心杀死大佬，为自己失去的爱情祭奠。更可悲的是杀死金啸风之后，丹丹才发现她一直想要的、最爱她的人竟是这个甘心被她毒死的大佬，他呵护她，捧红她，最后死于她手里。丹丹痛苦不堪，内疚自责，吃下剩下的毒药，又深陷鸦片毒害，身体被抽空后，她硬撑着去赴三年之约，给自己一个交代，一个关于爱情、友情、信仰的交代，然后割腕自尽，用最后一个抗争悲剧命运的惨烈方式——死来控诉这个吃人的社会。

《烟花三月》中的袁竹林在李碧华等一干人的帮助下，一路寻找，从湖北武汉到山东淄博，终于找到了失散三十八年的爱人廖奎。她用这种不懈寻找的方式表达了她对爱情的执着追求，她之所以如此执着放不下，和如花、丹丹一样，要给自己等候的爱情一个交代，一个说法，一个了断。袁竹林在战争年代被迫成为日军铁蹄下的慰安妇，她选择了逃跑，又被抓回来打得遍体鳞伤，伤病延续到她的余生，可是为了尊严和自由，她还是这么做了，尽管抗争失败。她在经历了无数个男人和多次婚姻之后，只有廖奎没有轻视她，给予她应得的尊严和关爱，并为了袁竹林母女放弃退到台湾的机会，留在大陆照顾她们，他们一起在北大荒度过了难忘又短暂的幸福时光。尊重是袁竹林受到伤害之后最需要的一种态度，备受日军蹂躏的她回到家乡，遭受身边乡亲的有色歧视，包括她的继女小毛也无法躲开战争侵害带来的延续性伤害，在学校被人排挤，所以廖奎那无视她过去的尊重就成为袁竹林始终难忘他的重要原因。袁竹林不仅参与了抗日持久的对日诉讼，用再次面对不愿揭开伤疤的勇气，站到了控诉日军暴行的台上，她用这种方式为自己讨说法，为无数慰安妇讨说法，控诉战争和日本法西斯的无人性罪行，在历史和大爱的角度上，袁婆婆这种抗争方式无疑是非常勇敢的且值得尊敬的。

　　综上所述，冬儿、川岛芳子、袁竹林三位女性人物，都是用逃跑的方式去争取自己的自由，冬儿为了逃脱皇权镇压下的被迫入宫而逃，又为了爱情决定私奔而逃；芳子为了躲避政治联姻的婚姻而逃；袁竹林为了躲避日军的凌辱和囚禁而逃，她们都是为了自由选择逃脱，除了芳子这个出身高贵，本身在当时有点实权和利用价值的女性之外，另外的逃跑均告失败，但她们宁死不屈的性格，为尊严和自由不肯苟活的高尚姿态，本身就很高贵。无力抗争是时代背景造就的封建君权、男权压迫，以及战争年代的日军侵略，她们的抗争不以成功与否而盖棺定论，而是在重压之下的艰难险阻中，依然选择逃跑式抗争，她们散发出了女性不屈的光辉，这种人性魅力不分出身高贵与否，在李碧华笔下的女性人物正是因为具备这样的特征才活出了自我，即便是悲剧结局，也毫无遗憾和愧色。

　　放弃生命寻求解脱和抗争无法抵抗的命运，是冬儿、丹丹和如花、菊仙做出的选择方式。冬儿为了爱人的生，放弃了自己的生，为了捍卫自己心中那份美好的爱情，她选择无所畏惧地跳入炉火，就是这样一个贫寒的孤女，知恩图报，面对死亡还从容不迫地心生一计，将金丹送入爱人兼恩人的口中，她是死，也是生；相比冬儿的慨然赴死，如花的死显得有些狭隘，她想用一起吞鸦片而死来表达自己和十二少对封建家族的抗争，也想用此来证明十二少对自己是否真心，只求在一起，而不顾死活，甚至不惜在十二少的酒里提前放好安眠药，即便十二少不想共同赴死，也不愿他人得到他，这种源自爱情的占有欲让此刻的如花变得心狠手辣，但也事与愿违；丹丹的死与冬儿和如花也略有不同，她选择这种方式去抗争，除了得不到的爱情之外，还有她自己内心的崩溃。亲手杀死了真正爱自己的男人，痛苦之余吃毒药和鸦片而毁掉的身体令她苦不堪言，心生绝望，这样糟糕的身体与状态让她对爱情和人间都充满了绝望，在满足心愿之后割腕自杀，是她自己的选择，不是冬儿那种被逼迫而死，也不是如花那种用死来表决心，她是绝望而死。《霸王别姬》里的菊仙，用寻死的方式来抗争她一直奉若珍宝的爱情和爱人的落井下石，她穿着新娘的衣裳，穿一身喜庆的红色去上吊，对比相当强烈，本是喜事穿的衣裳，却办了件极为悲惨的事情。这行头代表着菊仙内心极为渴望从良，做个和普通女人一样的女子，嫁人生子，过普通的日子。可是在那个动乱年代，人性扭曲，为求自保的爱人为了保全自己，和菊仙划清界限，让一向冷静、泼辣、凡事心里有主意的菊仙瞬间崩溃，之前的努力和付出都在爱人选择背叛的时候变得不再有意义，寻死变成了菊仙抗争这乱世和自己错付感情的方式。

黄爱玲在《李碧华小说〈霸王别姬〉与影视戏剧的互文性研究》中认为，段小楼在批斗过程中与菊仙划清界限是为了不拖累她，菊仙是突然发挥了母性的力量，站出来保护生命中这两个最重要的男人，承受了一切罪孽而走上绝路。① 本人对这种看法不认可，是段小楼在关键时刻的态度和离婚这样的冰冷字眼，让泼辣淡定、天不怕地不怕的菊仙瞬间垮掉了心理建设，她一生为之努力的就是想做个普通女人，过普通的日子，不再做被人看不起的妓女，却被最心爱的人摧毁精神支柱，她便没有了生的动力，而选择上吊自尽。

寻找，这种抗争方式发生在如花、丹丹、袁竹林身上都是一致的，为爱而寻找，她们寻找的不仅是爱人，还是自己的希望，是答案和交代。三个人的爱情希望在寻找的最后，都见到了对方，也都得到了令人失望的答案，失望即心死，无须再苦苦等候。

---

① 黄爱玲. 李碧华小说《霸王别姬》与影视戏剧的互文性研究 [D]. 花莲：东华大学，2013：47.

　　翁慧娟在《李碧华长篇小说中的女性书写》中认为，李碧华笔下塑造的女性人物在精神层次上、整个女性的自我定位上，试图想要突破传统的束缚，却又逃不开情感的枷锁。她们由于从小缺乏亲人的疼爱和呵护，长大后在感情上跌跌撞撞，坎坷不断，经历无数灾难与考验，终究无法获得美好结局。① 香港岭南大学的区肇龙在《试论李碧华〈胭脂扣〉中所表达的爱情观和历史意识》中认为，从李碧华的小说中可以窥见爱情文化和历史意识，是作者苦心表达的爱情观和历史意识。②

　　本书认为李碧华的小说之所以让人觉得体现了爱情观和历史家国意识，是因为每一部作品都与时代背景相结合，是大时代背景下的小人物的爱情故事，只有和时代背景相结合，才会更具备说服力；只有爱情悲剧，才能反思造成悲剧的因素，产生矛盾才会凸显社会矛盾和人性的丑恶，之后在彼此利益发生冲突的情况下，才能反映社会问题。如花和十二少的爱情受到男方家族的反对，正反映了在当时的社会背景下，封建观念导致的偏见占据上风，一个显赫优渥的家族不可能娶一个妓女进门，不管自己家的儿子多么喜欢，都是不能够接受的事实，而且无论如花怎样端庄上门表示自己是个好媳妇，会"改邪归正"都无济于事。同样的道理在根据史实改编的《满洲国妖艳——川岛芳子》中的芳子也逃不过历史洪流的主宰，她从一个被左右命运的弱女子，到勇敢抗争、体现她心目中所谓的自我价值的女魔头，再到被历史清算的女汉奸，每一个环节都与时代脉搏分离不开。

　　冬儿、如花、丹丹都选择了用死来抗争这个令她们绝望的人间，不同之处在于冬儿是在选择逃跑私奔的时候被发现的，她被残暴皇权压

---

① 翁慧娟. 李碧华长篇小说中的女性书写 [D]. 新北：淡江大学，2009：78.
② 区肇龙. 试论李碧华《胭脂扣》中所表达的爱情观和历史意识 [J]. 文学研究，2006（3）：120.

迫，不得不死；而如花和丹丹，一个为了争取现实中得不到的爱人而死，一个因为爱人眼瞎，杀死爱自己的人，又备受鸦片毒害而死。共通之处在于她们都是被吃人的社会逼死的，她们都是二十岁左右的年纪，情窦初开，对爱情抱有美好的幻想，一旦现实将这幻想击碎，她们就无畏于死亡。冬儿自己跳入炼丹炉，带着她留给爱人长生不死的希望，焚心以火；如花用死来验证感情，她认为只有和她一样不畏惧死亡，生不能在一起，死也要在一起才是真心，如若不能与她同死，也要被她毒死，她无法接受十二少独活，去和别的女人结婚生子，结果她狭隘的爱情观并没有让她如愿以偿，而是反其道而行；丹丹的自我了断，是因为她没有了生的希望，身心的煎熬让她放弃了对生活的期待，用死的方式寻求解脱，来表达她对凄惨命运的抗争。

二、用命运做赌注

除了逃跑、寻找和寻死之外，李碧华笔下的女性人物性格的独具魅力之处在于强烈的自我意识，她们不认命的同时，也非常清楚自己想要什么，并态度明晰地去执行，哪怕是力量悬殊的对抗，她们也用了极为决绝的方式，用命运做赌注去抗争各种压迫。

《霸王别姬》里的艳红，她有一个儿子，使她本就困苦的生活变得雪上加霜，除了出卖自己，她没有其他谋生的手段，为了让儿子脱离困苦，也为给自己保留一份尊严，减轻生活的重担，她决定给儿子断指拜师，学戏熬出去。能不能熬出去都是无法预知的事情，签的契约等同卖身，她抱着"生死有命，富贵在天"的心态将孩子送到戏班，用这种压上了命运做赌注的方式来抗争她已经无法忍受的生活重压。

《饺子》里的艾菁菁选择吃婴胎恢复青春，以期换回丈夫三番五次出轨的心，换回曾经对她的关爱，她信了巫术一样的信念，去吃人，不顾身体发出恶臭的反噬报应，义无反顾接替了媚姨的身份，成为杀死第三者孩子的凶手。她用重金去买媚姨的婴胎饺子，用金钱收买第三者离开，也买回丈夫的心，自己亲自杀人、吃人而毫无惧色，用这种极端变态的方式，带着不顾后果的决绝去挽回爱情，挽回她赖以生存的经济来源。

《青蛇》里的白素贞和小青为了满足自己对人间情爱的向往，幻化人形，当法海破坏白素贞的婚姻、掳走许仙之时，她们不惜用妖术水漫金山，不计后果，不惜一切代价去拯救爱人许仙。然而在发现许仙不过是一个自私、虚伪的男人，且为了保全自己的性命，辜负白素贞对他那比西湖水还要深的感情之后，白素贞用自我牺牲的方式，放弃和法海的决斗，放弃一千年的修行，甘愿被镇于雷峰塔下，只为自己刚出生的孩子，不再为不值得的爱情，她用这种决绝的方式对封建思想和男权主义进行绝望的抗争。

《诱僧》中红萼公主的结局也是死亡，但她是为了拯救爱人的生命被士兵突然刺死，红萼热烈火辣、活泼聪慧，宁可与皇权家族作对，也不肯放弃被列为叛党的爱人，出了宫门就是庶人的红萼被士兵杀死，替爱人挡住了死亡利器，她的死与冬儿的死都是为了救自己的爱人，不同之处在于冬儿被处死，自己蹈火而亡，红萼是替爱人挡剑，突发性而亡。不管选择怎样死亡，她们都是在爱情面前无畏的斗士，只可惜她们用生命保护的男人并没有像她们一样，把爱情摆在至高无上的位置。红萼这种无所畏惧的捍卫爱情的决绝，是她抗争封建王权压迫的方式。

《生死桥》里的段娉婷虽然不是李碧华塑造的一号女性人物角色，但她妖艳耀眼的外表下掩藏着对唐怀玉执着又扭曲的爱，在唐怀玉为丹丹通风报信，又决定私奔之时，段娉婷或许预感到有失去怀玉的危机感，嫉恨之心令她做出玉石俱焚的决定：给金啸风报信！利用金大佬的嫉妒心制止了怀玉和丹丹的私奔，成功拆散他们的同时，也让怀玉失去了双眼。或许这是段娉婷始料未及的惨烈，或许她低估了金啸风的毒辣，面对爱情的嫉妒心和占有欲，男人与女人并无区别。段娉婷面对双目失明的唐怀玉并不嫌弃，陪着他到杭州，成为一名伞厂的工人，照顾眼瞎的爱人一生，她也心甘情愿。是段娉婷葬送了唐怀玉的唱戏成角梦，是段娉婷害得怀玉失去双眼，这样惨烈的结局她宁可承担也不愿失去爱人，宁可毁了他，也不让他和别人走，这种变态的占有欲和《胭脂扣》里的如花如出一辙，李碧华笔下塑造的女性人物角色总有异曲同工之处。

　　这五位抗争方式决绝的女性人物，为了改变命运，保护自己的孩子，留住爱人、保护爱人，下了巨大的赌注。艳红的儿子如她所愿，真的成了角儿，却永失母爱；白素贞看清许仙之后，为了儿子甘愿被镇雷峰塔下，千年后被转世为红卫兵的许氏后代"破四旧"，造成雷峰塔倒，白蛇获救，颇具讽刺意味；艾菁菁不顾吃婴胎饺子到底有什么恶果，只要能恢复青春，她便肯一掷千金，成为一个丧失人性的食人恶魔；红萼在危机到来的一瞬，毫不犹豫地选择为爱人挡剑，她押上了自己的性命做赌注，赢得了爱人的生还；段娉婷用鱼死网破的手段，赌上了唐怀玉的安危，这种极端自私的爱情让她收获一个眼瞎的爱人，她也心甘情愿，只要能留住他，她便知足。

　　华中科技大学的聂焱在《李碧华小说中的女性形象和历史家国意识》中认为，李碧华作为一个香港女性作家，她处于一个双重边缘的位置，她的创作暗含着对现实社会的某些期许，或是认同，或是颠覆。她并没有过分张扬女性主义意识，也看不到女权神话式的崇拜，她极力赞成和推崇的是个性鲜明的女性，由被动变主动，屈从到反叛，随着情节发展一点点显露出来。① 周可在《抗争与超越：悲剧意义的形而上生成》中认为，悲剧所呈现的各种苦难形态，不管是否带有浓重的宿命色彩，都是对各种时代人类真实处境的深刻形象感悟，而悲剧主题对苦难的反抗与跨越更显示了人本身及其历史生成的激昂的悲壮感、崇高感。② 赵颖颖在《"非纯情写作"：独特的情感书写——重评李碧华的〈胭脂扣〉》中认为，"李氏奇情"并不是简单的男欢女爱，每个爱情都有很明显的历史背景，使整个作品内涵上升到能令人反思、反省的理性层面，在展现美好的同时，又潜藏着一种出乎意料的波涛汹涌，让人记忆深刻。③

这些研究者的观点与本书一致，李碧华小说的历史背景不仅交代故事发生的时代，也是人物矛盾产生的原因交代，从古代封建社会的君权压迫到近代与现代的男权主义压迫，以及从未真正消退的封建观念偏见、门第等级观念等，都成为引发悲剧的导火索。李碧华笔下的女性人物正是在这样的背景下面对种种压迫，最终选择了抗争，不管她们是为了爱情、亲情还是自己的自由，这些个性鲜明的女性都没有逆来顺受，甚至勇敢无畏地付出自己的生命。这些抗争换来的悲剧结局尽管没能让这些女性人物角色获得她们心目中的圆满，但却在短暂的生命里活出了夺目的光彩。

---

① 聂焱. 李碧华小说中的女性形象和历史家国意识 [D]. 武汉：华中科技大学，2006：28-30.

② 周可. 抗争与超越：悲剧意义的形而上生成 [J]. 青海师范大学学报，1996（1）：120.

③ 赵颖颖. "非纯情写作"：独特的情感书写——重评李碧华的《胭脂扣》[J]. 城市文艺，2008（11）：55.

第四节　女性人物的抗争结果和意义

苦难如同人生的必备品，每个人都会面对，尤其是一直处于弱势地位的女性，李碧华笔下的她们与其在各种压迫和苦难下苟活，不如挺身而出，尽全力去抗争。她们在混乱的年代和现实的社会里，无法自主掌控自己的命运，无法决定自己奉若生命的爱情的走向与结果，带着对美好的向往，点燃反抗的火焰，宁可灼伤自己，也要和命运赌一次。《秦俑》里的冬儿、《诱僧》里的红萼、《生死桥》里的丹丹、《霸王别姬》里的菊仙、《胭脂扣》里的如花、《满洲国妖艳——川岛芳子》里的芳子，她们或自尽，或被杀，抗争后失去生命，并不能定义她们就是失败的，苟活于世也不意味着成功。

《潘金莲之前世今生》里的单玉莲前世不甘，今世轮回的命运让她成为一个丧失记忆的病人，被一直钟情于她的武汝大照顾，她不能动了，想不起来了，便安心属于他了。对于单玉莲和武汝大来说，这或许是最好的结果，否则，带着前世记忆的单玉莲永远不会甘心，遗忘果然是最好的结局，开篇的孟婆说出了人生最浅显而又最难做到的道理。《霸王别姬》里的艳红，在她能力范围内的抗争行为使得她的儿子小豆子终于成了角儿，成了程老板。永失母爱的小豆子，除了时代赋予的命运危机和刁难之外，也算艳红的一种成功抗争，起码经历过功成名就，在和平年代，他随团去香港演出，与霸王段小楼叙旧、合唱、解开心中疑惑后回内地，属于善终。程蝶衣如果一直和母亲在妓院里生活，他的命运躲不开凄苦，不如学一门技艺在手，可以谋生，京戏界也多了一位表演艺术家。《烟花三月》里的袁竹林找到了廖奎，了了心愿后继续她的控诉日军之行，以高龄辞世，有圆满，也有缺憾。《青蛇》里的小青将白素贞和许仙所生之子送人后，经历了时代的风云变幻，等到雷峰塔倒，与她的姐姐痴心不改，继续前世的宿命，她们摆脱不掉，也乐在其中。《饺子》里的艾菁菁成为媚姨的接班人，成为新的刽子手和食人魔。《满洲国妖艳——川岛芳子》是李碧华作品中极为少有的一部以历史真人真名进行创作的小说，这部作品中的性别矛盾、国籍矛盾不断交错，贯穿了整部小说和芳子的一生。《霸王别姬》中的性别意识矛盾和跨越更多时代背景的故事，加上两个妓女身份的女性人物角色，"文革"这一敏感时代布景，令人物的刻画更为丰满，对表达女性人物的抗争意识效果更为强烈。《烟花三月》《生死桥》分别以战争、民国、动乱年代为时代背景，以一个女性人物的命运为主场，来表达爱而活过的漫长与短暂人生。《潘金莲之前世今生》《秦俑》《青蛇》用转世宿命论和不死的蛇妖跨越千年的传奇来讲述古今时代变迁带来的人物命运的变与不变。《诱僧》和《饺子》则用固定的一个时代内的故事来讲述前朝旧事对今日人物人生的影响，为爱成痴成狂，甚至成魔的女人，用自己最微弱的力量，拼了全力对封建势力、皇权压迫和男权主义进行抗争，为了爱情和自由，不惜舍弃生命来抗争。

　　李碧华作品中，这些女性人物面对厄运日子的伟大抗争精神，是对生命和人格尊严的仰视，与强大太多的对手抗争，这些弱小的女性人物虽败犹荣，比如袁竹林、如花、冬儿。即便像芳子那样走上歧途的女子，她也曾经为了自由而逃脱没有爱情的婚姻，即便是嫁个蒙古王子又怎样？李碧华笔下的女性人物不管是正面还是反面，对爱情的真诚与不将就，都是一致的，实际上这一点在现实中也是女性多于男性，把感情看得比一切都重要，这样的情感认知也是男女差异之一。抗争意识和抗争行为的产生，是处于绝望的女性人物在逆境中看到的渺茫希望，即便像艾菁菁那样的吃人女魔在最初也是带着追求青春貌美的美好心愿去做这样丑恶的事情的，她幻想这样的行径会给自己带来改变，她以为这样的抗争会抵御衰老，留住身边的丈夫，她如寄生虫一样的生活态度，确定了这样的想法，才会铸就悲剧。她们的抗争行为，不论结果如何，都在实行的时候给予了自己强大的信仰和力量，给爱人和孩子予以最伟大最无私的爱，对于她们自己的人生和命运来说，充满真实感，做了自己最想做的事，为了自己想要的一切，做出了最大的努力，人生的价值和意义在于行动，而不是苟且偷生、屈从迁就，她们在悲剧命运里的抗争行为是新时代女性应具备的一种精神。

第六章

电影改编与原著对女性人物抗争效果比较

第一节　电影与文学的表达效果

电影被称为"第七艺术"①，自诞生以来，在人们的生活中扮演着越来越重要的角色，从无声到有声，从黑白到彩色，与人类社会共同发展，到现在的特技，3D、IMAX 影院带来的视觉效果，完全可以以假乱真。这种综合现代艺术加上计算机特技，开始成为展现文学作品的一种重要方式，有些甚至比文学作品的文字表达更加逼真、传神，它可以给观众展现文字塑造的立体空间和动感视觉效果，给不同的观众以身临其境的感官效果。文学作品虽然达不到这样的视觉效果，但是文字所营造的语言感染力和想象空间，给予不同的读者以不同的效果，比如唐诗中的七言绝句，文字则比电影更具备有力的表达效果，短短七个字所描述的意境是汉语文化的精髓，只有懂的人用心才会体会到，不是任何摄像

---

① "第七艺术"，1911 年卡努杜发表了"第七艺术宣言"，将电影作为独立于建筑、音乐、绘画、雕塑、诗歌、舞蹈之外的新的艺术形式。

头都能拍出来的效果。

电影与文学各具特色，文学有电影所不能改编和表达之处，比如心理活动、情绪变化等内在因素也取决于演员的水平，而文字表达则可以让不同层次的读者心领神会，不会像观赏影片那样千人千面，或者解读误差较大。当今的影视剧不仅带红一批导演和演员，也捧红了原著作者，比如早些时候的琼瑶小说《还珠格格》，风靡华人世界，并在红遍海峡两岸暨香港之后不断在各大电视台重播，后期趁热制作续集，借助余热再次翻拍；海岩的三部曲《玉观音》《拿什么拯救你，我的爱人》《永不瞑目》小说和电视剧一样火爆荧幕，并都被作为经典进行翻拍；近几年创下收视高潮的《甄嬛传》，作者流潋紫又写了续集《如懿传》，带来一波又一波的收视热；电影方面有早期的苏童小说《妻妾成群》被张艺谋拍成电影《大红灯笼高高挂》；风靡一时的《鬼吹灯》《盗墓笔记》系列，在电影、电视剧都占有一席之地，佳作不断；冯小刚的《芳华》则改编自海外华人女作家严歌苓的作品；当下大热的《流浪地球》则来自刘慈欣的科幻小说，截至 2019 年 3 月 11 日票房已突破 46 亿。以上由文学作品拍成的影视剧作数量众多，不胜枚举，电影与文学的关系密不可分，电影需要好的剧本，文学作品在创作之后，由电影的先声夺人，往往再次翻红，两者互相成就。

当然，也不是所有的文学作品都适合拍成影视剧，尤其是电影，由于时间限制，它不像文学作品一样，事无巨细，不限篇幅，全方位展示，为了凸显主题，迎合市场需要，考虑票房等因素，往往要做出删改，小说原著就成了加工前的素材。在导演、编剧等不同主观的剪裁下，再配合演员的演技，很可能拍出来的成品并没有很好地表达作者的意图，比如金庸的武侠小说被拍成无数版本的影视剧作，但他本人认可的极少。很多经典名著被拍成影视剧后，获得差评的也不少。影评人老廖认为当文学作品改编成影视剧时，时空转换处理是一种经验性的技巧，运用不好就会弄巧成拙，比如海明威的《老人与海》改编成电影之后，被作者本人认为是好莱坞犯下的错误；2002 年北京台翻拍的《阿 Q 的故事》把原著改得面目全非，只剩下滑稽无聊和低俗之感①。这样失败的影视剧作改编会淡化观众去阅读原著的兴趣，一味迎合市场去贸然改编明显不是好办法，且并不能让文学作品的精华部分呈现在大银幕上，甚至还会对原著造成负面影响。

首先，适合改编为影视作品的文学作品通常要有很好的观众基础，比如这个作家拥有固定的读者群体，多年来佳作不断，推陈出新，有较高的呼声，读者希望能够在大银幕上看到喜爱的作品，由喜爱的演员去演绎成活生生的故事场景，比如《琅琊榜》《山楂树之恋》在影视剧大热前就得到了预备观众们的呼声。但有些看似趁热打铁的作品由于"本尊"质量太高，"高仿"的作品往往欲速则不达，令人失望，比如同样由孙俪主演的《芈月传》，收视及口碑都大大不如《甄嬛传》，故事情节略显烦琐和刻意讨好观众，有东施效颦之嫌。

其次，系列型的影视剧作更容易长青，比如《哈利·波特》系列、《鬼吹灯》系列，围绕一个主题，不断更新情节，吸引固定观众群体。这个案例里的前者比后者更为成功，主要源于制作团队的优良和作品、演员、读者、观众的一同成长；《鬼吹灯》系列则版本过多，制作团队不固定，各种版本水平各异，风格各异，没有形成该系列打造的品牌。

最后，故事好看，拍摄可能性高，也是一个重要因素。如果文学作品中的场景较难呈现，受到资金和拍摄水平限制的剧组很可能就会选择放弃或者进行大量改动，这样就会与原著差异较大，不被读者认可。比

---

① 来自网络资源：老廖观影，查询时间：2018 年 10 月 16 日。

如《甄嬛传》中流潋紫在原著中呈现了一幕异域猛兽突袭皇帝，被妃子所救的场景，在电视剧中则用其他危机代替这危险系数过大的场景，但却影响了对皇帝冷漠自私嘴脸的刻画，对有着驯兽特长的叶澜依的个人魅力展现也有所欠缺，相比之下，原著作品更为精彩。

由于李碧华的香港作家身份，她的作品绝大多数也被香港电影人拍摄制作，她的作品大多符合第一点和第三点，后期创作的鬼魅系列小说符合第二点，香港电影以"杀出阴司路，重振港产片"为口号，开始将李碧华撰写的鬼魅系列小说编排成电影，如《奇幻夜》《迷离夜》。但由于考虑题材问题而直接放弃了内地市场，导致影片知名度不大，小说作品也没有她原先的作品名气大，导致这个系列并没有像《哈利·波特》系列那样风靡全球，失去了庞大的内地市场的拥簇，就注定不会影响到整个华人世界。她的其他作品创作时期较早，数量较为丰富，有相当的读者缘，故事场景展示在现代电影技术下丝毫不受影响，她的特长在于对人性的刻画，对演员的演技要求较高，故事情节的跌宕与风格独特，成为很多导演的心头好。来源于《羊城晚报》的一篇《香港电影回归路：寻欢有学问　低俗不简单》认为，在 2000 年后，港产片经历巅峰开始下滑，内地电影业发展迅速，香港电影人也在寻找进入内地市场的方法，比如《寒战》的监制蒋志强和邓汉强招来金像奖班底，包括金像影帝梁家辉和任达华，来迎合内地观众。他们虽然垂涎内地市场，但很多类型的电影都不能获得审批，当年在外埠大受欢迎的港产片已风光不再，但他们的野心明显不仅限于香港本土。[1] 李碧华作品改编的电影也体现了这一点，除了《霸王别姬》由内地导演陈凯歌掌镜外，其他大多是香港电影制作团队，港风十足，为了电影市场需求，对文学

---

① 香港电影回归路：寻欢有学问　低俗不简单 [EB/OL]. 人民网，2013-03-26.

作品的改动也是必需的。

第二节　李碧华影视作品与文学作品之对照

　　李碧华的这十部作品除了纪实文学《烟花三月》之外，其他都有被改编成影视剧，其中以陈凯歌①的《霸王别姬》最为有名，这部电影在 1993 年荣获法国戛纳国际电影节最高奖项金棕榈大奖，成为首部获此殊荣的中国电影，也是迄今唯一一部同时获得戛纳国际电影节金棕榈大奖和美国金球奖最佳外语片的华语电影，并在 2005 年入选美国《时代周刊》评出的"全球史上百部最佳电影"。这样优秀的电影作品，李碧华功不可没，小说与电影相辅相成，互相成就，李碧华因为影视剧的大热，再次受到关注，蜚声华人世界。

　　本书研究范围内的九部被改编成影视剧的作品，除了《生死桥》为一部三十二集的电视剧之外，其他都以电影形式登上大银幕。电影《霸王别姬》中有对艳红母子困苦窘迫生活的描写进行删改，却没有交代她要送小豆子学戏的原因，因此对表达艳红这个本就昙花一现的边缘女性人物的抗争意识效果更淡薄；结尾的重大改动不涉及本书需要探讨的女性人物，其他变动亦是如此，故本书不做探讨。《秦俑》《诱僧》《饺子》《川岛芳子》《生死桥》这五部影视剧与原著基本一致，无明显改动，只是文学作品和影视剧作的表达方式不同而已。分析与探讨李碧华文学作品和影视剧的文献有很多，本书仅围绕女性人物展开探讨，

---

　　① 陈凯歌，中国内地导演，是中国第五代导演的代表人物之一，代表作《黄土地》《孩子王》《霸王别姬》《荆轲刺秦王》。

在李碧华原著作品中涉及女性人物命运部分有改动的有三部：《青蛇》《胭脂扣》《潘金莲之前世今生》，本书就女性人物抗争意识效果表达方面，对电影和原著进行对比分析。

一、《青蛇》

电影《青蛇》于 1993 年出品，由香港导演徐克执导，张曼玉、王祖贤、赵文卓、吴兴国主演，这部电影虽然当时没有拿很多奖项，也没有造成多么大的名气，但在 26 年后的今天看来，不失为一部佳作。小说中以小青的第一人称做口述，她既是参与者又是旁观者，时不时对白素贞、许仙、法海做些调侃和评说，电影中则淡化了这一特点，着重于对人性与佛性、本能与欲望、人与妖到底有何区分做深入探讨，对法海的本能欲望比小说探讨得更深、更多。

小说中的白素贞对许仙一见钟情，吸引他、讨好他、善待他，甚至不惜与小青一度相争，在明知许仙出轨小青的情况下，她也佯装不知，阴沉的表情会在见到许仙之后迅速变成温柔的笑脸，并选择原谅他；在明知许仙听从法海建议，故意引白素贞喝下雄黄酒的时候原谅他；在水漫金山救出许仙未遂后，又被许仙引路带来的法海镇压她的时候，还是不肯怪他；在生死关头，许仙选择躲在法海身后，放弃为他宁可牺牲生命的白素贞的时候，白素贞选择醒悟和放弃，却依然没有伤害他。电影中的白素贞比小说中的人物形象更具备女性主义色彩，没有一味地选择隐忍，比小说中的形象更加泼辣、独立，极有心机，她为了消除许仙的猜疑，主动饮雄黄酒给他看，让小青藏匿湖中，以怀孕为由，让小青离开；而小青则是比小说中的人物形象更天真直率，她没有像原著中那样把针扎进白蛇的七寸之处，迫使她现出原形，将嫉妒心战胜了五百年的情谊。电影中的白蛇更狡猾，青蛇更单纯，这一点和徐克将许仙变为一个软弱善良的书生有很大关系，与原著中那个奸诈狡猾、善于掩饰、自私猥琐的许仙截然相反，电影中的许仙在劝白素贞喝雄黄酒的时候胆战心惊、犹豫不决，最后偷偷倒掉了雄黄酒，并扔掉法海给他的佛珠，极力劝青白二蛇逃难去；在他被法海掠走之后，他满心不情愿想要回家，反抗不过，被落发为僧，被封住五音与识觉，在被小青找到之后，小青终于像人类一样落泪；许仙像个被抽空灵魂的盲人，茫然地四处张望，寻白素贞不得的小青认为他背叛了白素贞，怒而杀死了这个引发一切故事和悲剧的祸端。

小说与电影的最大改编之处在开头和结尾，影片开头的法海主动让小青试探他的定力，失败就放她走，却因为自己修行不够，破了色戒，恼羞成怒，发誓将青白二蛇妖收服，免得被世人知晓他的糗事，此时的法海具备更多的是人性的弱点；而在原著作品中，法海并没有被小青勾引成功，还奚落小青并不是人类，这点真实展示人性方面，电影则更胜一筹。小说中的许仙是在白素贞要被法海镇压的时候，害怕连累自己，放弃保护白素贞母子，胆怯地躲在了法海身后，被小青怒而杀死；电影中则是寻找生子后落水失踪的白素贞未果，小青痛下杀手，许仙的自私、懦弱和对白素贞的无情没有小说展示得更多，小说中白素贞为许仙所做出的牺牲、付出，和面对法海对两人感情的阻挠而做出的抗争和努力，在许仙放弃保护她的一瞬，烟消云散，瞬间瓦解，而选择甘愿被镇。此处对比，小说对女性人物的抗争意识的表达效果更为强劲有力。

电影结尾处法海见白素贞在水漫金山时产下了人类的后代，他震惊之余又有些慌乱地大喊数声："白素贞产子了！"他深信人是人，妖是妖，不是同类，不能结合，执意执行他心目中的公道，也为了挽回他在小青这个妖面前失去定力修为的面子，执意拆散白素贞和许仙的婚姻，但此刻的妖却生出了人类的后代，白素贞已经修炼为人，是法海没有想到、也无法接受的。洪水中的白素贞向法海求救，法海接过白素贞拼命在水中举起的婴儿后，这个被他视为孽障的蛇妖，用最后一点母亲的力量去保护幼子，随后被大水淹没，白素贞用付出生命的方式去抗争这个非要给予她偏见的压迫行为。由于电影中的许仙不像小说中塑造的那样猥琐、虚伪、自私，许仙劝阻白素贞喝雄黄酒，也为青白二蛇通风报信来躲避法海，小青却在寻白素贞不得愤而杀掉了许仙，此刻的怒杀显得有些绝情和唐突，由于李碧华也参与了电影的改编，或许为了增添悲剧色彩，凸显小青失去白素贞而迁怒于许仙的狠辣。小青随后潜入水中游走，她认为人类都不知道情为何物，也不及妖的情深义重，她对人间的向往和留恋，在此刻化作了失望和厌恶，电影中的故事也到此而止。

　　小说中的白素贞被法海镇压到雷峰塔下之后，幼子被小青送与一户看起来还算像样的人家，小青便隐居于深山，直到"文革"的时候，雷峰塔被"破四旧"的许仙后代推倒，白蛇出动，痴心不改，再度轮回。电影中的表述更为决绝惨烈，没有小说里那么浪漫和完美的结局，小说体现了李碧华的宿命轮回思想，电影里体现了导演徐克的风格，结局更为利落，将想要表达的主题充分展现之后，没有再进行后续。相比之下，电影对女性抗争意识的表达更为有力，小说中的再度轮回，青白二蛇不顾前世的惨烈，今生仍旧无法放弃和许仙的纠葛，忘记受过的教训，再度对人类用情，由此看来，之前的努力和抗争就显得有些让人唏嘘。

　　这部作品本就是李碧华根据家喻户晓的白蛇故事改编，只不过她颠覆了传统的白素贞为主角的结构，小青不再是个只会跟班捣乱的次要角色。李碧华赋予了小青侠客般的风骨，在善于拍摄武侠电影的徐克手里，张曼玉将小青的侠气演绎得淋漓尽致，她热情、直率、调皮、真实，像个不谙世事的孩子，处处模仿人类、模仿白素贞，镜头不断切换她的动作模仿来源，甚至看到白素贞落泪，她也幼稚地以为把白素贞的泪水抹到自己眼睛下也算流泪。直到最后她不断探寻人间的真情，她看到许仙放弃白素贞而出家的时候，流下了自己的眼泪，终于真正成为有喜怒哀乐的人类，尤其在最后结局的紧要关头她救白素贞、杀许仙，完全脱离了一个柔弱的古代女性形象。青白二蛇也不同于其他同类小说中的人物风格，不管是《白蛇传》①《白娘子传奇》②《白娘子永镇雷峰塔》③和相关其他影视剧作都是传统的白蛇贤淑良德，温柔体贴，青蛇调皮可爱，青蛇以丫鬟身份跟随白素贞，李碧华笔下的青白二蛇却更具人性的真实，因嫉妒相争斗，因爱情而迷惑，具备古代封建礼教压迫之下难得的女性主义特征。尤其是被李碧华颠覆传统，立为主角的小青，她不再是白素贞盲目的追随者和崇拜者，看到姐姐痴迷许仙她时而羡慕，时而嘲讽；羡慕的时候她去争许仙，不顾及白素贞的警告和愤怒，只为满足自己对情爱的好奇，这一点在电影里比在纸上的文字中更为生动，青白二蛇眼神交流，道尽了一切小心思；李碧华塑造的小青甚至比一直唱主角的白素贞更有主见和智慧，她挑衅法海、勾引许仙、不再同意白素贞因痴迷许仙而一错再错。由于电影与小说中塑造的许仙形象不同，对小青及早看穿许仙，并刺死他的果决冷静，这一点在电影上不及小说中展现的人性深刻。而展现法海以佛性对抗人性，让小青考验他定力的失败，又一次发挥人性的真实，掩饰自己的慌乱和挽回面子而决定诛杀青白二蛇，在这一点上，电影则更胜一筹。

---

① 《白蛇传》，又名《义妖传》，清代乾隆三十七年前后的弹词作品。
② 《白娘子传奇》，发生在宋朝的民间爱情传说。
③ 《白娘子永镇雷峰塔》，明朝文学作品，见于冯梦龙编辑的《警世通言》第二十八卷。

二、《胭脂扣》

电影《胭脂扣》于 1988 年出品公映，香港导演关锦鹏执导，梅艳芳、张国荣主演，如花扮演者梅艳芳因此片荣获香港金像奖、台湾金马奖最佳女主角，《胭脂扣》获第八届香港电影金像奖的最佳导演、最佳原创电影歌曲等奖项，再加上当时梅艳芳有香港当红歌手的身份，令这部电影一时风头无两。2003 年，已成为香港影视歌三栖巨星的张国荣和梅艳芳二人先后以令人扼腕的方式陡然离世，使得这部两人合作完美的电影成为绝唱，令广大影迷叹息，继而成为经典影片之一。电影由于拍摄制作时间所限，不会将小说中所有的细节呈现在大银幕上，比如这部电影将永定和阿楚的恋爱逗趣细节和心境做出部分省略，也没有提及两人的生活状况和姐姐的事情，只为凸显如花和十二少的主要地位。

小说中被十二少的父母双亲坚决拒绝的如花，做了力所能及范围内的所有努力去争取认可未遂后，两人依然情比金坚，十二少为了表明自己的决心依然没有低头，为了如花离家出走，这一举动也成为如花多年后回忆起他的甜蜜之处。十二少在如花的多方打点下，进入戏班学戏，自食其力，和如花一起抗争封建家庭的偏见和阻挠，如花为了让他少吃点苦，从另一个男人那里拿到钱去打点师傅，不让十二少去干一些如倒水洗脸、装饭拨扇、抹桌抹床、倒痰盂等杂役常务，体现了如花个性中的独立，以及她对十二少的百般呵护；而电影中的十二少为了如花进入戏班做学徒，却吃尽苦中苦，心甘情愿伺候师傅，勤快地倒痰盂，与先前的少爷形象强烈对比。电影里有导演对张国荣的偏爱，刻意加戏份美化痴心形象的成分，但这种清苦的生活终究不是一个少爷能熬得过的，小说比电影更深刻刻画了这一点："十二少经常无故吵架或者关门痛哭，来发泄他离开家庭经济支撑后，又无法自立于世的苦闷。"

所以小说中的十二少有明确向如花提出分手，因为抵抗不过家族的反对，他决定放手，如花才决定以死相抗；在电影里十二少并没有向如花提出分手，两人一直感情甚笃却无法结合，最终和如花选择一起死。小说中十二少并没有吞食鸦片，只是拿起鸦片的时候如花已开始毒发，十二少是因为酒里的安眠药而中毒昏迷，两周后被家人倾力救回；电影中的十二少是在喝掉毒酒后，看见如花毒发惨状受到惊吓，也开始毒发昏厥。这些细节上的改编，本书认为小说中被分手的如花有因爱生恨的成分，更加合乎情理，从而导致她在酒里下安眠药，也有一点点对十二少最终决定绝情放手的怨恨；而电影中没有提分手这个细节，更加加重了如花对爱情和爱人的占有欲，自己爱而不得，也不想给别人得到的机会，这种略显偏激的抗争心态表达则更加强烈。

这部电影与李碧华原著的最大改动之处仍在结尾，在于如花是否见到十二少，他们有没有互动，在影片中直接给出了答案。小说中的如花被带到片场寻找十二少的时候，袁永定让她自己去辨认，相信她一定认得出，但如花却在仔细辨认后，无声消失，小说开放式的结局给予读者遐想，并没有明确交代。如花在阴间等了五十年之久，用来生的阳寿换取七天时间上来寻人，还不惜牺牲来世福报，又多滞留一天，所以见不到十二少的如花是不可能悄然离开的。可是见到十二少的如花不辞而别之后，袁永定和阿楚看见的十二少如往常一样自言自语，感叹自己的年衰体弱，情绪没有太激动的表现，由此可以推测如花很可能见到十二少之后，心灰意冷，并没有与他对话，便淡然离去，得到了自己想知道的答案，是心死和绝望。在电影中，如花找到了老态龙钟、穷困潦倒的十二少，他闭上眼睛准备睡觉的时候，如花穿着旗袍平静地走过去，在十二少的耳畔唱起了当年他们一见钟情的粤剧《客途秋恨》的经典唱段：

"你睇斜阳照住个双飞燕……"这句唱词复苏了十二少的记忆,他从惊讶到不敢相信地仔细端详如花,他没忘了她。如花见十二少记得她,谢过之后,把手中的定情信物胭脂扣还给了十二少,说:"这个胭脂扣我戴了五十三年,现在还给你,我不再等了。"随后匆匆离开。十二少拿着胭脂扣,惊慌又内疚地追在如花身后,呼唤她的名字,如花泪流满面却表情坚毅,头也不回地消失在夜色中。此刻,电影音乐起,是梅艳芳演唱的"誓言幻作烟云字,费尽千般心思……",这首由邓景生、黎小田创作的歌曲哀怨又深情地唱出了如花的心里话。如花的"错付千般相思、痴情枉倾注"是真,但"负情是你的名字"这句来讲十二少,本书认为欠妥。十二少在原著和电影中都没有吞下太多鸦片,就因如花先在酒里放的安眠药而晕倒,后被家人所救,而求生是人的本能,死过一次的十二少怎会再次伤害父母去寻死,不死就是负情,未免过于武断。

小说比电影多交代了他之后娶妻生子后的不可心:对待妻子冷漠,不闻不问,与自己儿子的感情也很淡薄,以致他年老的时候儿子提起他还很有怨气,怪他对自己母亲不好,也不关心他的死活。这些迹象说明他苟活人间的五十多年并不幸福,还在老年失去了一直让他引以为傲的三间海味铺少东家身份,在他心里,最爱的人还是如花,并没有忘记如花,在五十年后如花一开唱腔的时候,年老的十二少一下便想起了她。十二少和生前的如花一起抗争封建家族的偏见和阻挠,甚至不惜为此放弃家族带来的荣华富贵,就今天的视角来看,并不是非要与如花死去就不算辜负。两人完全可以活着抗争到底,是如花的绝望让她再也支撑不住,也是她的占有欲让她对十二少狠下毒手,一定要十二少和她一起死,如花的决绝和对爱情偏激的占有欲让人敬畏,也让人恐惧。电影中的结局比小说中的结局让人心安,让如花这个人物的悲情形象更加丰满，让大家看到了如花和十二少经历生离死别之后，再次相遇的态度，如花用生命抗争的结果有了明确的答案，与开头两人相遇的场景相呼应，跟原著相比，电影对如花这个女性人物执着追寻的刻画更加明晰，也凸显了标题"胭脂扣"的存在价值。

三、《潘金莲之前世今生》

《潘金莲之前世今生》是一部于 1989 年出品的香港电影，由罗卓瑶①执导，王祖贤、单立文、曾志伟、林俊贤主演。由于影片中有部分"文革"时代背景的戏份，所以由香港导演和演员来表演这段戏非常具有挑战性，单玉莲的饰演者王祖贤演绎古代、现代两种身份角色，妆容变化中引导观众时空穿梭。电影与小说故事情节大体一致，改动部分为结尾处潘金莲的转世——单玉莲的结局，与小说中的大有不同。原著小说中的单玉莲在结尾处为了摆脱紧攀着她车门部位的武龙，车速过快乱闯，将武龙在窄巷子里夹死。单玉莲慌乱之中开车送他去医院的路上，想起前世，神情恍惚，车子被撞燃烧，她被甩出保命，但人已经废掉，前世杀死她的武龙死于她手。其他人的命运李碧华也再次发挥她笃信的宿命论，在小说中都有所阐述，也表明了她自己这样安排的原因。

　　假如没有因果报应的话，便只是一些过程和片段。世上没有惊天动地的大事，有的只是民生小节。

　　武汝大没有死，他的体能竟变得很强劲。

　　Simon 没有死，他半身不遂，再也不能人道，享受不到人

---

① 罗卓瑶（1957 年—），导演，编剧，制作人，毕业于香港大学，代表作《诱僧》《秋月》《如梦》《潘金莲之前世今生》。

生最大的欢娱。

武龙死了，他是死于意外。

——如大家相信因果报应呢，才会恍然顿悟：

武大是个好人呀，他前世被鸩杀，死得不明不白，今生应该得到补偿，给他一些"奖品"，世道方才公平。

西门庆骄奢淫逸，沉迷酒色，享尽人间美女，专一嫖风戏月，粉头都归他手上？妒忌天下男儿！所以他今生只受用到三十岁，武功也就废了。当然此人并无杀人之心，罪不至死，今也就留下来。

武松虽一介武夫，亦一条好汉，但前世连杀二人，出手狠辣，今生也应赔上一命了吧。

然而今生过了，来世又将如何？

武大不忿遇害，他要报仇。西门庆不忿遇害，他要报仇。武松不忿遇害，他要报仇。冤冤相报何时了？

难怪黄泉路上有"孟婆亭""驱忘汤"了，难怪亡魂喝过三杯，前事浑忘，好再世投胎，重新做人，不知有多快乐。

孟婆说得真对！①

李碧华在这段文字里交代了她给每个命运安排的结局和原因，再次表达了她笃信佛教的因果报应和宿命轮回。武汝大因祸得福，没有被毒药毒死，反而更加强壮，是他的前世不幸对他今生的亏欠和弥补；单玉莲前世被武龙杀害，今生换她杀死武龙，自己因为用情不专，利用武汝大的感情换取物质生活后，又想要和武龙在一起，再次被情所害，变成

---

①　李碧华. 胭脂扣［M］. 北京：新星出版社，2013：246-247.

只会傻笑的废人；Simon 作为西门庆的转世再次害人，他生性浪荡，也变成了无法继续作恶风流的废人。李碧华表达了"冤冤相报何时了"的观点，再次转世的他们应该喝下孟婆汤，重新来过，而不是再度上演悲剧。而电影中的单玉莲则是在逃脱的路上，慌乱中撞车，车子爆炸，她与武龙在火光冲天中同归于尽。这两种不同的结局，只是单玉莲的一个生、一个死的结局，但生的结局也是生不如死，这样的她才会安静地完全属于武汝大，只是李碧华想给武汝大一个安慰而已，也是给一直对社会欺压和男权主义进行反抗的单玉莲一个让人心宽的善终，相比之下，电影的结局更为悲情冷酷，让人扼腕叹息。单玉莲在目睹了 Simon 惨死在武龙手卜之后，恐惧之中她发动汽车引擎，慌乱中的她没听清楚武龙在车窗外喊的话，他想和她一起离开，他终于答应和她一起离开，她却因为前世记忆，只想逃脱。多么可悲的女子，在心爱的人的大哥被毒死，自己杀人之后，他才有勇气决定不顾一切和她一起离开，自己最想听到的话竟然是在怕被他杀死的脱逃之路上，当她想救他，听清楚他的话之后，为时已晚。他们在漫天飞扬的《金瓶梅》书页当中无从选择地同归于尽，正应了《金瓶梅》开篇那句："单道世上人，营营逐逐，急急巴巴，跳不出七情六欲关头，打不破酒色财气圈子。到头来同归于尽，着甚要紧！"李碧华小说中的《金瓶梅》原著的内容不断闪回，穿插于现代故事中，在电影中则体现为单玉莲的前世记忆不断闪现。单玉莲这个不被命运偏爱的女子，在前世今生都被男权欺凌、被社会压迫、被感情所伤，想要物质，又想要爱情的贪心女人，最终用生命突然终结的方式结束了她的抗争。

综上分析，电影与小说原著涉及女性人物命运改动最大的部分多在结尾处，李碧华虽有参与到电影剧本的改编工作中，但她毕竟不是专业的电影人，电影最终还是导演的主要意图体现。小说中的结尾带有李碧华的特质，她笃信宿命轮回，在《胭脂扣》中借袁永定之口传达了随后去投胎的十二少和如花去投胎的日子差不多，是年龄相仿的男女，必定有前世牵连而再续姻缘，电影中则利落果断离开，留下追悔莫及的十二少；《青蛇》中的结局也是白素贞被救，在现代与小青、许仙转世再续前缘，比电影多了些喜剧、讽刺色彩；《潘金莲之前世今生》中的小说结局也比电影多些令人宽心的效果，每个人都因为前世的因得到了今生的果，善恶终有报，电影里则是悲情的惨烈收尾。影视与小说哪一个结局更好，是仁者见仁，智者见智，不同的人会有不同的见解，本书仅对女性抗争意识表达效果做上述分析，供其他学者参考。

很多人知道并了解李碧华都是从电影开始的，然后才是小说，说明在现代社会的影视传媒比纸质传媒更具影响力，除了给李碧华带来更加丰厚的收入之外，也扩大了她的知名度，使她的小说也随之大卖，这就很有力地反驳了有人认为电影终结文学的说法。只不过现代社会节奏加快，网络及电子产品日渐普及，成为人们生活中无法离开的设备，在网络上获取影视资源往往比传统纸质书籍更为便捷。当今这个电子传媒时代，电影比小说拥有更加快速地进入大众视线的条件，但由于片长所限，不能一一展现文学作品中的细节，相比之下的文学作品则能让人细细品读，更好地领会作者意图。

第七章

研究成果与未来展望

第一节　研究成果

一、写作局限

　　李碧华这十部脍炙人口的文学作品刻画了一幅可以反映社会现实的女性命运的巨幅画卷，这画卷的背景就是随着时间流逝而不断变幻的大时代背景。社会背景影响了文学创作，文学创作反之又反映了社会现实，这些作品代表了她自己的风格，这种风格的形成因素综合了本书的上述分析，影响这抹香港文坛的另类色彩的形成因素繁多，主要由香港本地数十年的生活经历和香港精神观照、理念灌输，形成了她颇具港风特色的作品风格；而脱离内地一百多年的香港，只是政治统治上的形式脱离，实际上在文化沿袭、精神皈依等方面一直与内地难以割舍，内地的一举一动都会影响到香港，内地始终映照着香港，香港又像是一面镜子，既有英国人统治的制度和风气，又反映着内地的大风向。在香港波折的历史上，不得不提的就是"九七"回归，本书就回归前港人的担忧和回归后的两次香港社会震荡——"非典"及经济危机，分析这些社会背景带给香港人生活上的影响和情绪上的慌乱不安，以及其在李碧华文学作品中的反映。

香港与内地有太多的不同，其中影响到李碧华创作风格之一的因素就是香港的宗教以及李碧华本人笃信的佛教思想。香港宗教种类繁多，信徒众多，宗教机构和组织也很繁杂，但都形象良好，积极投身社会公益事业，以教会名义开设众多学校、医院、慈善机构，并积极与内地宗教团体联系，致力于祖国的统一大业，在香港市民中拥有极高的赞誉和口碑。香港宗教团体平日里发放宣传印刷品，定期出版，很多上流社会人士也有加入，并以此为社交契机，扩大人脉，获得商机等。李碧华身在香港这座城市不可能无动于衷，她的文学作品中不断体现的轮回宿命论均来自佛教理念，她相信人有轮回、有命中注定，在纪实文学《烟花三月》里也用六爻问卦去给寻人之旅解除迷惘；《潘金莲之前世今生》中她为前世不肯安心喝下孟婆汤投胎的潘金莲安排现世果报；《秦俑》里她为义无反顾为爱牺牲的冬儿写了两度转世，弥补她前世的缺憾；《生死桥》里为三个人纠缠不清的命运早早定夺，每个人都躲不过最后的宿命结局；《青蛇》里白素贞的痴爱一场空，为她出雷峰塔之后安排了与许仙转世再度重逢；《胭脂扣》里她为死后仍不甘心转世的如花安排了阳间八日寻人，为苦等的五十三年寻得一个死心的答案。其他不在本书研究范围内的作品如《荔枝债》《迷离夜》《奇幻夜》等，都有灌输到自己对佛教理念的理解，这种宗教观为她提供了写作素材，对她作品的结构走向、总体风格都有着主导性的影响。

李碧华作品的另一个重要特点就是她的小说都有一个清晰的大时代背景，人物命运的跌宕起伏、故事情节的曲折进度都与时代背景息息相关，最具代表性的《霸王别姬》跨越了半个世纪的传奇故事，从北洋军阀混战时期到抗日战争时期、新中国成立初期、"文革"、改革开放初期，无名小人物的命运是时代布景下的舞台，他们的命运与时代变幻紧紧拴在一起，没有主宰他们的人生，却也左右了他们的走向。比如在混乱年代被母亲送到戏班的小豆子，被变态的老太监这种封建时代的特殊身份之人凌辱，加上唱戏的角色，影响他的性别意识；抗日战争年代他和菊仙、段小楼三人的恩怨纠葛因是否该为日本人演出而形成矛盾；新中国成立后的各种政治运动又使得他们三人的恩怨爆发，人性的恶毒和丑陋在尖锐的批斗下到达顶峰而迸发，直接导致了菊仙的死亡。古代背景的《秦俑》《诱僧》《青蛇》因封建君权统治下的压迫和男权主义欺压而形成悲剧；《烟花三月》《生死桥》《满洲国妖艳——川岛芳子》《胭脂扣》里的女性因为战争动乱、时代赋予的政治使命、封建礼教偏见走上悲剧的道路。每个边缘人物都无法脱离时代背景而单独存在，即便不是王权富贵，不是主宰社会主流走向的上层人物，也被时代的大方向左右命运。李碧华除了纪实文学《烟花三月》和历史人物再加工的《满洲国妖艳——川岛芳子》之外，这样的时代布景让她其余的小说也充满真实感，也能承前启后，利用时代的风云变幻，演绎出命运的不平凡，便于推进激化矛盾的情节发展。

香港岭南大学李子翘在《论李碧华小说"神怪叙述模式"的效果与作用》中认为，鬼怪题材并非偶然出现，而是一直得到李碧华本人的喜爱，她借古讽今、旧故新绎，连接内地和香港，引出香港主题。[①] 与本书观点一致，李碧华作为香港本土女作家，站在香港的角度，受到香港精神的熏陶，沿袭与内地割不断的文化血脉，并巧妙运用佛教禅宗思想，

---

① 李子翘. 论李碧华小说"神怪叙述模式"的效果与作用 [D]. 香港：岭南大学，1998：10.

以宿命轮回观念为轴，铺展一幅令人拍案叫绝的爱情传奇画卷。她的作品受到的赞誉不少，但也不是完美无缺，她在作品中不断提及"文革"，被人诟病为"文化大革命堆砌"，一是为了迎合市场需要，对政治敏感话题进行写作，本来就是海外华人和外国人的关注点；二是由于人的劣根性，只有在那样特殊的时代背景下，才能逼迫人性的丑恶迸发出来，才会有人为了维护自己的利益或者跟随大众趋同化而践踏别人。

藤井省三在《小说为何与如何让人"记忆"香港》中认为，香港这个移民社会在本质上做出改变的契机便是 1967 年为了迎合内地"文化大革命"的反英暴动，暴动结束后香港政府开始策划以经济成长和住宅为中心的"公共政策"，借此"与过去做根本的决裂"①。虽然只持续了几个月，也充分体现了内地对香港的影响是无法避免的一个大环境，李碧华虽然经历过这样类似于"文革"的政治动乱，但时间短，她的年纪小，她本人是从大量的影音及文字资料获取信息进行小说场景再现。情景复原很成功，她掌握了当时大量的口号、批斗形式等，但她冷漠讥讽的笔调只是打造了一个惨白的社会，她没有身在其中，看到的只是表象的寒冷刺骨，与内地作家描述这段特殊时期的不同之处在于，内地作家将人性的两面进行展现，既有政治动乱带来的残暴行为，也有十年间上山下乡的知青们在广阔天地间的激情岁月记事。李碧华在《霸王别姬》中的结尾，段小楼和赴港演出的程蝶衣相会时，她感慨香港的小孩最幸福，对比内地的小孩，足以展现其视角的狭隘，以点带面地去评价这一场浩劫，明显不够全面。人性的凉薄和市侩展现得真实淋漓，但人性中因为对爱的渴望而留有的真情、对国家的热爱而从未丧失的激动，这是一个香港女作家没有切身感受而观照不到的地方。

---

① 藤井省三. 活泼纷繁的香港文学——一九九九年香港文学国际研讨会文集（下册）
[M]. 香港：香港中文大学出版社，2000：566.

　　另外可以证明她因资料所限而造成写作限制的就是本书发现她在《潘金莲之前世今生》和《饺子》里反复提到同一首代表"文革"时代的红歌——《洪湖水浪打浪》，足以证明她对内地了解的局限性，风靡内地的红歌有很多，比如《太阳最红，毛主席最亲》《翻身农奴把歌唱》《阿瓦人民唱新歌》《北京的金山上》《读毛主席的书》《革命人永远是年轻》《解放区的天》《黄河大合唱》《毛主席的光辉》《敬祝毛主席万寿无疆》《毛主席的书我最爱读》《毛主席是咱社里人》《毛主席的著作像太阳》《十送红军》《天上太阳红彤彤》等很多脍炙人口的歌曲，名气和流行程度也不比《洪湖水浪打浪》要低，但是因为地域所限，《洪湖水浪打浪》作为电影《洪湖赤卫队》的主题曲，或许更容易被港人所熟知而已。如果作为亲身经历者或者身处环境之中的内地作家，就会有更大范围的选择，根据不同的故事选择更为合适的红歌来陪衬作品，增加小说内容的多样性。

　　李碧华小说的魅力不可否认，否则也不会拥有如此庞大的读者群，被改编的影视剧也不会如此火爆荧幕，口碑甚好。大量研究她作品的文献资料对她的作品进行了全方位而透彻的分析，多为褒扬，谈论其不足的较少，但一个作家的作品只能说优点突出，不可能完美无缺。香港中文大学的黄维梁在《香港文学的发展》中阐述，与李碧华同时代的香港二十世纪八九十年代的作家有胡菊人、戴天、王亭之、倪匡、黄霑、蔡澜、林燕妮、亦舒等，他们之所以重要，或因为本身的表现，或因为写稿的报刊销量好且地位高，或者两方面原因都有，香港的报刊杂文是香港文学的最大特色。① 李碧华正是由报纸专栏作家起家，逐渐涉足小说、电影、舞台剧等改编，用前所未有的写作风格和笔调为读者奉献了

---

① 黄维梁. 香港文学的发展［J］. 现代中文文学评论, 1994（12）：100.

独一无二的李氏悲情风月，从她的作品中可以窥见她对内地的偏见与写作局限，但瑕不掩瑜，她的作品依然是香港文坛一抹风格迥异的亮彩。

二、研究结论

本书对研究范围内的女性人物探究不仅限于主要人物角色，还涉及了作品中笔墨不多的边缘人物。如《霸王别姬》中小豆子的母亲艳红、《生死桥》中的段娉婷、志高的母亲红莲，《饺子》里的媚姨、小琪的母亲无名氏，她们虽然不是李碧华笔下的主角，但仍然对研究女性抗争意识具备价值，有利于填补大量研讨李碧华作品的资料空白，这也是本书的独创之处。李碧华给社会底层妓女起的名字充满了俗艳的脂粉气——艳红、红莲、如花、菊仙，对上海滩见过世面的女明星、交际花则用了略有品位的文雅名字——娉婷，戏班子的角儿都带着梨园特有的风格——蝶衣，对她怜爱的女性人物则叫着可爱的冬儿，个性的红萼，处处用到了她自己的心思，对这些女性人物的偏爱赋予了她们为爱无所畏惧的勇气，她们为爱人舍弃荣华富贵，甚至舍弃宝贵的生命也在所不惜，李碧华喜爱的女性如冬儿和红萼一样，拥有单纯又执着、可爱又刚烈的脾性。为了争取爱情自由、人身自由、婚姻自由，反抗封建压迫、皇权压迫和男权主义的欺辱，她们用脱逃、寻找和放弃生命的方式来进行抗争，尽管抗争的结果都以悲剧收场，部分被李碧华偏爱的人物形象有了转世轮回、再续前缘的机会，但都是以失败的结局告终。这样的悲惨结局不代表抗争无效，或者没有意义，那是她们生命的痕迹，是这些顽强的女性人物对命运不屈不挠的争取，敢于和强大的对手对抗，处于弱势地位的女性在心理上和精神上的强势并不弱于男性，在对爱情的牺牲和付出精神上，她们更是具有优于男性的勇气和意志。

美国哥伦比亚大学的王德威在《香港情与爱——回归后的小说叙事与欲望》中认为李碧华从二十世纪八十年代中期以来，演绎香港市井人生，文字疏散，慵懒世故，成为独特的魅力，她编拟前世今生的鬼魄故事，串演警世阴阳的教训时，已不自觉地继承了宋明民间话本烟粉加灵怪的传统。钱卓珺在《于"戏古弄今"中勘破世情——论李碧华小说的女性意识与男性批评》中认为，李碧华塑造的女性人物形象是"雌雄同体"的，她们兼具男性和女性的双重特征，她塑造这样的形象是为了表达对男权社会的批评，同时在作品里也塑造了被贬抑和矮化的男性形象，比如她认为《胭脂扣》中的十二少根本没有爱过如花，男性角色无一值得赞扬。李碧华的文笔阴冷晦暗的外在原因是她从小长大的环境：复杂的大家族和校规森严的香港真光中学；以及外在原因：香港这片文化沙漠①。本书则认为，李碧华塑造这些个性突出、为爱无畏的鲜明女性形象也发自于她对这些女性所袒护、所为之牺牲的对象的不甘与可惜，这些男性形象之所以不如女性形象这般令人敬佩，除了李碧华要体现女性勇于抗争的意识之外，还有在她们把爱情视为一切，甚至高过生命的宝贵物件的时候，对等的男性群体却并没有如女性这样想。十二少肯定爱过如花，不然他不会与家族决裂，痛苦痛哭中又选择了放弃爱情，回归家族的庇护之下，只能说他没有如花爱得那么深刻，他并没有把这段感情当作是高于物质生活的、也高于生命的最珍贵的东西而已。李碧华用古今穿越、神奇宿命的轮回故事，来讲述这些痴情的女子。面对负心的、薄情的、变相背叛她们的男人们，她们以死相争是多么不值得。

李碧华笔下的女性人物身份角色多样：妓女、母亲、出身高贵的公

---

① 钱卓珺. 于"戏古弄今"中勘破世情——论李碧华小说的女性意识与男性批评[D]. 上海：上海外国语大学，2009：15.

主、生活优越的女明星、八面玲珑的交际花，以及没有交代家庭出身的无根漂泊女性。她将这些身份各异的女性人物，融入她独创的风花雪月中来，不论富贵贫贱，都为情所困，各有心结。在本书研究范围内的李氏作品中，妓女角色多达四个：艳红、红莲、菊仙、如花，李碧华爱写最底层以最没有尊严的方式谋生的女性，是因为这样的身份让她们经历了人间最难堪的煎熬，做出了被穷困所逼迫的最不堪的决定，当她们遇见真心对待自己，在她们眼里可以托付一生的人之后，便铆足了力气去爱，不计后果去争取自己想要的普通女人的生活，比如菊仙和如花。她们的要求很基本，很简单，却很难兑现，无法摆脱自己曾经的经历，被封建偏见定位的身份永远是扎在她们命运里的一根刺，不管何时拔出都会伤及元气，于是绝望的她们用死来控诉这个始终不肯接纳她们、不肯给予她们最基本的公平的社会。

另一种女性身份，虽然不是妓女出身，但她们变相出卖自己换取物质生活、摆脱穷困底层身份的女性人物有丹丹、段娉婷、艾菁菁、单玉莲，她们跟着与自己没有爱情的男人在一起，这种交换方式注定了悲剧的产生。李碧华并没有在文笔间表达对妓女的轻视和鄙夷，反而这些被看作出身卑贱的女性人物更具备男性人物所不及的仁义，也有着同其他高贵出身女性所有的，甚至更加强烈的自尊感。她们低贱的身份只是由社会偏见所给予的，与她们自身的人品道德并无绝对关系，但传统观念先入为主，她们一生都躲不开这样的身份定位，一生都在与这种身份定位的偏见做抗争。那些用自己交换名利的女性在利益唾手可得之后，又要寻找欠缺的爱情来弥补，忘记了鱼翅与熊掌不可兼得的道理，她们比单纯想要爱情的女性人物更为自私，而人性从来就是如此，李碧华只是真实地挖掘了女性人物内心的渴求，人性本身的劣根性是贪婪和懒惰，这些女性人物的抗争则带着不仅为爱情，还为自己优渥的生活环境，注定走上一条不归路，押上最大的赌注后血本无归，她们在人生最好的年华里，却没有最好地度过，为了心中的执念，为了爱情和自由而无畏地付出，活成了一朵朵沾染血迹而盛开的花。

第二节 研究展望

李碧华在 2000 年后的小说开始以鬼魅系列为主，并将一部分精力投入舞台剧改编中，由于她本人的中国舞习得经历，使她在这方面如鱼得水般顺畅，舞台剧的全球巡演极为成功，她一直与内地方面有合作，从导演到演员，多年的合作让她对内地的电影审查制度十分了解，但也颇有微词，导致鬼魅系列电影直接放弃了内地市场。由于电影与小说相辅相成，互相成就，李碧华又不肯妥协地将作品中的神鬼说辞去掉，加上一些作品涉及她的政治观点，在内地无法出版和公映，甚为可惜。如今内地研究李碧华作品的学者们大都围绕她的旧作和在内地出版发行的作品来研究，随着时代变迁已经略显陈旧，希望海峡两岸暨香港的文学和电影不仅在市场需要时进行交流，也可以私人出访，互相深入了解彼此的环境，或许会在将来新的作品中展现新的观点。在华人世界同步出版文学作品和公映改编的影视剧中，除了鬼魅系列之外，也可以尝试其他题材，期盼有突破性佳作诞生。

台湾大学的黄国华在《拒绝收编——论李碧华"后零三"电影小说的鬼魅叙事》中认为李碧华在"九七"回归之后出版大量短篇鬼魅小说，在 2003 年后陆续被拍成电影，这种值得注意的创作现象在贯彻"除魅"精神的中国文学观下，她仍要发出刺耳的声音，即"重振港产片，杀出阴司路"的口号和行为，想转变风格重振香港电影。本书认为李碧华对内地存在的偏见由来已久，从她的作品中可以窥见，对内地来的女性人物塑造多为土气、庸俗、爱钱、没见识过香港的好东西，一副少见多怪的模样，比如单玉莲入住武汝大在香港的豪宅时，面对卫浴的新奇；媚姨从内地医院过来才染成了一个杀人吃人的习惯，鄙陋又没节操，竟是一个大学生国手给她的印象。这种描述包含了早期港人对内地人的偏见，以及对"九七"回归后的恐惧，本书在之前章节已做陈述，这种偏见性污蔑在早期的港产电影中也有所表现，2000 年后随着内地和香港两地交流频增和内地的经济发展而发生明显改观。但李碧华个人的观念并没有随着大时代的潮流而大为改观，只能说在《烟花三月》中她的内地之行的时间渐多，加上与内地底层百姓接触，她对内地人的看法略为改观，港产电影中的内地女性人物形象也体面、独立、时尚起来。

本书认为李碧华与跟她合作的香港电影人高举"重振港产片，杀出阴司路"的大旗，带着壮士断臂的精神直接放弃内地市场，使鬼魅系列电影在港澳台和海外如期上映，以此来抗议内地电影审查制度，可是失去了全球最大华语片消费市场的香港电影，又何谈振兴？这样的举措也直接导致她后期的电影和文学作品在内地的知名度不高，远不如她在二十世纪八九十年代的作品产生的效应。港产片的最大消费市场在内地，内地占据了香港电影95%的票房分布，这样武断放弃固然可惜，想必香港电影人也是经历了深思熟虑做出了艰难的决定。对于鬼魅系列作品，本书认为可以重新定位角度，与其让鬼来惩治恶人，不如采取韩国电影和内地电影的路线，在最后揭晓由人来惩罚种下恶果的人。李碧华的鬼魅系列小说延续她一贯冷静的风格，故事依旧新颖，吸引人一探究竟，比其他作品多了些阴冷的质感，包括改编的系列电影，被不少人视为香港恐怖片的复兴标志，用鬼魅的方式提醒人们行善，便有人建议将她的作品改为都市怪谈系列进入内地，打开李氏小说转型的市场。该系列电影评分不高，也谈不上恐怖和惊吓，血腥现场不算多，未来的内地电影市场可以在引进后限制观众年龄，在两边互为让步的前提下，将优秀的文学作品和影视作品带给更多的华人鉴赏，不同文化背景的欧美市场未必能够认可或者看懂细节，比如"打小人"等民间封建做法，对于华语市场来说更容易被观众所理解和接受。

香港岭南大学的李子翘在论文《论李碧华小说"神怪叙述模式"的效果与作用》中认为，李碧华喜欢用神怪说辞是因为神怪始终是一种"不确定"的东西，可塑性高，变化极大，其本质可以引发很多可能性，因此只要花点心思，不少作品的主题，都可以经由"神怪叙述模式"进行表达。台湾世新大学的张雪媁在论文《李碧华小说的妖媚特质》里认为，李碧华的"文革"描写使得她的小说更加具有戏剧张力，更加深入人心，但她不是为了写"文革"而创作小说，她笔下的政治性是配角，不是主角。她的光华是香港甜腻文化诱人的怀旧风情、通俗风情，是妖媚之美的极致。黄思思在《影视文化背景下的当时代小说趋向——以李碧华小说为例》中认为，传媒的更迭和发展成就了影视媒介的霸主地位，影视文化对文学的挤压是不争的事实，在观众中争取自己的读者群也成为当代小说面临的重要问题。李碧华作为作家和编剧，将影视技法引入小说中来，呈现剧本化的特色，带有极强的画面感，故事组接借用蒙太奇手法，镜头化明显，但她的场景、语言有些模式化，甚至重复，为了追求传奇性，有刻意为之之嫌，为了使小说的拥戴者重归麾下，势必要影响并重塑大众审美观、价值观。

李碧华的小说擅长写鬼神怪异之外，又喜好利用"文革"来挖掘人性丑恶，这样的风格在二十世纪八九十年代的华人世界独树一帜，风格另类，加上言简意赅、一针见血的文字，令李氏小说与影视改编火遍大江南北。这样的方式是她个人独特的风格和魅力所在，但三十年来一直没有改变和突破也许是坚守个人特色，但也会让人乏味，有江郎才尽之嫌，拓展写作领域范围，突破鬼魅与"文革"书写，开辟如《烟花三月》般不同于以往写作风格的作品未尝不是一个更新、更广的思路。这样的角度可以改变过去以香港为圆心，带着本港作家的自我优越感去衡量全世界的狭隘，把历史家国感情放在更高更远的视角，依旧可以令人动容，形成新的李氏特色。本书在她的写作局限性方面提出了和黄思思相同的观点，有些细节特征在不同的作品中重复出现，反映了作者对内地某些方面了解的局限性，亲身前往内地多做深入了解，既是消除误解和偏见的首选，也是寻找华语文学新思路、新题材的好方法。文学可以成就影视，比如严歌苓的《妈阁是座城》、琼瑶的《还珠格格》、海岩的《拿什么拯救你，我的爱人》等，影视同样也可以带动文学，比如《芳华》《血色浪漫》《甄嬛传》等影视剧热播后，原著小说也随后大卖，李氏小说应对之前的旧模式有所突破，不仅限于梨园题材、宿命轮回题材、经典新编等，再好的老套路一成不变也不会一直吸引老读者和新读者，与时俱进、不断创新才是顺应时代发展的规则。

　　李碧华小说中的女性人物大多是唱了悲剧的主角，她作为女性作家，又去写女性的故事，我们在拜读作品、欣赏影视剧的同时，除了领悟作品的精髓之外，作为新时代的女性也似乎能从中得到一些现实上的指引，所谓举一反三。李氏小说作为大时代背景下的社会反映，也是一个现实写照，亘古不变的女性情怀是爱情至上，如何在争取爱情自由的同时，又保护好自己不成为悲剧的主角，是现代女性需要思考的问题，而做起来又远不如文字书写那么容易。李碧华的小说没有像其他女性小说那样塑造一个"玛丽苏"① 女性角色，抓住普通人渴望浪漫、惊喜和灰姑娘被王子青睐的逆袭快感，将自己投射到人物中去，满足贫富差距、地位差异过大却依然能产生爱情，为爱情执着的虚拟幻想；或者身份卑微、贫困的女主角百忍成钢，受尽来自第三方的刁难和折磨，与男主角终成眷属，或悲剧收场。这些故事由于在现实中难以实现，成为对爱情憧憬者们激动捧读的圣经，李碧华的小说被称为言情小说有些放低她的作品地位，她用真实的文笔写出人间情爱的坎坷，现实中那样时代背景下的爱情加上人性的劣根性，以及外界给予的矛盾冲突，必然以悲剧收场，她的作品更加符合人性，更加真实。即便在当今社会，女性其实也依然面临同样的问题，只不过换了其他的形式而已。女性或者将爱情置于极重要的位置，且这个比例要远远高于男性；或者对待命运中的坎坷有着不同的处理方式和态度；或者在忙于家庭和事业的时候，却忘记了如何保养自己的灵魂，赏析李碧华的小说和影视剧，对女性如何面对生活中的种种，避免悲剧的发生，也带来三个方面的启示。贾颖妮在《新女性主义的高扬——评李碧华言情小说》中认为，李碧华的小说在现实与理想中的巨大反差中进行对比，挖掘出女性身上亘古不变的精神光华，亮出了"做一个好女人"的旗帜；构筑充满反抗和宿命的今昔传奇，达到对女性边缘生存模式的反思与抗衡，呼唤新型两性关系的建立，体现了对新女性意识的高扬。② 本书认为李碧华其实是用塑造一些反叛的女性人物形象，来映衬如何做一个好女人，这种好不仅是对别人好，更是如何使自己活得好，这是一种精神，也是一种本事。

不管过去还是现在，女性生活中除了爱情这一重要主题外，也不能

---

① 玛丽苏，在文学批评中的概念，特点为过度完美和美丽。

② 贾颖妮. 新女性主义的高扬——评李碧华言情小说［J］. 世界华文文学论坛，2005（1）：64.

逃避命运不公带来的困境。以当下内地热播剧《都挺好》中的女主人公苏明玉为例，她虽然是现代社会中的精英女性，颜值高、收入高，看似完美，可是因为原生家庭中父母个人原因造成的重男轻女，她比两个哥哥少了很多亲情，不但基本生活费无法保障，甚至为了成全两个哥哥的梦想而失去了可以考取名牌大学的机会。她遇到贵人师傅提携，成为商界精英，衣食无忧，但亲情的缺失无法使她真正快乐，因为原生家庭里缺失的爱很难在长大后弥补回来。这样的出身并不能选择，她无法选择自己的原生家庭和父母，命运中不公的一部分注定会走进生命里，如何正确面对这样的不公，苏明玉其实做出了一个很好的表率。她和父母脱离关系之后，并没有放弃自己，而是利用课余时间打工赚钱养活自己，在超市当理货员，在街头发传单，在英语培训班当老师，直到遇见改变她命运的贵人。也许有人说这是戏剧，现实中不会有人这么幸运，这么惨的生活最后逆转成多金女王，但本书在这里探讨的是苏明玉这个现代女性面对命运不公而采取的态度，她的态度是积极的，比起那些动不动就以死相逼的人要强得多，命运刻薄没有给予她应得的东西，但是她自己努力去弥补，至少过上了她想要的优越生活。

这一点比《饺子》中的艾菁菁要优秀许多，艾菁菁如果有了苏明玉那样的职场魅力，可以为自己赚到很多钱来保证生活质量，她就不会千方百计想着如何挽留已经无数次出轨的花心老公，强求一个只剩下空壳的婚姻，根源就在于艾菁菁她自己没有谋生能力，只能像过去封建社会的家庭妇女一样，依附男人过活，面对丈夫的不忠，不但装作没看见，还要想办法使自己恢复青春美貌去挽留他，因为只有留住他，才会有钱花。这样的悲哀人生态度让艾菁菁深陷泥潭，成为一个杀人又吃人的麻木者。苏明玉事业上的成功，让她缺失的命运发生了逆袭，虽然亲情的缺失在她成功之后依然给她带来很多困扰和打击，但充足的金钱保障和积攒的人脉资源，让她为自己的亲人带来很多利益，在无数次不计前嫌的帮助下，死去的亲情开始复苏，开始重新审视这个被苏家人视为另类的小女儿，她也是有爱有感情的人。从小备受家庭冷落，被亲情不公正对待的苏明玉给了当今女性一个正面积极的生活态度，面对命运的苛刻对待，一个连读书都成为奢望的少女毅然将生活重心转移到事业，成为集团公司的核心精英人物，她有能力赚钱让自己过上很好的生活，又利用自己多年积攒的人脉一次次帮助亲人朋友走出困境，最终重获亲情的复苏，也迎来属于自己的完美爱情。这部由内地女作家阿耐创作的《都挺好》（原名《回家》），是一个有家的孤女没有自生自灭，而是自我成就，最终获得亲情的回归、爱情事业双赢的故事。

李碧华的《生死桥》中的丹丹与苏明玉有着极其相似之处，从小无根无家，随着戏班子四处飘零，和有家的苏明玉一样，丹丹并没有感受到亲情的温暖，生计都成了问题，两个人又都同样要强、独立，对得不到的东西有着争一口气的偏执。两人的不同之处在于苏明玉把自己赖以生存的事业放在爱情之上，面对爱情仍然保留了一分清醒的头脑，而丹丹为了爱情利用了自己所谓的事业去与情敌争强，为了一个态度始终不够明晰、还跟上海滩的交际花在一起的爱人，丹丹付出了不该付出的代价，做出了盲目的牺牲，如果她为了自己的人生肯放弃一个并没有全力争取她的爱人，发挥自己在戏班子学来的特长功夫，在新人辈出的上海滩影坛里大展拳脚，赢得自己的势力和名气，而不是利用金啸风的感情为自己换得名利，也或者她做一份适合自己的营生，为戏班子培养新人，过着平淡的日子养活自己，再去等待真正属于自己的安稳感情，最后就不会落得个内疚吸毒，又一次被史仲明左右，然后抛弃，带着千疮百孔的身心，含恨自尽，以求解脱。

当然，李碧华笔下的女性就是这样不甘平淡，否则也不会有李氏作品中那些令人拍案又扼腕的传奇故事，本书在这部分讨论的是女性在面对不公命运所应该具备的态度和能力，被命运刻薄对待的女性应该活成苏明玉，而不是丹丹。艾尤在《摇摆的女性欲望：在"自主"与"依附"之间——对李碧华小说的一种解读》中认为，女性欲望是指女性的自然欲望和社会欲望，是女性作为人的一种欲望，包含了女性自我生存、安全、爱、自我实现等的一种本能文化需要，是女性特有的，不同于男性欲望的欲望。李碧华小说中的女性人物都是通过逾规和欲望质疑男性立场，在某种程度上瓦解男权话语，赋予了性别一种结构性重生的意义。① 王剑严在《独特的人生体验与荒诞书写——李碧华小说论》中认为，李碧华小说中的爱情观是悲观的，悲观的根源主要来源于男人，来源于对男人失去信心，她笔下的痴情女子很少有美好的爱情。她的小说也不仅仅是言情小说，除了爱情之外，还有着社会的、历史的、文化的重要意义。② 本书认为李碧华小说中的女性悲剧之所以由男人造成，主要原因也在于女性本身的思想观念，为了一个并不值得自己用生命去付出的人，因为不甘心去执着，因为放不下去较劲，盲目的等待和荒废的青春，对于仅有一次的人生来说，真的很不值得。

爱情自古以来就从未挣脱世俗的束缚，门不当、户不对的爱情只能给命运带来困扰和悲伤，而女性除了爱情之外的愿望要求，除了本身无法选择和挣脱的原生家庭因素之外，在成长历练的过程中也会遇到来自各界的伤害。也许因为出身不够高贵，被偏见所歧视；也许因为求学求职之路不顺，生活并不像自己期许般如意；也许因为命运刻薄，身体甚

---

① 艾尤. 摇摆的女性欲望：在"自主"与"依附"之间——对李碧华小说的一种解读 [J]. 香江文坛，2005（12）：14.

② 王剑严. 独特的人生体验与荒诞书写——李碧华小说论 [J]. 香江文坛，2005（12）：14.

至不够健全，连最基本的生活自由都无法获得。面对这些命运的刻薄对待，像如花、丹丹、冬儿、红萼、菊仙那样以死相抗终究也是一场空，只得到世人一声叹息而已。

《霸王别姬》中的艳红和《生死桥》中的红莲，她们身为母亲，也是社会最底层的妓女，为了让自己的孩子不再重复过这种没有尊严的困顿生活，艳红送小豆子去学戏，也许卖了他是为了自己不被拖累，可从另一方面讲，她的这种抗争行为比起绝望的自尽要好很多，以失去母爱为代价的小豆子终于摆脱了在窑子里长大的遭遇，学得了谋生的本领，还成为京剧界的角儿，没有母亲当初砍断一根手指的决绝，恐怕也不会有日后一时风光无二的程蝶衣。如果没有红莲对宋志高的那最微弱的呵护和支撑，志高也未必会成为日后戏台上的红人。为了维护志高的尊严，红莲让他叫自己姐姐，贴补孩子的生活也名正言顺。红莲用自己最大的气力去维护孩子的面子，顽强的志高在这种母爱之下，也算功德圆满，娶妻生子，孝敬老母，红莲也结束了屈辱生涯，这是李碧华小说中的唯一还算完满的人物。这两位卑微的女性人物虽然抗争力度不大，无非是送孩子去戏班，在那个社会背景下，她们能做到的就只有这样。但她们的这种态度也值得现代女性借鉴，在人生的困境当中，想办法换路数去求生存，自己在泥潭中无法自拔，可作为希望的孩子必须学会一种谋生技能，才会有逆袭的可能。

这个世界上从来都没有真正的公平存在，作为始终处于弱势群体的女性更是如此，从出生就要面对家庭和社会上存在的重男轻女现象，面对自己能力上的欠缺和不足，面对机遇、背景、起点这些命运赋予的不确定的赏赐，有些人幸运，获得更多，有些人不幸，反而经历了更多的磨难。没有绝对的公平，但拥有生命这一点又都是一样的，同样是贫困家庭出身的两个女孩，由于成绩优异进入贵族学校，那里除了她们，都是一些社会高层家庭的孩子们，一个女孩发誓要用心苦读，争取把自己也送上社会精英层，另一个女孩觉得这些富人不费吹灰之力，一个月就能赚到她父母一辈子都赚不到的钱，努力还有什么意义，还不是给他们富人打工，这样的两种心态必然造就两种不同的人生结局。在哀叹自己没有一个优越出身和特殊机遇的时候，应该庆幸自己还有一个健全的身体，赐予了自己通过自身努力和奋斗创造无限的可能性。

著名作家史铁生生前曾经说过："发烧了，才知道不发烧的日子多么清爽。咳嗽了，才体会不咳嗽的嗓子多么安详。刚坐上轮椅时，我老想，不能直立行走岂不是把人的特点搞丢了？便觉得天昏地暗。等到又生出褥疮，一连数日只能歪七扭八地躺着，才看见端坐的日子其实多么晴朗。后来又患'尿毒症'，经常昏昏然不能思想，就更加怀恋起往日时光。终于醒悟：其实每时每刻我们都是幸运的，因为任何灾难的前面都可能会加一个'更'字。"① 这个仅活了五十多年的作家，用自己的亲身经历告诉我们要珍惜每一天，一直不被自己重视的曾经拥有的一切或许明天就会被夺走。

从古至今的万千女性大多扮演一个付出者的角色，即便今日社会中的新时代女性，依然在兼顾事业的同时，呕心沥血地抚育孩子，照顾丈夫和夫家的家人，似乎成为天经地义的事情，也是评判一位女性是否尽到贤妻良母职责的标准。否则，即便一个女性再优秀、再成功，却没有兼顾好家庭这个大后方阵地的方方面面，受到丈夫和公婆的抱怨、指责，没有让孩子的成绩出类拔萃、身体健康，她都是一个不完美、不优秀的人。反之，一个男人只要事业上有所成就，那么自己伴侣的父母是否满意他尽的孝道，他对孩子的培养和关爱是否足够，便不会纳入不优

---

① 史铁生. 病隙碎笔 [M]. 西安：陕西师范大学出版社，2006：6.

秀的硬性考察范围，这些家务事一直都被划分在女性的职责范围内。就这一点而言，也是男女始终没有获得平等对待的一个方面，导致很多女性为获得家人和同事的认可，在家庭中争取到一个举足轻重的地位，而不断付出和牺牲，牺牲自己的休息时间去照顾孩子，照顾公婆，照顾丈夫，这本是可以理解的，可是个别女性为了维护家庭表面的完整，放弃自尊，不断降低底线，去容忍丈夫和婆家人的苛责，容忍一个并没有以同样深厚的感情去回报她和家庭的丈夫，悲剧就只是一个迟早爆发的炸弹而已，这样的女性讨好了所有人，却唯独没有善待她自己，当年华老去、身材走形、一身疾病时，她们最后一无所获的真实案例比比皆是。

贾颖妮在《新女性主义的高扬——评李碧华言情小说》中认为，李碧华的作品构筑充满了反抗和宿命的今昔传奇，达到对女性边缘生存模式的反思与抗衡，开启女性自我寻找和自我审视的序幕，呼唤新型两性关系的建立，她认为女性即使经济独立也无法摆脱情感的枷锁，女性地位在数千年来并没有发生"质"的改变。①

本书认为李碧华作品中的悲剧格调奠定了部分读者对女性命运的悲观态度，在李碧华的小说中，不管任何时代背景的爱情故事都是悲剧结局，除了穿越时空的《凤诱》和千年不死的《青蛇》。就作品而言，她塑造的女性人物的确都无法摆脱与男人的情感牵绊，这是文学创作的需要，有男人、有女人，便有爱情纠葛存在，李碧华小说的主要基调就是悲剧，如果写成喜剧结局，恐怕也不足以吸引痴男怨女们来拜读。对于现代女性来说，经济独立的情况下自然也免不了为情所困，但不能给自己带来愉悦的感情，强求的目的何在？自我悦纳也可以是面对一切感情问题的首要原则。每个女性的性格和观念各有千秋，这些决定了她们如

---

① 贾颖妮. 新女性主义的高扬——评李碧华言情小说［J］. 世界华文文学论坛，2005（1）：64-67.

何去处理、面对生活中的种种问题，爱情和婚姻注定是人生中挥之不去的困扰，即便是几十年的老夫老妻失去了一致的观念和顺畅的沟通，也一样会为情所困。

千百年来人类的进步、时代的演变、社会的发展，始终伴随着男欢女爱。李碧华作为一名女性作家，她的作品只是真实反映社会现实的一个层面，即大多数的感情都是完美的，新鲜感随着时间的流逝而消退，每个人在不同时期看待同一件事情的角度也有所不同，而时间也使近距离接触的两个人的缺点不断暴露，经营好生活和婚姻的前提，一定是要经营自己。

把李氏作品放到今天，作为现实案例来看，《潘金莲之前世今生》中的单玉莲如果凭借自己的能力把生活经营好，不去依附武汝大的金钱过活，选择自己心仪的结婚对象，就不会造成与前世同样的悲剧；《生死桥》中的丹丹如果不依附金啸风，即便靠自己的本事去和段娉婷一争高下，也不会害得唐怀玉眼瞎，害得自己再次错失爱情，被毒品残害；《饺子》中的艾菁菁更是如此，从她的婚姻开始，和单玉莲一样，就注定了将来的悲剧结局。用不当的手段巧取豪夺来的舒适生活和名利双收，表面上看起来是繁花似锦，底下早已暗流涌动，危机四伏，当矛盾到达最尖锐的时刻，才是偿还代价的开始。

李碧华欣赏女作家张爱玲，她的作品也受到张爱玲的影响，文字中带着些许刻薄的调侃，笔调冷静，描写两性情感极有张力，不一味迎合传统价值观，将结局写成众望所归，而是赤裸裸地展示真实的人性，不论是男是女，是人是妖，是高贵还是贫贱，是高僧还是妓女，他们都逃不开人性的本质。在李碧华用尽心思耕耘的字里行间，除了读故事，看电影外，更能让人反省作为女性该如何摆放爱情的正确位置，面对命运不公的态度和树立起自我悦纳的观念，她们在漫长又不易的一生中，保护好自己，过得无悔无憾，也是赏读文学作品的额外收获。

　　台湾大学的黄国华在《拒绝收编——论李碧华"后零三"电影小说的鬼魅叙事》中认为李碧华在 2003 年之后，由于香港两位巨星离世和瘟疫暴发，使得她的责任感和很多香港人一样达到了前所未有的高度，她撰写文章纪念牺牲的医护人员，为重振港产片竭尽全力，希望能够再现香港电影昔日的蓬勃局面。[①] 李碧华作为具有一定影响力的作家，她也充分认识和利用自己的公众人物力量去为民众、为香港电影发声，她的改变和进步人们都可以明显看到。对于她的转型作品可以不拘泥于鬼魅系列，失去了内地这个最大的华语电影市场，港产片也无从谈振兴。这样做并不是为了屈从内地市场需求而勉强做出改变，作家的独特风格是作品质量的保证，香港作家的作品不止给香港人和海外华人看，也应该涵盖到更多更大的华人群体。李碧华的文学作品也是以华人群体为主，从二十世纪八十年代至今，四十多年的创作历程，总体而言特点显著，但模式有待突破。

　　本书就对上个时代背景下的女性人物形象和她们的悲剧命运探究她们抗争意识的成因、过程、方式和结果，对李碧华塑造的妓女、母亲、出身高贵的公主和出身卑微的无根女性人物进行剖析，为李氏写作风格和方法的形成在作品中寻求答案，并由这些悲剧传奇延伸出对现代女性正确看待爱情、婚姻的观点，总结出如何将漫长又不易的一生过好的启示。为爱牺牲固然伟大，但就个人的人生幸福而言，本书并不提倡盲目牺牲，而是要以自我悦纳为前提，将自己的人生经营好，再去经营两个人的天地，这世界上除了爱情，还有很多值得我们留恋和做出奉献的事情。经济独立是情感独立的前提，在现代社会男女地位仍不平等，处于

---

① 黄国华. 拒绝收编——论李碧华"后零三"电影小说的鬼魅叙事 [D]. 台北：台湾大学，2006：12-16.

经济和政治权力优势地位的男性比女性占据道德制高点，社会对于同样的错误，更加偏向于男性，这是我们一时无法改变的事实，尽管历代女性一直为争取各项权益而努力抗争，虽然较之以往有很大改观，但并没有彻底改变，尽力让自己过得舒服顺意，才是我们活着的基本目标。

　　研究范围内的十部作品虽然是李碧华的十部最具代表性和口碑的力作，相关文献繁多，但对女性抗争意识方面的探究，相关资料有限。在笔才根据自己和同学们搜集的资料，将现有的相关文献进行归纳，包括海峡两岸暨香港、澳门文献资料，还有从美国高校图书馆搜集来的部分文献，整理出来的资料为笔者提供了理论支持和分析素材，经过漫长而紧张的撰写，终于成稿，到达收尾阶段，再次对所有指导导师和提供帮助的同学们表示感谢，希望本书可以为相关研究领域提供参考价值。

参考文献

一、专著书籍

[1] 王艳峰. 从依附到自觉：当代女性主义文学批评研究［M］. 上海：上海交通大学出版社，1987.

[2] 孙绍先. 女性主义文学［M］. 沈阳：辽宁大学出版社，1987.

[3] 陈炳良. 香港文学探赏［M］. 香港：三联书店（香港）有限公司，1991.

[4] 郑志明. 中国文学与宗教［M］. 台北：台湾学生书局，1992.

[5] 刘慧英. 走出男权传统的樊篱：文学中男权意识的批判［M］. 北京：生活·读书·新知三联书店，1995.

[6] 罗苏文. 女性与中国近代社会［M］. 上海：上海人民出版社，1996.

[7] 刘登翰. 香港文学史［M］. 北京：人民文学出版社，1999.

[8] 藤井省三. 活泼纷繁的香港文学——一九九九年香港文学国际研讨会文集［M］. 香港：香港中文大学出版社，2000.

[9] 陈国球. 文学香港与李碧华［M］. 香港：麦田出版社，2000.

［10］刘明群. 烟花三月——中国近代最惆怅的重逢［M］. 台北：脸谱出版社，2000.

［11］陈慎庆. 诸神嘉年华：香港宗教研究［M］. 香港：牛津大学出版社，2002.

［12］宋素凤. 多重主体策略的自我命名：女性主义文学理论研究［M］. 济南：山东大学出版社，2002.

［13］陈志红. 反抗与困境：女性主义文学批评在中国［M］. 杭州：中国美术学院出版社，2000.

［14］徐岱. 边缘叙事——二十世纪中国女性小说个案批评［M］. 上海：学林出版社，2002.

［15］黄万华. 百年香港文学史［M］. 广州：花城出版社，2017.

二、外文书籍

［1］约翰·斯图尔特·穆勒. 妇女的屈从地位［M］. 王蓁，汪溪，译. 北京：商务印书馆，1995.

［2］伦·霍尔奈. 女性心理学［M］. 窦卫霖，译. 上海：上海文艺出版社，2000.

三、期刊论文

［1］古远清."九七"前夕的香港文坛［J］. 中国文化研究，1997（2）.

［2］陈岸峰. 互涉、戏谑与颠覆：论李碧华小说中的"文本"与"历史"［J］. 21世纪双月刊，2001（6）.

［3］梅儿. 以灵慧，创造诡异的世界——奇情才女李碧华和她的作

品 [J]. 香江文坛, 2002 (5).

　　[4] 孙晓燕. 小说与电影: 从间离到暗合——简论李碧华的小说创作与电影艺术之关系 [J]. 华文文学, 2003 (4).

　　[5] 王莹. 无止找寻的精神皈依——李碧华: 从《胭脂扣》到《烟花三月》[J]. 南昌大学学报, 2003 (3).

　　[6] 龚学增. 独具一格的香港宗教文化 [J]. 中国宗教, 2003 (6).

　　[7] 贾颖妮. 饮食男女别样情——评李碧华小说中的新女性主义视角 [J]. 华文文学, 2004 (6).

　　[8] 黄亚星. 边缘的怀旧者——李碧华小说的意识结构 [J]. 华文文学, 2004 (2).

　　[9] 刘瑛. 爱恨痴缠的前世今生——论李碧华小说中的宿命观 [J]. 当代文坛, 2004 (3).

　　[10] 张海丽. 李碧华《青蛇》里的中国书写 [J]. 香江文坛, 2004 (5).

四、学位论文

(一) 博士论文

　　[1] 唐丽芳. 香港城市精神关照下的景致——论二十世纪八九十年代李碧华的中长篇小说创作 [D]. 上海: 复旦大学, 2004.

　　[2] 冯晓艳. 跨越时空的文学唱和——二十世纪末香港与台湾女性作家小说与张爱玲 [D]. 济南: 山东大学, 2007.

　　[3] 李冰燕. 思公子兮徒离忧——从《胭脂扣》的"女鬼"谈起 [D]. 澳门: 澳门大学, 2013.

（二）硕士论文

[1] 李子翘. 论李碧华小说"神怪叙述模式"的效果与作用 [D]. 香港：岭南大学，1998.

[2] 林贺超. 香港小说中的情欲与政治：从施叔清、李碧华到黄碧云 [D]. 香港：岭南大学，2002.

[3] 李佩华. 香港作家李碧华小说之研究 [D]. 台北："国立中央大学"，2005.

[4] 贾颖妮. 边缘叙事——论李碧华言情小说中的女性形象与政治隐喻 [D]. 广州：暨南大学，2005.

[5] 潘秋枫. 沉醉不知归路——论李碧华长篇小说中的悲剧性 [D]. 上海：华东师范大学，2005.

[6] 黄静. 李碧华情欲小说中的性别政治 [D]. 上海：上海师范大学，2005.

[7] 宁敏. 多重视角关照下的"文革"记忆——从陈若曦、严歌苓、李碧华看海外女作家的"文革"书写 [D]. 郑州：郑州大学，2006.

[8] 王坚. 华丽诡异 哀艳繁华 ——李碧华长篇小说创作论 [D]. 合肥：安徽大学，2006.

[9] 聂焱. 李碧华小说中的女性形象和历史家国意识 [D]. 武汉：华中科技大学，2006.

[10] 赵宝霞. 论大众时代李碧华的小说创作 [D]. 广州：暨南大学，2007.

[11] 项婉丽. 商业语境下的独特书写：论香港女作家李碧华的小说创作 [D]. 杭州：浙江大学，2007.

［12］王霏. 李碧华的想象香港［D］. 广州：暨南大学，2007.

［13］秦磊. 妓女传奇与历史想象——论《香港三部曲》、《胭脂扣》、《扶桑》中的文化意蕴［D］. 郑州：郑州大学，2007.

［14］杨松柠. 以传奇书写现实——李碧华及其创作解读［D］. 长春：吉林大学，2007.